A APOSTA DA DUQUESA

NO AMOR E NAS CORRIDAS, VALE TUDO
NÚMERO DO LIVRO DOIS

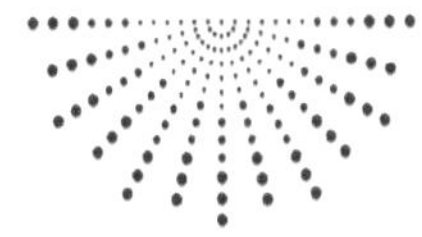

SOFIE DARLING

Traduzido por
TANIA NEZIO

CAPÍTULO UM

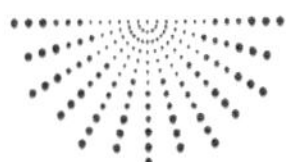

HIPÓDROMO DE NEWMARKET, MAIO DE 1822

A mulher mais bonita da sala não tinha onde se esconder — exceto por trás do seu sorriso.

A vida havia ensinado isso a Celia — como acenar e sorrir e fingir.

Uma mulher não chegava aos trinta anos sem ter aprendido as três coisas ao mesmo tempo — de forma convincente.

Que esconderijo útil era um sorriso. Ninguém conseguia ver o nervosismo que brilhava por trás de um sorriso agradável ou de um olhar convidativo. A mecânica era simples.

E o sorriso dela era bonito assim.

Veja o lorde que agora a olhava fixamente. Ah, qual era o nome dele? Talvez começasse com D?

De qualquer forma, mesmo com todos os Lordes D falando sem parar sobre uma fazenda de café do outro lado do mundo, hoje o sorriso de Celia era genuíno por dois bons motivos.

Primeiro, sua potranca Light Skirt era a favorita para vencer a One Thousand Guineas [1], a segunda corrida do popular fim de

---

1. One Thousand Guineas Stakes é uma corrida de cavalos de corrida plana do Grupo 1 na Grã-Bretanha, aberta a potrancas de três anos. É disputada na Rowley

semana de Newmarket, que atraía a nata da sociedade, vestida com suas sedas mais elegantes e superfinas, ostentando suas joias e sorrisos mais brilhantes.

E Light Skirt venceria.

Celia sabia disso no seu âmago.

O segundo motivo para o sorriso de Celia era a proposta de casamento do elegível e eminentemente rico Duque de Rakesley, que ela receberia a qualquer momento.

E seus estábulos seriam salvos.

Fazia anos — mais de uma década — que ela não tinha tantos motivos para sorrir.

Seu olhar desviou-se discretamente de Lorde D, para além do segundo andar da arquibancada, onde toda a *alta sociedade* estava reunida, e em direção à pista de corrida. Realmente, o dia estava lindo para uma corrida. O céu estava limpo e o ar possuía a quantidade certa de frio para cavalos e espectadores. E o gramado, verde com a primavera e pronto para a ação que veria em menos de uma hora, estava tudo perfeito. As chuvas haviam parado uma semana atrás, então a Ditch Mile [2] mantinha-se firme na primavera.

O coração de Celia bateu algumas batidas extras, como sempre acontecia nas corridas — especialmente quando ela tinha um cavalo na competição.

Nada conseguia apagar seu sorriso hoje.

Lorde D tropeçou nas palavras, e ela não pôde deixar de se perguntar se seus olhos pareciam tão vidrados quanto ela sentia.

Mile, em Newmarket, com uma distância de 1.609 metros, e acontece todos os anos no final de abril ou início de maio, no domingo seguinte a Two Thousand Guineas Stakes. É a segunda das cinco corridas clássicas da Grã-Bretanha e a primeira de duas restritas a potrancas. Também pode servir como etapa de abertura da Tríplice Coroa das Potrancas, seguida pela Oaks e pela St. Leger, mas o feito de vencer as três raramente é tentado.

2. No hipismo, "Ditch Mile" refere-se à distância na qual uma corrida é realizada. Normalmente, um "Ditch Mile" indica uma corrida de 1 milha, o que significa que os cavalos competirão para ver quem vence nessa distância.

Possivelmente, ela estava sendo rude. Provavelmente. Mas era uma grosseria muito leve, e ela era uma duquesa.

Uma *duquesa viúva*, uma vozinha a lembrou.

Como se precisasse ser lembrada.

Além disso, a conversa do homem beirava um soporífero. Nos últimos anos, ocorrera-lhe que a sociedade era estruturada para proteger os delicados sentimentos dos homens. Após a morte do marido, um ano antes, no entanto, um pensamento levemente rebelde surgiu em sua cabeça — e os sentimentos dela?

Então o pensamento ganhou força e foi um passo adiante — quem em toda a sua vida já havia dado a mínima importância aos seus sentimentos?

Ninguém — nem mesmo ela.

"Mas, *oh*, pobre Lady Artemis", disse uma voz feminina atrás de Celia.

Suas orelhas se aguçaram, mesmo com o olhar fixo em Lorde D, cuja boca carnuda ainda falava sem parar sobre café, e ela ouvia as fofocas.

"Você já ouviu sobre tal lamento?" perguntou uma segunda dama, com evidente desgosto. "Por um *cavalo?*"

A voz da primeira dama baixou para um sussurro. "Tão comum."

E lá estava — o pecado de Lady Artemis: demonstrar sentimentos — por um cavalo.

Não importava que Lady Artemis fosse filha de um Duque de Rakesley e irmã de outro Duque de Rakesley — o futuro noivo de Celia. Era um mundo pequeno ocupado pela *alta sociedade*.

As mãos de Celia queriam se fechar em punhos, mas ela não se permitiu esse luxo. Seu sorriso não diminuiu nem um pouco. Na verdade, poderia ter se alargado e enviado a mensagem completamente errada a Lorde D, que se aproximou, encorajado por sua aparência de interesse renovado.

Celia deu dois passos instintivos para trás.

Sorrisos têm limites.

Toda a conversa hoje — exceto a de Lorde D, é claro — era sobre Lady Artemis e a morte de sua potranca Dido durante a corrida de ontem, a Two Thousand Guineas [3]. Justamente quando a potranca estava prestes a vencer, ela tropeçou e caiu no último furlong [4]. Mas não foi um mero tropeço. Foi um colapso total do qual a potranca nunca se recuperou. Enquanto Dido dava seu último suspiro na grama, Lady Artemis estava inconsolável.

A emoção ainda apertava a garganta de Celia com a lembrança.

Não que seu sorriso demonstrasse isso.

Lady Artemis, por outro lado, nunca aprendera o sorriso de Celia. Ela nunca precisou. Embora tivesse quase trinta anos e fosse solteira, a dama nunca em sua vida sorrira para alguém que não quisesse.

Celia não conseguia imaginar tamanha liberdade.

Ela se sacudiu mentalmente e se lembrou dos dois motivos para seu otimismo. Light Skirt prestes a vencer a One Thousand Guineas e Rakesley que ia lhe pedir em casamento a qualquer momento.

"Ah, aí está você, Celia", disse a voz de uma dama muito bem-vinda. Uma mão deslizou para a curva de seu braço, acompanhada pelo aroma familiar de lírio-do-vale, e Celia sentiu os músculos tensos relaxarem de alívio.

A Sra. Eloise Fairfax — simplesmente *Eloise* para Celia —

---

3. Two Thousand Guineas Stakes é uma corrida plana do Grupo 1 na Grã-Bretanha, aberta a potros e potras puro-sangue de três anos. É disputada na Rowley Mile, em Newmarket, com uma distância de 1,6 km, e está programada para ocorrer todos os anos no início de maio. É uma das cinco corridas clássicas da Grã-Bretanha e, atualmente, é a primeira a ser realizada no ano. Também serve como a etapa de abertura da Tríplice Coroa, seguida pelo Derby e pelo St. Leger, embora o feito de vencer as três tenha sido raramente tentado nas últimas décadas.

4. Furlong - é uma unidade de medida de comprimento que equivale a 220 jardas ou 1/8 de uma milha terrestre. Exatamente o tamanho de um estádio.

viera em seu socorro. Eloise era prima e amiga íntima de Celia, já que suas idades tinham apenas cinco anos de diferença.

"Minhas desculpas, Lorde Derwin", disse Eloise suavemente, "mas preciso roubar minha prima e não prometo devolvê-la."

A última frase foi dita com uma piscadela encantadora, destinada a apaziguar os sentimentos de Derwin. Pequena, com olhos escuros e luminosos que exalavam calor, Eloise tinha o dom de fazer os homens se sentirem generosos, como se tudo tivesse sido ideia deles.

Celia poderia aprender algo com a prima — se ao menos quisesse.

Fora do alcance da voz de Derwin, Celia não conseguiu conter sua irritação. "Eu pensava que a viuvez dava a uma dama o luxo de evitar homens monótonos."

"Descobri que a viuvez não dá a nenhuma dama esse luxo", disse Eloise, com a voz serena como sempre. "Mas, ah, como é que você se viu presa numa conversa com aquele caipira?"

"Atrair caipiras é o meu dom especial", respondeu Celia. "Você não sabia?"

A julgar pelo casamento desastroso de Celia, todos sabiam.

Eloise apertou o braço de Celia com carinho.

Celia amava Eloise. Sempre fora assim, com Eloise assumindo o papel de irmã mais velha que sabia tudo. Nunca Celia se sentira sufocada pela prima, mas sim amada. E alguns anos — uma década inteira, na verdade — o amor tinha sido escasso.

Juntas, Celia e Eloise atravessaram a multidão que se intensificava. Com sua simpatia e curiosidade naturais, Eloise cumprimentava amigos e conhecidos — que ela sempre colecionava cada vez mais — enquanto Celia acenava distante. Ela era conhecida por ser uma duquesa fria, uma que mantinha certa distância. Ela nunca se importou muito com isso.

"Rakesley está por aí?" Eloise foi direto ao assunto que ocupava metade da mente de Celia.

"Ele foi com Lady Artemis até Londres ontem."

Eloise assentiu em aprovação. "Como um bom irmão deveria."

"De fato."

É claro que Rakesley não permitiria que sua irmã sofresse sozinha. Então, ele interrompeu sua própria comemoração pela vitória de seu potro Hannibal na Two Thousand Guineas, como o irmão atencioso e responsável que era.

Celia gostou mais dele por isso.

"Ainda assim", começou Eloise.

Apesar de uma única palavra dita, Celia detectou a nota de preocupação nela. Ela sabia o que Eloise estava prestes a dizer — e desejava que sua prima não o fizesse.

"Seria um alívio", continuou Eloise, "se ele fizesse o pedido e resolvesse isso."

Uma verdade objetiva.

Tudo o que precisavam fazer era estarem juntos no mesmo ambiente, e a natureza seguiria seu curso. Rakesley perguntaria e Celia diria sim. Não era natural para um duque se casar com uma duquesa? As leis do universo praticamente decretavam isso.

"Ah, esses atrasos", inquietou-se sua prima. Eloise era uma pessoa preocupada.

Celia não se permitia ter que esse tipo de preocupação. Depois que Light Skirt vencesse a corrida de hoje, ela seguiria Rakesley até Londres e enviaria suas condolências a Lady Artemis. Em um bilhete separado, convidaria o duque para tomar chá com ela na mansão de seu falecido marido em St. James's Square. Então, ela se acomodaria de forma atraente na poltrona em frente à dele e concordaria em fazê-lo o homem mais feliz do mundo.

Ela seria salva.

Mais precisamente, seus estábulos seriam salvos.

Rakesley — o duque arrogante que era — considerava seus estábulos os melhores do reino, mas Celia sabia que os dela é que eram. E seu falecido marido, um perdulário, quase os havia perdido.

Não.

Ela não pensaria em seu falecido marido, um esbanjador.

Não hoje.

Não quando tinha dois bons motivos para sorrir.

Celia e Eloise se acomodaram em seus camarotes, na primeira fila, sem nada impedindo a vista do gramado. Embora Celia tivesse encontrado poucos prazeres em sua vida como duquesa, um camarote na primeira fila em Newmarket era um deles.

Concluída a pesagem, cavalos e cavaleiros começaram a ocupar seus lugares na largada, todos vestidos com um arco-íris de sedas coloridas. Celia se inclinou para frente e segurou o leque contra a testa como um escudo contra o sol, procurando no grupo por suas cores. A libré rosa e branca não deveria ser muito difícil de encontrar, principalmente porque a camisa era rosa-choque com bolinhas brancas grandes e pequenas. Ela mesma havia desenhado o padrão.

Seu coração se acelerou. *Pronto.* Um lampejo de rosa e branco quando Light Skirt e seu jóquei Ames se acotovelaram para frente da linha de largada. Uma potranca de temperamento equilibrado, Light Skirt não se importava em estar no centro de duas dúzias de puros-sangues temperamentais. E, oh, ela era uma beldade com sua pelagem castanha brilhante, patas brancas destacando suas elegantes franjas e sua crina preta trançada. Além disso, o nome da potranca lhe caía bem. Quando corria, possuía uma leveza de passo que Celia jamais encontrara em outro cavalo.

A expectativa deixou as palmas das mãos de Celia molhadas de suor.

"A propósito, Celia", começou Eloise, inclinando-se na cadeira para que pudessem ser confundidas com conspiradoras.

Celia conhecia aquele tom. O que quer que Eloise estivesse prestes a dizer, não afetaria seu sorriso.

Ela estava determinada.

"Ouvi um boato sobre o título."

Celia não precisava perguntar qual título. O título de seu falecido marido, é claro. *Duque de Acaster*. O título que se extinguiria se um herdeiro não fosse encontrado. Ela fez um gesto de desdém com o pulso. "Há rumores sobre o título desde que Edwin exalou seu último suspiro."

Eloise balançou a cabeça com firmeza. "Este boato não é exatamente um boato, Celia. Uma linha de investigação parece estar se confirmando."

"E deixe-me adivinhar." Celia não conseguiu resistir a uma provocação na voz. "Você soube disso pelo Sr. Lancaster?"

Um leve rubor subiu pelas bochechas de Eloise. "Por acaso, sim."

Viúva nos últimos sete anos, Eloise havia desenvolvido uma amizade especial, *hum*, com o Sr. Lancaster durante os últimos três anos, um acordo discreto que convinha a ambos. Além disso, o Sr. Lancaster era advogado em Lincoln's Inn e, como tal, tinha acesso tanto a informações sólidas quanto a boatos. Esse último provaria ser o último, é claro.

"Agradeço sua ajuda, minha querida." Ela apertou a mão de Eloise. Sua prima estava apenas tentando ajudar. "Mas já faz um ano. Se houvesse um herdeiro Acaster, já teria sido descoberto."

Os tribunais deram nove meses para se certificarem de que ela não estava grávida do herdeiro de Acaster. Então, discretamente, expandiram a busca, que parecia duvidosa, já que nenhum parente havia sido localizado.

Para Celia, isso não importava nem um pouco. Ela se importava com duas coisas neste mundo: a mulher sentada ao seu lado e seus cavalos. Durante os dez anos de casamento, ela dedicou todo o seu carinho aos seus cavalos. Eles a salvaram em seus momentos mais difíceis, e agora era a vez dela salvá-los.

Ela faria qualquer coisa.

Até se casar novamente.

A seriedade de Eloise não diminuiu. "Acho que você deve estar preparada para essa possibilidade, Celia."

Celia foi poupada de ter que se aprofundar mais no assunto quando notou o homem com o tiro de largada tomando seu lugar. "Olha", ela disse apontando. "A corrida está quase começando."

"Veremos", disse Eloise, erguendo uma sobrancelha em dúvida.

Largadas falsas eram uma estratégia conhecida dos blacklegs [5] do Ring para assustar os cavalos na linha de largada.

Nas duas décadas desde que os blacklegs haviam conseguido o controle quase total das apostas em corridas de cavalos — definindo as probabilidades e registrando as apostas — sua corrupção descarada não conheceu limites, desde largadas falsas a subornos de jóqueis e envenenamento de cavalos rivais para garantir a vitória de seu cavalo favorito. Em 1818, o Jockey Club tentou conter o poder dos blacklegs abrindo a Sala de Assinaturas no Tattersalls [6], onde as apostas poderiam ser feitas. Mas foi uma tentativa em grande parte ineficaz, pois a escala das apostas havia crescido muito além do poder do Jockey Club.

Em qualquer fim de semana de corrida, as centenas de milhares de libras esperando para serem arrancadas pelos oportunistas mais astutos representavam uma tentação grande demais para muitos resistirem. Quando o susto de um cavalo favorito na linha de largada podia render uma fortuna para um blackleg da noite para o dia, os riscos não poderiam ser maiores para o aventureiro desesperado.

Enquanto os cavalos se acotovelavam em suas posições, a mente de Celia divagava em uma direção indesejada.

Era toda aquela conversa sobre Acaster.

Um libertino depravado durante a maior parte da vida, só lhe

---

5. Blacklegs: vigaristas, ladrão, velhaco.
6. A Tattersalls é a principal leiloeira de cavalos de corrida do Reino Unido e da Irlanda.

ocorreu, aos setenta e cinco anos, que poderia morrer sem um herdeiro legítimo. Ele precisava de uma esposa.

Não foi difícil encontrar uma. Afinal, ele era um duque, e o pai de Celia era um rico comerciante em busca de um título para a família e com uma filha linda e obediente.

Todos conseguiram o que queriam.

Todos, exceto Celia.

O duque levara a sério sua intenção de ser pai de um herdeiro.

Um arrepio úmido a percorreu ao se lembrar da sensação das mãos do duque em sua pele... em seus pulsos... em seu pescoço...

Ela engoliu a lembrança. Não conseguia pensar nos detalhes daquela vida e manter o sorriso no rosto.

"Minha querida, você está bem?" perguntou Eloise, com o olhar inquisitivo. "Precisa ir ao banheiro feminino?"

Celia balançou a cabeça. "É só nervosismo."

Seu sorriso havia sumido.

Ela o devolveu ao lugar.

Seu marido lascivo, pelo menos, fizera uma coisa certa: deixara os cavalos para ela em testamento. Eles pertenciam a ela integralmente — contanto que ela pudesse mantê-los, pois um problema considerável permanecia.

Acaster a deixara sem dinheiro para a sua manutenção — deixara apenas dívidas. Uma nova conta chegava todos os dias.

Mesmo um ano após sua morte.

Como era típico de Edwin não pensar ou se importar com os aspectos práticos. Se — *quando* — Light Skirt vencesse hoje, as mil libras em prêmios não levariam Celia muito longe. Cada centavo precisava ser usado para pagar a inscrição na Corrida do Século em setembro, por mais tentador que fosse ficar com o dinheiro e desistir da corrida. Mas a Corrida do Século oferecia um prêmio de £ 10.000, o que seria suficiente para mantê-la à tona enquanto ela estabelecia o haras de cavalos Puro-Sangue que havia começado a montar.

Ela simplesmente precisava se manter à tona pelos próximos meses.

Talvez Rakesley concordasse com um casamento rápido — uma licença especial ou uma viagem para a Escócia.

Então todos os seus problemas acabariam.

Outra ruga de preocupação se formou na testa de Eloise.

O sorriso de Celia havia sumido — *de novo.*

Ela não conseguia pensar em casamento sem pensar no leito conjugal a que fora submetida com Acaster — não se quisesse prosseguir com seu plano e se casar novamente.

Embora Rakesley fosse um duque arrogante, ele não era um sujeito ruim — como outros homens. Ele conhecia seus deveres e responsabilidades e os levava a sério. Ele faria dela o único tipo de marido que ela seria capaz de tolerar: alguém cuja vida não se cruzaria muito com a dela. Pois ali estava a consideração mais importante para o casamento com ele.

Ele não a olhava possessivamente ou com luxúria ardente.

Ele a via de uma forma imparcial e respeitosa que lhe convinha perfeitamente. Ela intuiu que ele queria o mesmo tipo de casamento que ela — um casamento sem se deixar levar pelas emoções.

Ela cumpriria seu dever e lhe daria um herdeiro e dois filhos extras.

E ele salvaria seu estábulo.

Seus ouvidos captaram um trecho de conversa sussurrada de um casal que passava. "...e em breve será a Duquesa de Rakesley, pelo que tudo indica."

Ótimo.

Fofocas se espalhavam sobre ela e Rakesley, e a sensação de segurança, a sensação que ela vinha mantendo à distância até que ele oficialmente fizesse a pergunta — *Quer se casar comigo?* — começou a ganhar uma dimensão tangível dentro dela.

A vida que ela desejava — *segurança... liberdade* — estava ao seu alcance.

Eloise bateu a mão e projetou o queixo. O homem com a pistola de largada havia levantado a arma no ar.

Enquanto o coração de Celia batia forte em um galope a toda velocidade, seu olhar se fixou em um cavalo e uma cavaleiro, as cores roxa e preta inconfundíveis. *Little Wicked.* Desde o momento de seu nascimento, ela fora proclamada a potranca mais promissora de seu ano. Grandes expectativas se seguiram. Lorde Clifford, no entanto, a perdeu em um jogo de cartas para um oportunista chamado Deverill, um homem conhecido na sociedade por sua montanha de dinheiro.

Celia não dava a mínima para a fofoca. Mas se importava com o que acontecesse com a Little Wicked.

"Por que a Little Wicked está correndo hoje?" ela perguntou. A potranca havia corrido na corrida de ontem, ficando em terceiro lugar e se mostrando uma candidata para o resto da temporada de corridas. "Não é certo que ela esteja aqui. Não deveria ser permitido."

Eloise colocou a mão no joelho de Celia para acalmá-la. "O Jockey Club já tem problemas suficientes para fazer cumprir as regras existentes sem adicionar mais uma."

Celia olhou ao redor. Não demorou um segundo para encontrar Deverill, cercado como estava por uma multidão de damas casadas e seus maridos.

"Parece que ele tem alguns admiradores", disse Eloise.

"Ah, aqueles lordes querem sua montanha de dinheiro." Celia estava se sentindo mesquinha.

Eloise deu uma risada seca. "E as damas querem dormir com ele."

Celia ignorou a última parte.

Lorde Diabo era o apelido que a sociedade dera ao homem. Com olhos azuis que podiam penetrar uma alma e cabelos negros como as asas de um corvo, ele possuía uma beleza masculina severa em sua intensidade.

E ele não tinha o menor efeito sobre ela.

O que a afetava era que ele fazia Little Wicked correr por dois dias consecutivos. "Deverill não tem o direito de possuir um puro-sangue como a Little Wicked."

"Que esnobismo inesperado da sua parte, prima."

Celia balançou a cabeça, impaciente. "Puros-sangues são uma raça sensível. Precisam correr e treinar, mas também precisam ser mimados. Só porque alguém tem dinheiro para manter um estábulo e treinar um puro-sangue não significa que deva. Little Wicked merece mais do que ser tratada como o brinquedo de um homem rico", concluiu Celia com mais paixão do que o estritamente necessário.

Eloise a observou calmamente. "Mas o futuro dela não é você quem decide, Celia. Além disso, ela certamente parece cheia de energia e vigor."

Como se para ilustrar a observação de Eloise, Little Wicked bateu o casco inquieta e jogou a cabeça para trás. Uma nota de presságio percorreu Celia. Little Wicked estava prestes a dar trabalho para Light Skirt. Ela podia sentir isso.

A linha de partida e as arquibancadas ficaram imóveis e estranhamente silenciosas. O próximo som seria o disparo da arma.

Uma coluna repentina de fumaça cinza subiu no ar, seguida no instante seguinte pelo estrondo do tiro.

Os cavalos partiram.

Light Skirt saltou para sua largada rápida de costume e estaria na liderança se não fosse por Little Wicked ao seu lado, cumprindo sua promessa e aclamação. Ambas as éguas possuíam velocidade estonteante na pista plana que margeava Devil's Ditch [7], deixando claro no primeiro furlong que esta seria uma corrida de dois cavalos.

---

7. O Devil's Ditch é uma barreira linear de terra, supostamente ser de origem anglo-saxônica, no leste de Cambridgeshire e Suffolk. Ela se estende por 11 quilômetros em uma linha quase reta, com um sistema de valas e barrancos de 10 metros de altura voltado para sudoeste, bloqueando o terreno calcário aberto entre os pântanos ao norte e as colinas anteriormente arborizadas ao sul. É um Monu-

Com o coração batendo forte, Celia se moveu para frente, as mãos agarrando a grade, os nós dos dedos brancos. Little Wicked não demonstrava sinais de exaustão da corrida do dia anterior. Na verdade, ela estava correndo hoje como se o dia anterior tivesse sido um aquecimento.

No terceiro furlong, os cavalos se alongaram e Celia esperou que Light Skirt fizesse a transição para sua cadência característica. A égua tinha a rara habilidade de manter o seu galope enquanto aumentava sua rotação. Foi essa qualidade que a tornava tão leve em seus pés.

Mas, hoje, Light Skirt estava correndo com os ombros tensos.

Sem pensar duas vezes, Celia se levantou, com os punhos cerrados, a boca repetindo silenciosamente: "Vamos... vamos... vamos..."

Uma possibilidade lhe ocorreu. Uma possibilidade que ela não conseguia encarar — não se quisesse manter a respiração e a calma. Mas essa possibilidade se impôs, de qualquer forma.

Light Skirt poderia perder.

O que significava...

Celia poderia perder.

Todos os seus planos se dissiparam como uma nuvem de poeira no rastro dos cavalos.

Uma visão passou por sua mente — de si mesma em Londres, *implorando* ao Duque de Rakesley por sua mão em casamento.

Não.

Não podia acontecer.

A vida não lhe devia mais do que isso?

Então, no quinto furlong, ocorreu uma mudança.

Os ombros de Light Skirt relaxaram e sua cadência aumentou. A respiração de Celia ficou presa na garganta. Lá estava — a magia especial da potranca se revelando.

---

mento Classificado, um Sítio Biológico de Interesse Científico Especial e uma Área Especial de Conservação

No sexto furlong, ela já estava meio corpo à frente de Little Wicked. Só faltavam dois furlongs...

As unhas de Celia cravaram-se em crescentes vermelhos nas palmas das mãos.

Ao chegar ao sétimo furlong, Light Skirt aumentou sua vantagem em mais meio corpo, com a linha de chegada à vista.

Em um instante, o desespero de Celia se transformou em alegria absoluta e efervescente. Batendo palmas, ela começou a gritar e a pular enquanto sua brilhante potranca cruzava a linha de chegada à frente da adversária, que havia recuperado algum terreno, mas tarde demais. Se a corrida tivesse sido um furlong a mais, era possível que Little Wicked tivesse levado o prêmio. Essa potranca seria uma das favoritas nas corridas restantes da temporada, uma vez que ela era uma novata e essas pistas eram mais longas.

Mas isso não importava agora, pois uma alegria pura e genuína invadiu Celia. Ela abraçou Eloise, com lágrimas escorrendo pelo rosto em partes iguais de alegria e alívio, enquanto recebia felicitações de todos ao seu redor. Ela *certamente* estava se exibindo.

Mas não importava.

Light Skirt acabara de ganhar a corrida One Thousand Guineas e sua bolsa [8] de £1.000. Ela havia garantido seu lugar na Corrida do Século — e uma chance na bolsa de £10.000.

Seu estábulo estava seguro.

Por enquanto.

Tempo suficiente para ela obter uma linha de crédito discreta que a mantivesse no curto prazo — até seu casamento com Rakesley.

Embora fosse verdade que ela teria que sorrir para outro

---

8. Em corridas de cavalos, a bolsa refere-se à porcentagem dos ganhos totais que é alocada ao proprietário vencedor e ao jóquei. Essa distribuição pode variar com base em fatores como os termos da corrida e o acordo entre os proprietários e os treinadores.

homem pelo resto de seus dias — outro marido... outro *duque,* nada menos — ela não se importaria em sorrir para o homem que salvaria seus estábulos e garantiria seu futuro.

Essa última década a havia deixado em apuros, mas — *finalmente* — ela havia sobrevivido.

Como ela estava perto de o passado nunca mais ter importância.

CAPÍTULO DOIS

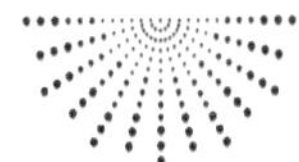

LONDRES, UMA SEMANA DEPOIS

*E*ra uma noite comum de quarta-feira no The Archangel.

Os cavalheiros e lordes haviam terminado o jantar e as bebidas em seus respectivos clubes — Brooks's [1], Boodle's [2] ou White's [3]. Alguns tinham ido para casa em direção a suas camas virtuosas. Outros tinham se dirigido aos bairros pobres e aos vários tipos de vícios ali oferecidos. E outros estavam entrando no The Archangel, enchendo suas quatro paredes com o aroma familiar de charuto misturado com uísque e os sons familiares de euforia misturados com desespero. Tal era a natureza de um antro de jogos, independentemente de sua exclusividade.

---

1. O Brooks's é um clube de cavalheiros em St. James Street, Londres; um dos clubes de cavalheiros mais antigos e exclusivos do mundo.

2. O Boodle's é um clube de cavalheiros em Londres, Inglaterra, com sede em St. James Street, 28. Fundado em janeiro de 1762 por Lord Shelburne, que mais tarde se tornou primeiro-ministro do Reino Unido e então 1º marquês de Lansdowne, é o segundo clube privado mais antigo de Londres e do mundo.

3. O White's é um clube de cavalheiros em St. James's, Londres. Fundado em 1693 como uma loja de chocolate em

Mayfair. É o clube mais antigo de Londres e, portanto, o clube privado mais antigo do mundo. Mudou-se para suas instalações atuais na St. James's Street em 1778.

E sem dúvida, o The Archangel era exclusivo.

Gabriel Siren não tinha interesse em tocar em dinheiro, a menos que fosse à faixa de centenas a milhares de libras. Daí em diante, as apostas eram altas em suas mesas de jogo e roleta. Nas mesas de cartas também. E embora o aspecto de jogo do The Archangel fosse necessário para atrair os lordes que passavam noites que começavam ao anoitecer e terminavam ao amanhecer — e até pagavam uma taxa mensal para se entregar à extravagância — não era a parte de seu negócio que interessava a Gabriel. Ao contrário, era um mal necessário.

Felizmente, ele tinha a pessoa certa para gerenciar o lado do jogo — sua irmã mais velha e braço direito, Tessa, que agora subia as escadas com determinação para se juntar a ele na galeria do segundo andar.

"Tessa", ele disse em saudação.

Quase da mesma altura de Gabriel, ela mal precisava levantar os olhos do azul cristalino de um fiorde sueco — exatamente o mesmo azul que os dele, assim como os de suas duas irmãs mais novas, Saskia e Viveca. "Brumley está exigindo vê-lo", foi o cumprimento em resposta.

"Presumo que ele esteja perdendo no jogo." Gabriel não se surpreendeu. O homem tinha um talento especial para perder.

Tessa exalou um suspiro irritado. "Ele está dizendo que tudo não passa de um grande mal-entendido e que seu velho amigo de escola, Siren, vai esclarecer a confusão."

"Qual é o grande mal-entendido?"

Parecia bastante simples. Num antro de jogos, perdia-se dinheiro — e pagava-se pelo privilégio.

"Que ele perdeu cem libras em dois minutos. Mais ou menos um minuto."

"Por que mais alguém se arriscaria?"

"Ele prefere perder as cem libras ao longo da noite. Palavras dele."

Um sorriso irônico se contorceu nos lábios de Tessa, que era o sorriso mais largo que se poderia ver nela. Sua irmã era a pessoa mais séria que Gabriel já conhecera — e possuía a mente mais brilhante de todos os seus conhecidos, incluindo a sua.

"É só por diversão, meu velho", ela continuou, imitando perfeitamente a entonação elegante de Brumley, típica de Eton. "De novo, palavras dele."

Gabriel entendeu que era melhor acabar logo com o inevitável. "Eu cuido disso."

Dois passos depois, ele ouviu: "Ah, e aquele advogado voltou."

Gabriel se virou. "Mande-o embora."

Ele só se encontrava com advogados que conhecia. Caso contrário, seria submetido a uma enxurrada de vigaristas e trapaceiros.

Tessa não se mexeu. "Dessa vez, ele traz uma carta carimbada com o selo real."

"Uma falsificação, sem dúvida."

"Sem dúvida", ela concordou. "Ele está esperando no seu escritório."

"Tessa —"

Ela levantou a mão, hesitante. "Ele não aceita *não* de ninguém além de você."

Com outros assuntos para resolver, Tessa partiu para seus próprios negócios. Como já era tarde, aquela seria a primeira prestação de contas da noite. Mesmo em um estabelecimento tão eficientemente administrado como o The Archangel, crupiês e os responsáveis pela mesa com dedos ágeis abundavam.

Gabriel continuou descendo as escadas para ver como estava Brumley, *seu antigo colega de escola*. Mesmo em sua mente, as palavras soaram irônicas. Em termos técnicos, eles estudaram em Eton e Cambridge ao mesmo tempo.

Mas — e esta era a parte importante — Gabriel havia estudado com bolsa de estudos.

E aqueles filhos de duques, marqueses, condes, viscondes, barões e cavaleiros não o haviam deixado saber disso?

Até que, é claro, Gabriel se tornou útil para eles, ajudando-os com a revisão de matemática.

Então, passou a ajudá-los com seus vícios.

Foi apenas um pequeno passo quando Gabriel descobriu que podia pegar um pouco de dinheiro e ganhar mais com ele.

É claro que nem todos saíam ganhando todas às vezes — exceto Gabriel.

A casa sempre ganhava.

Seu pé atingiu o último degrau e um grito irritado cortou o barulho. "Siren!"

Do outro lado da sala, que abrigava quatro mesas de jogo e quatro mesas de roleta, Brumley acenou freneticamente. Gabriel assentiu e atravessou a sala sem pressa, cumprimentando os clientes por onde passava. Ele sabia exatamente como lidar com *aquele velho amigo.*

Fazia mais ou menos um ano desde a última vez que falara com Brumley, já que Gabriel passava pouco tempo na sala de jogos. Embora tivesse vinte e quatro anos, Brumley já havia atingido uns bons três quilos. A consequência natural quando a única atividade física era jogar dados e levar copos de uísque à boca. Ironicamente, Gabriel tinha pouca utilidade para essas atividades.

"Aproveitando a noite?" ele perguntou em sua voz baixa e sempre calma.

"Mas é exatamente isso que eu quero dizer, meu velho", disse Brumley. Para uma noite que mal havia começado, o homem estava totalmente imerso em suas bebidas.

Além disso, Brumley estava sofrendo de uma grave ilusão se achava que aquelas cem libras seriam devolvidas. The Archangel não era uma instituição de caridade nem um lugar para lordes que ainda precisavam de apoio. Mesmo assim, Gabriel poderia encontrá-lo em algum ponto do caminho. "Vou anotar para que a sua taxa mensal seja dispensada no próximo trimestre."

A nuvem escura sobre o rosto de Brumley se dissipou, mas não desapareceu completamente.

Que pena.

Gabriel fez uma leve reverência antes de girar sobre o calcanhar. Vislumbrou o Duque de Richmond entrando na sala de jogos e o seguiu, encontrando Richmond acomodado em uma poltrona de couro macia enquanto abria uma revista de turfe.

"Richmond", ele disse sentando-se na cadeira em frente.

"Siren", disse o duque.

Alguns anos antes, Gabriel havia expandido seus negócios para uma diversidade de interesses que iam muito além das quatro paredes do The Archangel, detendo participações em empreendimentos voltados para o futuro. Seu investimento na fabricação de máquinas a vapor estava perto de superar o lucro do The Archangel, na verdade. Mas seu investimento com o Duque de Richmond representava um novo tipo de empreendimento.

Corridas de cavalos.

Ele nunca havia pensado muito naquele mundo sombrio. Muita incerteza. Muita corrupção. Então, Richmond, um verdadeiro aficionado pelo esporte, abordou Gabriel com uma ideia intrigante. Eles realizariam um encontro de corridas no final da temporada de 1822, com apenas cinco cavalos — os vencedores das cinco principais corridas da temporada: a Two Thousand Guineas, a One Thousand Guineas, a Oaks, a Derby e a St. Leger.

A Corrida do Século.

Richmond deixou sua revista de turfe de lado e foi direto ao assunto. "Como foram as vendas de ingressos durante o fim de semana em Newmarket?"

"Arrecadamos seiscentas e trinta e uma libras." Gabriel poderia lhe contar até o último centavo se ele perguntasse.

Não que duques contassem centavos.

Mas bolsistas contavam.

Richmond ergueu uma sobrancelha, impressionado. "Um bom começo."

"Decente", retrucou Gabriel.

Com uma bolsa de £ 10.000 e os custos associados à utilização de Epsom Downs [4] como sede, havia bastante a recuperar, mas eles estavam a caminho. É claro que cada participante da corrida precisava pagar a inscrição no valor de £ 1.000 pelo seu cavalo, o que o deixava, junto com Richmond, £ 5.000 mais perto de recuperar seus custos e correr no azul.

"Estamos montando barracas pela cidade para vender ingressos."

Ceticismo estampava as feições de Richmond. "Isso parece uma via improvável para vendas."

Gabriel não se traiu bufando ou revirando os olhos ou qualquer outro movimento que indicasse o que pensava da opinião do duque. Em vez disso, explicou, sereno e tranquilo. "Não estamos vendendo ingressos para uma corrida de cavalos. Estamos vendendo ingressos para um sonho. Ver o potro ou a potranca de três anos mais rápidos da Inglaterra."

"Falando nisso", continuou o duque, implacável. Duques eram notoriamente difíceis de dissuadir. "Os ingressos são muito baratos."

"Não são."

Gabriel também não se deixava intimidar facilmente.

Ele vinha se mantendo firme naquela posição desde o início e continuaria assim. Essa corrida atrairia a *alta sociedade* e a classe trabalhadora. Era uma chance para as massas verem os melhores cavalos de sua época correr, em vez dos cavalos de dorso curvado em seus percursos locais.

Esse era o ângulo.

---

4. Epsom Downs é um hipódromo de Grau 1 em uma área montanhosa perto de Epsom, em Surrey, Inglaterra, usado para corridas de cavalos puro-sangue. O hipódromo tem capacidade para 130.000 pessoas, incluindo espectadores de Epsom Downs, uma área aberta ao público

Essa era a atração.

Gabriel não esperava que um duque entendesse.

Richmond inclinou a cabeça e estreitou o olhar. "Dizem que você tem vinte e quatro anos."

"Sim", respondeu Gabriel.

O duque balançou a cabeça em desdém e pegou a revista de turfe. "A juventude de hoje."

Gabriel entendia o que Richmond representava. Ele se deparava com isso quase diariamente. O duque estava usando a idade de Gabriel para diminuí-lo e suas realizações.

"Isso é tudo, Vossa Graça?" ele perguntou levantando-se.

Richmond assentiu com a cabeça e acenou distraidamente com a mão.

Enquanto Gabriel atravessava o clube e subia as escadas para seu escritório, ele repassou os números mentalmente. *£10.000.* Esse era o prêmio do vencedor. Subtraindo a inscrição de £1.000 para cada um dos cinco participantes. *£5.000.* Restavam as vendas de ingressos. Uma arrecadação de £631 nas corridas de Newmarket. *£4.369.* Entre as vendas em outras corridas, em Londres e no dia da corrida, Gabriel esperava chegar perto desse valor e chegar a £0.

No entanto, o objetivo da venda de ingressos não era o dinheiro que eles traziam. A venda de ingressos era sobre as pessoas que elas traziam — pessoas que gostavam de apostar nos cavalos. Aí estava o verdadeiro dinheiro que Gabriel buscava, pois não era segredo que centenas de milhares de libras trocavam de mãos durante o Derby e todos os outros grandes fins de semana de corridas.

A Corrida do Século não seria diferente — exceto em um aspecto crucial.

Os blacklegs do Ring não estariam no comando das apostas no dia da corrida, pois Gabriel não deixaria nada ao acaso.

A Corrida do Século era uma corrida única, que não estava vinculada às regras do Jockey Club, do Tattersall ou dos blacklegs do Ring. Portanto, The Archangel cuidaria de todas as apostas e fazendo as próprias apostas. Ele e Richmond estavam prestes a se tornarem homens ainda mais ricos do que já eram.

Aqui estava o segredo do sucesso que Gabriel descobrira em Eton. Ele mantinha a cabeça baixa, o nariz limpo e trabalhava os números.

Ele entrou em seu escritório e estava a meio caminho da mesa quando notou a figura imóvel sentada no canto, pasta no colo, mãos cruzadas sobre a mesa. Impecável e todo arrumado, esse homem de óculos.

E Gabriel se lembrou — *o advogado.*

Se é que se podia chamar assim.

Um oportunista, mais provavelmente.

Gabriel não reconheceu o homem até chegar à sua mesa de carvalho e parar diante dela. "Você tem negócios comigo?" Consultou o relógio de bolso e não esperou por uma resposta. "Você tem dois minutos."

Sem dizer uma palavra, o homem se levantou e atravessou a sala até a cadeira mais próxima de Gabriel, mas não se sentou. Em vez disso, colocou a pasta no assento e começou a remover os papéis com eficiência. Gabriel apoiou o quadril na mesa e observou um tanto perplexo. Esse homem certamente possuía os modos eficientes de alguém que conhecia o seu ofício, sem nenhum resquício de oportunista.

Um quadrado de pergaminho emergiu das profundezas da pasta. Com sua dobradura elaborada, fitas esvoaçantes e carimbo, a carta certamente tinha a aparência de um selo real. Com grande reverência, o homem a estendeu.

Gabriel cruzou os braços sobre o peito. Não tinha obrigação de aceitar nada que aquele homem oferecesse.

A testa do homem se franziu. "Você é Gabriel Siren, sim?"
"Sou."
"Isso é para você."
Gabriel permaneceu como estava. "Em que posso ajudá-lo?"

"Você pode querer se sentar."

Gabriel não fez tal movimento.

"Já ouviu falar do Duque de Acaster?"

"Ele aparecia no The Archangel ocasionalmente."

Múltiplas vezes.

O advogado riu. Quando Gabriel ergueu uma sobrancelha, o riso se transformou em uma tosse que pigarreou. "Você deve saber que ele deu seu último suspiro há um ano."

"Sem quitar suas dívidas aqui", disse Gabriel. "Eu sei."

"Bem, você não está sozinho nesse aspecto."

Gabriel deixou que alguns instantes de silêncio se prolongassem. "Posso mandar chamar alguém para acompanhá-lo até a porta?" perguntou. "Tenho uma longa noite pela frente."

O advogado não se mexeu. "E sem herdeiro."

"Pardon?"

"Acaster morreu sem herdeiro."

Gabriel já estava farto. Inclinou-se para frente, pretendendo pegar o homem maluco pelo braço e acompanhá-lo pessoalmente para fora do local. O homem começou a agitar a carta lacrada. "Leia isso."

Gabriel decidiu que a atitude mais conveniente seria agradar o homem. Então, aceitou a carta e rompeu o lacre com um golpe eficiente de canivete. Deu uma olhada rápida no conteúdo.

Sulcos profundos se formaram em sua testa.

As palavras se recusavam a penetrar.

Ele leu a segunda vez em um ritmo mais lento — palavras como *Gabriel Siren* e Duque, saltaram aos seus olhos — mas, ainda assim, ele permaneceu inalterado e indiferente.

Na terceira tentativa, as palavras começaram a encontrar fissuras em sua mente e a se infiltrar.

Palavras que apresentavam uma lógica que não se sustentava.

Pelo menos, não na combinação e sequência em que apareciam.

Ele empurrou o papel para o homem. "Isso é uma brincadeira?"

O advogado sentou-se com a expressão despreocupada de um homem em paz com o quanto estava certo. "Posso garantir que não é."

"Isso diz..." Gabriel começou a ler. *De agora em diante, o homem conhecido como Gabriel Siren é Sua Graça Gabriel Calthorp, Sétimo Duque de Acaster."* Seu olhar se ergueu. "Isso não pode ser."

"Ah, mas é, Vossa Graça. Tem até um selo do rei." Ele apontou para o dito selo.

Gabriel ficou imóvel, sua mente buscando um fio de lógica. "Qual é o seu nome?"

"Sr. Mossley."

"Quem o mandou fazer isso, Sr. Mossley?"

Sua mente fez um cálculo rápido. Poderia ter sido qualquer número de pessoas. Não se abre um estabelecimento de jogos de sucesso em Londres sem irritar algumas pessoas e ganhar alguns inimigos.

As mãos do Sr. Mossley se abriram diante dele como se estivesse impotente diante da situação. "É um decreto real."

Gabriel não aceitou. "Não sou descendente de duques. Meu pai era um escriturário morto por uma carroça enquanto atravessava a Fleet Street."

A cabeça do advogado se inclinou de curiosidade. "O que o senhor sabe sobre seu avô?"

"Ele era escriturário antes do meu pai. Um homem que trabalhava duro e esperava isso dos outros."

"E o que o senhor sabe sobre o pai do seu avô?"

Gabriel se remexeu em um desconforto repentino. "Vovô não falava do pai."

"E do irmão?"

Irmão?

Embora não tivesse feito à pergunta em voz alta, o Sr.

Mossley pareceu ouvi-la. "Seu avô se casou com uma sueca, não é?"

"Vovó era sueca", disse Gabriel, cauteloso. "Como você sabe de tudo isso?"

"Levou meses, posso garantir."

"Isso não responde à minha pergunta."

"Veja bem, seu avô adotou o sobrenome da esposa."

Gabriel esperou.

"Foi assim que ele perdeu seu sobrenome." O Sr. Mossley falou como se afirmasse o óbvio. "Mas agora você foi encontrado."

Uma risada sem humor escapou de Gabriel. "Engraçado, eu não achava que estava perdido."

"Ah, mas você estava." Os olhos cinzentos do Sr. Mossley brilharam por trás dos óculos. "Veja bem, seu avô era o filho mais novo do Quinto Duque de Acaster. Pelo que tudo indica, ele não se dava bem com a família. Então, decidiu trilhar seu próprio caminho no mundo. Foi quando se casou com sua avó e parou de usar o sobrenome."

"E como é isso?"

"O sobrenome dela era Siren. É um nome sueco, não é inglês."

O homem folheou sua pilha de papéis até encontrar o que procurava. Gabriel a pegou com cuidado, como se pudesse pegar fogo. Ele estava desconfiado dos papéis oferecidos por aquele homem.

Após uma leitura superficial, ergueu os olhos. "Uma certidão de casamento?"

Incapaz de conter a excitação, o Sr. Mossley bateu no papel. "Viu? George Calthorp — esse é seu avô — e Ebba Siren — sua avó."

"Sim, eles se casaram", disse Gabriel. "O que você está vendo que eu não estou vendo?"

Ser pego de surpresa raramente acontecia com ele — e ele não gostava nem um pouco disso.

"O casamento é legítimo."

"Eu nunca duvidei disso."

"Bem, os tribunais são mais difíceis de convencer, e isso faz toda a diferença neste caso."

"Por quê?" perguntou Gabriel, mas a resposta já estava se fazendo sentir.

"Porque isso o torna um descendente legítimo." O sorriso de triunfo do Sr. Mossley não se conteve. "Isso o torna o Sétimo Duque de Acaster."

As palavras se recusavam a penetrar na mente de Gabriel de uma só vez, mas entravam lentamente.

Ele... um... *duque.*

"Seu bisavô foi o quinto duque e seu tio-avô o sexto."

Um completo absurdo ocorreu a Gabriel... "O Duque de Acaster que vinha cambaleando ao The Archangel duas vezes por semana era meu *tio?*"

"Tio-avô, sim. E quando ele morreu sem descendência legítima, você se tornou o sétimo duque." Agora firmemente inserido em sua área de especialização, o Sr. Mossley ficou muito feliz em explicar. O homem beirava a embriaguez. "Que sorte o senhor ter conseguido se formar em Eton e Cambridge, em vez de se tornar um —"

"Mendigo de sarjeta?" Gabriel completou a frase por ele, secamente. "Que sorte."

O sorriso do advogado diminuiu um pouco, repreendido. "O senhor conhece esse novo mundo que irá ocupar e suas regras. Duques e pessoas assim são firmes em suas noções sobre regras, Vossa Graça."

Vossa Graça.

O homem continuou repetindo — na verdade, não parava de repetir.

"Eu não dou a mínima para as regras da *alta sociedade.*"

Precisava ser dito — e entendido.

O Sr. Mossley sorriu. "Falou como um verdadeiro duque."

Gabriel não era um homem dado a demonstrações de frustração, mas o sentimento que agora crescia dentro dele parecia prestes a explodir.

A porta se abriu, dando passagem tanto ao rugido dos jogos de azar lá embaixo quanto a Tessa, que estava a dois passos do escritório quando parou de repente, só agora registrando a cena à sua frente. "Ah, você ainda está aqui", ela disse ao Sr. Mossley. Seu olhar encontrou o de Gabriel. "Achei que você já o teria mandado embora."

"Irmã", ele disse, "é melhor você se sentar."

A experiência recente lhe ensinara isso.

O olhar astuto de Tessa alternava entre os dois homens. "Eu vou ficar de pé, obrigada."

Gabriel percebeu que não adiantaria nada ficar enrolando. "Parece que sou um duque."

"É, Vossa Graça." Com um sorriso satisfeito, o Sr. Mossley se virou para Tessa. "E a senhora é Lady Tessa, presumo."

Ela bufou, mas quando todos os outros na sala permaneceram sérios, sua boca se abriu. "Gabriel", ela começou, "diga que não é verdade."

Ele permaneceu em silêncio.

Ele só podia presumir que a sequência de emoções que passavam pelo rosto dela espelhava precisamente aquelas que haviam se manifestado no dele apenas alguns minutos antes.

Incredulidade... confusão... perplexidade... horror...

Ela balançou a cabeça, sempre teimosa. "Isso não pode ser."

Enquanto o Sr. Mossley começava a explicar tudo para Tessa, mostrando-lhe os documentos relevantes quando ela dispensava ou duvidava, Gabriel mantinha um olho em sua irmã.

O advogado terminou, e um silêncio inquietante desceu sobre a sala — e Gabriel continuou observando Tessa.

Então, o silêncio brilhou em seu rosto.

A emoção final — a inevitável.

Aceitação.

Gabriel era o Sétimo Duque de Acaster, e ela era Lady Tessa.

E todos os nobres que atualmente circulavam pelas salas de jogo do The Archangel no andar de baixo, os nobres cujos trocados eles não se importavam nem um pouco em embolsar...

Bem, ela era uma deles.

Assim como ele.

Uma percepção desagradável atingiu Gabriel. Até aquele momento, ele fora livre para moldar a vida que quisesse, seu único impedimento era sua própria imaginação.

Mas, agora, ele se sentia preso — preso a uma vida que não havia escolhido.

Uma vida que não lhe convinha.

Uma centelha de rebelião o percorreu. Não. Ele nunca fora vítima de suas circunstâncias.

E não estava prestes a começar agora.

Mesmo como duque, ele teria a vida que quisesse.

Ele estava determinado.

E nunca, nem uma vez. Ele havia se mostrado determinado a conseguir o que queria e não havia conseguido.

Se ele tivesse que ser um duque, que assim fosse.

Mas ele faria do seu jeito.

CAPÍTULO TRÊS

ASHCOTE HALL, SUFFOLK,
UMA SEMANA DEPOIS

As cortinas rosa-claro do quarto se abriram, permitindo que a luz do sol entrasse pela janela com vista para o roseiral, e Celia arrastou um travesseiro sobre o rosto.

"Você precisa mesmo fazer isso, Sra. Davies?" ela murmurou com a voz rouca e macia como uma pluma de ganso.

"Um cavalheiro chegou", disse a temível governanta de Ashcote Hall.

Celia espiou por debaixo do travesseiro. *Um cavalheiro?*

A Sra. Davies fungou. "De Londres, pelo que parece."

A testa de Celia se franziu. "O Sr. Murdoch já chegou? Que horas são?"

"Oito horas, Vossa Graça."

Isso não soou bem. Por que o pintor de cavalos que ela havia chamado chegaria tão cedo? A menos que... "Será que dormi o dia todo?"

Antecipando esse encontro, ela havia tomado uma garrafa inteira de vinho tinto na noite anterior, em uma tentativa infrutífera de afogar as mágoas.

Em outras palavras, era possível que ela tivesse dormido o dia todo.

A Sra. Davies colocou um torrão de açúcar no chá matinal de Celia e mexeu, a colher fazendo um *ting-ting-ting* eficiente e ensurdecedor contra a porcelana. "*Oito da manhã.*"

Celia gemeu, e as tristezas da noite passada a atingiram — ainda flutuando na superfície, sempre à tona e insubmersível. Hoje, ela teria que enfrentar o que havia colocado em movimento por necessidade — a venda de seu amado estábulo.

Sinceramente, era inacreditável como sua vida tinha dado tão terrivelmente errado, tão incrivelmente rápido.

Em um momento, Light Skirt estava vencendo a One Thousand Guineas e Celia estava prestes a receber uma proposta de casamento do Duque de Rakesley...

No momento seguinte — bem, uma semana depois — Rakesley perguntava a Celia se ela se importaria muito em não se casar com ele. O sim entusiasmado na ponta da língua se transformou em pó quando a importância da pergunta foi assimilada.

Ela não se casaria com ele.

Sua vida estava em ruínas — *mais uma vez.*

Um dia depois, como se o universo estivesse ansioso para adicionar insulto à injúria, uma carta chegou. Uma carta oficial. Aquela que Eloise a avisara para esperar.

Um novo Duque de Acaster havia sido localizado.

De seu lugar na mesa de cabeceira, a carta atraía seu olhar como um ímã. Desde sua chegada, ela a lia três ou quatro vezes por dia, embora não fosse mais necessário. Ela memorizara seu conteúdo palavra por palavra. Ela até mesmo escrevera um bilhete para o Sr. Lancaster de Eloise para verificar se não era algum tipo de brincadeira.

Inacreditavelmente, não era.

Havia um novo Duque de Acaster.

Ele seria um perdulário, é claro.

Estava no sangue dos Acaster.

Mas isso não a preocupava. O que a preocupava era que ela estava em apuros. Era apenas uma questão de tempo até que esse novo duque a expulsasse para a Casa da Viúva na propriedade da família Acaster, em Kent.

O que não seria o pior de tudo.

Seus cavalos também seriam expulsos.

Ela estava prestes a perder a única coisa com que se importava.

Então, ela tomou uma decisão necessária: vender dois de seus amados puros-sangues. Não em uma venda de dispersão [1] da Tattersalls, mas sim anunciando discretamente que duas éguas da linhagem Godolphin estavam à venda. Isso geraria alguma agitação nos círculos de turfe e talvez a ajudasse a suportar os próximos meses de custos operacionais.

Cavalos não eram um amor barato.

No entanto, havia um lado positivo em tudo isso. A montanha de dívidas de seu falecido marido? Ela seria — *felizmente* — transferida para o novo duque.

Ela bufou, provocando um arquear de sobrancelhas repreensivo da Sra. Davies enquanto puxava a colcha para Celia. A Sra. Davies tinha sido sua única concessão do falecido duque, que havia permitido que ela estabelecesse sua antiga governanta como a governanta de Ashcote. Mas Celia não estava casada havia muitas semanas quando percebeu que não era tanto uma concessão, mas sim uma necessidade. Acaster não conseguira manter empregadas femininas por mais de alguns meses.

Pelos motivos óbvios.

O homem fora um libertino sem remorsos.

---

1. Uma venda de dispersão é uma venda em que animais de criação ou operações agrícolas são vendidos em um único evento, geralmente por diversos motivos, como aposentadoria, problemas de saúde ou necessidade financeira. Essas vendas podem envolver um grande número de animais e normalmente são organizadas por leiloeiros ou mercados locais. É crucial que os vendedores garantam que todos os animais estejam registrados e que o vendedor tenha o direito de vendê-los. Além disso, os compradores devem verificar se os animais vêm com garantias de nascimento e reprodução.

"Chegou alguma correspondência esta manhã?" Celia vestiu o roupão.

"Nada ainda", disse a Sra. Davies, com a atenção dividida enquanto fazia sinal para a copeira atiçar a lenha na lareira.

Celia tentou não se afundar em seus problemas — de verdade, ela tentou —, mas uma semana inteira se passara desde que recebera notícias do novo duque, e ainda não havia sinal do homem. Então, ela se manteve ocupada. No dia seguinte à confirmação do Sr. Lancaster, ela escreveu uma carta ao renomado pintor de cavalos, Sr. Silas Murdoch. Uma representação fiel de suas duas éguas era o primeiro passo necessário para a venda.

Três dias atrás, ela recebeu uma resposta do pintor de que ele chegaria a Ashcote dali a três dias.

Hoje.

Daí a garrafa de vinho tinto da noite anterior — e a dor de cabeça de hoje.

"Sra. Davies", ela reclamou. "Toda essa luz do sol é estritamente necessária?"

A governanta lançou um olhar avaliador para Celia. "Sim", ela disse firme. "Agora, beba isso." Ela não se referia ao chá, mas sim a uma mistura com um tom de verde, um brilho de limo e um aroma de ovo.

"Você está tentando me matar?" Celia fechou os olhos com força contra um raio de sol errante. Ela não tinha certeza se se importaria tanto assim em ser aliviada de seu sofrimento.

"Você não sofrerá nenhum dano com nenhuma receita da minha mãe."

A mãe da Sra. Davies tinha a palavra final sobre qualquer assunto.

Como um bom soldado, Celia pegou o copo, prendeu a respiração e bebeu o conteúdo surpreendentemente insosso em três grandes goles. A Sra. Davies assentiu em aprovação, o que era seu maior elogio.

Meia hora depois, Celia estava usando um vestido de lã sem

graça, adequado para uma manhã nos estábulos, e preparada para o dia — fosse lá o que ele trouxesse. Ela repassou a reunião que a esperava. Como duquesa, ela teria a vantagem sobre o Sr. Murdoch — no início. Durante esse tempo, ela apresentaria suas exigências para o pintor. Essa era a parte simples. A parte complexa — e delicada — da discussão viria quando se tratasse de dinheiro. Ou seja, o preço. Nesse caso, ela poderia perder a vantagem e ser reduzida a mendigar, pois não tinha intenção de pagar um centavo a mais do que o necessário.

Enquanto ela descia a grandiosa escadaria curva de Ashcote para o hall, ela vislumbrou as costas de um homem, seus cabelos castanhos com mechas douradas tocando o topo da gola. Seu olhar seguiu a largura dos ombros quadrados, descendo pelo comprimento do casaco cinza-escuro dele. O tecido era fino — fino demais para um pintor de cavalos.

Isso significava que ele era bem pago pelo seu trabalho.

O que Celia não poderia fazer.

E alto, foi seu próximo pensamento.

De repente, sua cabeça se inclinou. Ele devia tê-la ouvido. Ele se virou, seu olhar pousando imediatamente nela. O passo de Celia vacilou e ela prendeu a respiração. *Bonito.* Maçãs do rosto definidas e queixo com covinhas. Uma boca com lábios nem carnudos nem finos.

Homens não deveriam ser tão bonitos, especialmente pintores de cavalos.

Isso perturbava o equilíbrio do universo.

Homens nunca afetavam Celia dessa maneira. Talvez fosse como quando ela viu os Mármores do Partenon [2] no Museu

---

2. Os Mármores de Elgin, também conhecidos como Mármores do Partenon, são uma grande coleção de esculturas em mármore levadas da Grécia para a Grã-Bretanha em 1806 por Thomas Bruce, Lord Elgin, na época embaixador junto ao império Otomano. Valendo-se do domínio deste sobre os territórios da Grécia, obteve uma autorização do sultão para removê-los do Partenon. As esculturas encontram-se no Museu Britânico, em Londres.

Britânico ou a primeira vez que ouviu a *Sonata ao Luar* de Beethoven. Uma coisa bela já teve tal efeito sobre ela.

Aconteceu que a coisa bela a seis metros dela era um homem.

Um jovem.

Foram os olhos dele, no entanto, que a atraíram e a mantiveram no lugar. Não um azul marcante, mas um tom com a clareza e a qualidade mutável do mar em um dia ensolarado. Eles também continham mais. Inteligência — e uma pitada de ironia.

Este homem podia ser jovem e belo, mas não era desmiolado.

A irritação a percorreu. Este jovem bonito e inteligente não era o Sr. Murdoch.

Não podia ser.

O ilustre pintor de cavalos enviara um aprendiz.

"Duquesa", ele disse com uma reverência superficial.

A voz dele não era particularmente grave, mas roçou nela com a consistência de um som aveludado e suave. Além disso, ela detectou aquela qualidade irônica, novamente. Este homem não estava tão impressionado com o título dela.

Ou com ela, aliás.

Celia não estava acostumada com isso.

Ela podia não estar vestida com a última moda para uma manhã nos estábulos, mas os homens paravam e a notavam — sem exceção.

Era simplesmente o efeito que ela causava nos homens.

Mas nos olhos claros e irônicos daquele homem, ela não detectava nada daquela apreciação.

Ela assentiu com um aceno majestoso e continuou descendo as escadas. A vários metros de distância, ela parou e estendeu a mão. A expectativa era clara: ele lhe daria um beijo cortês.

Em vez disso, ofereceu uma leve — *irônica* — reverência.

A mão de Celia caiu ao lado do corpo. A face do homem e sua ironia. Como ele ousava encará-la com aquele olhar?

Como se soubesse de algo que ela não sabia.

"E o seu nome?" ela perguntou — insistente, na verdade.

"Gabriel Siren." Um lampejo de incerteza passou por seus olhos. "Pelo menos, era—"

"Agradeço a sua presteza em vir, Sr. Siren", ela disse interrompendo-o intencionalmente. Não precisava saber mais nada.

No entanto... ela sentiu um aceno de reconhecimento. Gabriel Siren. Ela já ouvira o nome em algum lugar, mas não conseguia identificá-lo...

Gabriel.

Ele certamente parecia uma representação artística de um anjo — até que alguém encontrasse seus olhos.

Não se encontrava doçura e luz naquelas profundezas azul-celeste.

Inusitado para um homem que não poderia estar a tantos anos longe da universidade.

Sobrancelhas escuras e perplexas se uniram. "Estava me esperando?"

"Por que não estaria?"

Um sorriso torto surgiu em um canto de sua boca. "Eu, *hã*, sinceramente não sei."

Que jovem estranho.

Bem, ele era um artista, e artistas eram conhecidos por serem entidades em si mesmos.

Celia gesticulou em direção à porta. Melhor ir logo. "Devo levá-lo até elas?"

O Sr. Siren não fez menção de segui-la. *"Elas?"*

"Cleópatra e Lady Fanny."

"Suas... *filhas?*" Ele pareceu genuinamente perplexo.

Seria o homem completamente louco?

"As éguas."

Sua testa relaxou. "Ah." Ele deu de ombros. "Por que não?"

O incômodo percorreu a coluna de Celia. Ele agia como se estivesse lhe concedendo uma mesada, e não o contrário. Não apenas esse jovem não tinha motivo de ser tão bonito quanto era, mas também não tinha motivo para ser tão confiante.

"Siga-me", ela disse com uma dose considerável de imperiosidade. Ela era a duquesa ali, e o perplexo Sr. Siren saberia disso.

Em silêncio, ela o conduziu pela casa. Ela pensara em colocá-lo em seu devido lugar, fazendo-o andar três passos atrás dela como um criado. Mas descobriu que não gostava dele às suas costas. Isso a fazia se sentir estranhamente exposta.

Considerada uma beldade desde o nascimento, Celia sempre aceitara seu lugar como objeto de um olhar arrebatador.

Mas com este homem era... diferente.

Ele não estava arrebatado.

Então ela ouviu — a ausência de passos atrás dela.

Lançara um olhar por cima do ombro e percebera que o homem desconcertante não a estava observando, mas sim parado, fascinado, diante de um velho retrato mofado. Supôs que um pintor se interessaria por pinturas. "Sr. Siren?"

Ele lançou-lhe um olhar rápido. "Quem é?"

Celia se arrepiou com a pergunta. "O pai do meu marido."

"O Quinto Duque de Acaster?"

"Isso mesmo."

Ele a encarou por mais um minuto inteiro. Então se virou para ela. "Podemos ir agora."

Celia ergueu as sobrancelhas. "Podemos, agora?" A pergunta continha uma boa dose de sarcasmo.

Ele assentiu com a cabeça.

Que atrevimento!

E Celia se viu liderando o caminho — *novamente.*

Ao entrarem nos estábulos, seu primeiro sorriso genuíno do dia surgiu. Era ali que ela voltava para sua vida real e seu verdadeiro eu. Na verdade, ela não aceitava intrusos facilmente. Tinha um tratador-chefe de confiança, vários cavalariços e um treinador para a temporada. Todos sabiam seus lugares e administravam os estábulos de acordo. Como o relógio estava quase marcando nove horas, eles chegaram a tempo de encontrar Light Skirt sendo conduzida ao pátio dos estábulos a caminho do paddock. Celia estendeu a mão para passar a mão no focinho aveludado da potranca. Ela olhou de soslaio para o cavalariço em suas costas. "Como está a nossa menina essa manhã?"

"Ela está ótima", disse o rapaz.

Celia assentiu, e o rapaz seguiu seu caminho. Eles não se apegavam a formalidades nos estábulos.

Ela olhou para o Sr. Siren observando-a em silêncio. *Perturbador.*

Ela se virou e marchou direto para o corredor central do estábulo, dizendo por cima do ombro: "Cleópatra e Lady Fanny estão por aqui."

"Que operação impressionante vocês têm aqui", disse a voz do Sr. Siren às suas costas.

Celia supôs que deveria diminuir o passo e permitir que o homem caminhasse ao seu lado. "Não tão impressionante quanto alguns."

O Sr. Siren olhou ao redor. "Não?"

"Ashcote abriga vinte puros-sangues", ela disse. "O Duque de Rakesley tem uns cinquenta em Somerton."

O sorriso sério e torto se curvou nos lábios do Sr. Siren. "Só vinte?"

"No entanto", continuou Celia. Ela não conseguiu se conter. "O que nos falta em quantidade em Ashcote, mais do que compensamos em qualidade."

"Eu acredito."

Celia piscou.

Eu acredito.

Estranhamente, ela acreditou nele.

O Sr. Siren não era bajulador.

Era por isso que ela continuava falando com aquele homem, o que a perturbava bastante. "Em Ashcote, não criamos apenas cavalos vencedores, ao contrário de Rakesley. Também prestamos atenção a outras qualidades. Veja o temperamento, por exemplo. Um garanhão mal-humorado provavelmente gerará descendentes mal-humorados, embora eles nunca possam viver no mesmo estábulo. Puros-sangues são uma raça complicada e precisam ser manejados com cuidado e atenção."

Ela parou diante de um estábulo, e uma dócil égua castanha de crina preta colocou a cabeça por cima do portão. "Veja Lady Fanny. Pequena, mas ela é uma verdadeira amante da grama e é conhecida por morder outros cavalos. Mas para os humanos ela é tão doce quanto possível." A égua colocou o focinhou no braço de Celia, exigindo a atenção que merecia. "Tudo bem, garota", ela disse acariciando o focinho da égua. "E ali..." Ela apontou para o outro lado do corredor. "Lá está Cleópatra. Um pouco mais animada, mas controlável e capaz de se concentrar na grama."

Enquanto Celia falava, percebeu algo incomum. O Sr. Siren a deixou falar, sem interrupção.

Era essa qualidade que a perturbava.

A maioria dos homens interrompia — com frequência.

A maioria dos homens apenas esperava que ela terminasse de falar para que pudessem começar a falar.

Não este homem.

Ele ouvia.

E absorveu cada palavra.

Ela não tinha certeza se gostava disso.

"Seu falecido marido estava envolvido na administração dos estábulos?"

Um bufo nada típico de uma duquesa, que não pôde ser reprimido, saiu de seu nariz. "Claro que não."

O Sr. Siren ergueu as sobrancelhas e não disse nada.

Ela havia revelado demais.

"Esse estábulo é o trabalho da sua vida." Ele fez a observação com interesse genuíno.

Celia teve que engolir em seco para conter a repentina onda de lágrimas que lhe apertou a garganta. Ela havia dito a si mesma que não choraria, e não ia chorar.

No entanto, com uma única e simples frase, esse jovem e belo pintor de cavalos havia expressado seu orgulho e sua vergonha.

Esse estábulo *era* o trabalho da sua vida.

Ela o havia construído — e agora o estava desmontando para obter dinheiro.

E esse homem viu porque a ouviu como se ela fosse uma igual.

Não uma igual social, mas uma igual humana.

Celia nunca havia encontrado isso em um homem.

Ela poderia ser impotente diante de tal tratamento.

Ela poderia ser impotente diante desse homem que conhecia há menos de meia hora.

CAPÍTULO QUATRO

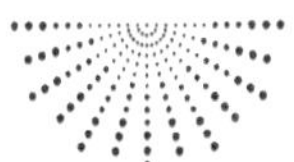

a duquesa surpreendeu Gabriel.

Enquanto a esperava no salão de recepção, ele repassou os poucos fatos que sabia sobre ela. Cinquenta e seis anos mais jovem que o falecido duque. Números geralmente ficavam gravados em sua mente, e aquele não era exceção.

O que uma jovem no final da adolescência estaria fazendo casando-se com um duque na casa dos oitenta anos?

Uma pergunta com uma resposta fácil.

Busca de título.

Uma mulher disposta a fazer qualquer coisa para conseguir o que queria.

A lógica simplesmente seguia.

No entanto, quando a viu descendo a escada de Ashcote, percebeu que também havia formado ideias preconcebidas sobre ela. Que ela teria um olhar duro e desconfiado, atento a qualquer situação. Uma mulher com uma peruca alta e rosa empoada, vestida com sedas, possivelmente do século passado. Ele poderia estar esperando que Maria Antonieta descesse as escadas. Afinal, seu tio-avô nunca parara de se vestir com calças de seda coloridas do século passado, e para completar uma mancha de ruge em cada bochecha.

Mas a realidade da duquesa — vestida com um vestido simples de lã — fez Gabriel reavaliar suas suposições sobre ela.

Ela podia não ser esse tipo de mulher.

Então ele entendeu o que o tentava a pensar tanto.

Era a beleza dela.

A beleza dela era do tipo que podia levar o fluxo linear dos pensamentos de alguém e embaralhá-los sem nenhum esforço da parte dela.

A duquesa não era uma mulher frágil, mas sim escultural e curvilínea. Uma mulher cuja forma continha substância, juntamente com curvas numerosas demais para contar. Certamente, elas eram quantificáveis — é claro que eram —, mas não seria cavalheiresco ficar aqui as enumerando.

Além disso, suas curvas não eram pertinentes à conversa que se seguiria.

Seu olhar não se deteve em sua pele de porcelana ou em seus lábios cor de botão de rosa, da cor de cerejas maduras. Então, concentrou-se em seus olhos — um âmbar cor de mel que brilhava por dentro. Seus cabelos negros, repartidos ao meio e presos em um coque frouxo na nuca, apenas amplificavam sua luminosidade.

Gabriel faria bem em manter distância da beleza daquela mulher. Na natureza, a beleza era usada para ofuscar e confundir. Ele sentia que não era diferente com aquela mulher.

Em outras palavras, sua beleza era uma armadilha.

Uma na qual ele não cairia.

Quando ela estendeu a mão para que ele se curvasse, o cérebro de Gabriel finalmente se desvencilhou. Quão consciente estava aquela mulher de sua posição. Ela nem o deixara terminar uma frase. O que fora para seu benefício, na verdade, pois ela estava claramente sofrendo com um mal-entendido sobre sua identidade.

Um mal-entendido que ele não tinha pressa em corrigir.

Ela parecia achar que ele se interessaria pelos cavalos dela.

Ele não se interessava — nem um pouco.

No entanto, se segui-la até os estábulos significava que ela continuaria falando, era apenas para seu benefício. As pessoas se revelavam quando tinham liberdade de expressão em uma conversa. Ele estava aprendendo mais do que sobre cavalos com a duquesa. Estava aprendendo sobre ela — onde residia sua paixão.

Cavalos.

Não era um interesse mero e passageiro. Gabriel concluiu que aqueles animais eram a vida dela — e ele dissera isso.

Esse estábulo é o trabalho da sua vida.

Fora uma simples declaração de fato.

No entanto, enquanto estavam ali, com os olhos fixos, não havia nada de simples na emoção crua que passava por trás dos olhos dela.

Emoção que Gabriel precisaria entender, se algum dia quisesse entendê-la.

Ele se sacudiu mentalmente. Não precisava entender essa mulher. Ele só se aventurara de Londres até as terras selvagens de Suffolk para avaliar uma das poucas propriedades que seu tio-avô conseguira não desperdiçar no jogo. Como a propriedade não tinha vínculo, Gabriel tinha liberdade para vendê-la e usar o dinheiro para quitar uma parte da dívida do ducado.

A duquesa rompeu o contato com um olhar cor de âmbar. "Sim, bem, nós, duquesas, precisamos encontrar maneiras de preencher as horas vagas de nossos dias."

Gabriel não conhecia aquela mulher — não tinha intenção de conhecê-la —, mas sabia reconhecer uma mentira quando a ouvia. Diante dele não havia nenhuma duquesa ociosa.

A mentira o intrigava.

Por que mentir?

Especificamente, por que mentir quando a verdade não representava risco algum?

Quando seu olhar encontrou o dele novamente, não continha mais nenhum tipo de emoção. Em vez disso, ela estava impenetrável de arrogância novamente. "Acredito que você já viu tudo o que precisava para começar." Sua voz era clara, mas não se espalhava longe. Uma voz acostumada a ser baixa. "Vamos tomar um chá e discutir os detalhes?"

"Como quiser."

Ela passou por ele e liderou o caminho, dessa vez em marcha ré pelos estábulos e pela mansão. A sala de estar onde tomariam chá não tinha qualquer aparência de conforto — toda mobília dourada lascada e sedas desbotadas, o que condizia apenas com o que ele sabia do ex-duque. Com a dívida do ducado, não haveria dinheiro sobrando para a reforma — não com a operação do estábulo que ele acabara de ver.

Outro exemplo de como essa duquesa poderia não ser a duquesa que ele esperava.

Ela havia escolhido cavalos em vez de móveis novos. Poucas duquesas fariam essa escolha, não quando as aparências eram tudo na *alta sociedade*.

Ela se sentou na beirada do sofá oposto, o elegante arranjo de suas saias como uma segunda natureza, e olhou para todos os lados, menos para ele. Gabriel sentou-se e esperou. Eventualmente, ela teria que reconhecer a presença dele.

Por fim, ela respirou fundo e encontrou seu olhar. "Sua viagem foi satisfatória?"

"Apenas algumas horas de viagem de Londres."

Gabriel não era muito de conversa fiada, mas a duquesa também não.

Mais uma vez, ele esperou.

Ela parecia ter algo a lhe dizer — e estava com dificuldade para dizê-lo. Suas mãos estavam entrelaçadas no colo, os nós dos dedos brancos. Por fim, ela disse: "São apenas dois cavalos."

"Estamos falando de Cleópatra e Lady Fanny?" Gabriel mal

conseguia pronunciar o segundo nome. Nomes de cavalos de corrida nunca deixavam de chocar.

A duquesa piscou. "Claro."

O serviço de chá chegou com a governanta, que lançava um olhar que só poderia ser descrito como sinistro em sua direção.

"Isso é tudo, Sra. Davies", disse a duquesa.

A governanta não parecia estar com vontade de desocupar a sala, mas havia sido dispensada e, portanto, não tinha escolha.

E Gabriel estava sozinho com a duquesa novamente.

Ela levou a porcelana fina à boca e soprou um hálito refrescante na superfície do chá. "Eu estava pensando que, já que são dois..."

"Os cavalos?"

Ela assentiu brevemente. "Então, talvez pudéssemos chegar a um acordo." Suas bochechas estavam rosadas. "Sobre o preço."

Sem dúvida, seria pouco cavalheiresco permitir que ela continuasse sob a falsa impressão de que ele era outra pessoa, mas sua curiosidade estava totalmente desperta.

Que serviço ele lhe prestaria?

Além disso, e com grande dificuldade, ela tentava pechinchar com ele.

Se o tempo que passou num internato público e como dono de uma casa de jogos em Londres lhe ensinou alguma coisa, foi que as pessoas se revelavam em momentos de aflição, e ele descobriu que queria que aquela duquesa revelasse mais de si.

O silêncio era sua melhor ferramenta.

Então, mais uma vez, ele esperou.

Ela pigarreou desajeitadamente. "A primeira pintura pelo seu preço atual? E a segunda pela metade do preço?"

O olhar de Gabriel baixou um pouco para a garganta dela, onde a pulsação forte era visível. "Você gostaria que eu pintasse seus cavalos?"

O rubor dela desapareceu até ela ficar pálida como papel. "Eu tenho dinheiro."

Estava na hora. Ele precisava revelar sua identidade. Continuar assim parecia cruel. "Sobre isso", ele começou.

"A menos que seja o Sr. Murdoch quem toma essas decisões?"

"Não conheço nenhum Sr. Murdoch."

Dois segundos pesados de silêncio se passaram. Sua testa se enrugou e sua cabeça se inclinou. "Quem é você?" Sua xícara de chá e pires caíram ruidosamente sobre a mesa. "O que foi que eu fiz de errado?"

Um pigarro soou na porta, atraindo seu olhar e impedindo Gabriel de revelar a verdade há muito esperada. "A senhora tem uma visita", disse a Sra. Davies.

"Ah?", perguntou a duquesa. "E o nome da visita?"

O olhar sinistro que a Sra. Davies lançou a Gabriel era agora inegável. "Sr. Murdoch."

O olhar da duquesa se desviou e encontrou o de Gabriel. "Por favor, faça-o entrar."

Os dez segundos que se passaram talvez tenham sido os mais lentos da vida de Gabriel, enquanto a duquesa o observava como se não ousasse deixá-lo sair de sua vista. Finalmente, ela falou. "Quem é o senhor?"

Naquele momento, a Sra. Davies chegou com a visita. "Sr. Murdoch, Vossa Graça."

Um homem de estatura mediana entrou na sala. Quando seu olhar pousou na duquesa, ele fez uma reverência baixa e subserviente. Um sorriso largo ergueu as pontas de seu bigode espesso enquanto ele se endireitava. "Vossa Graça."

Ela inclinou a cabeça como a duquesa que era. "Sr. Murdoch, acabei de apresentar seu aprendiz às minhas éguas, Cleópatra e Lady Fanny."

As sobrancelhas grossas do Sr. Murdoch se encontraram no meio da testa. "Meu aprendiz?" Ele lançou a Gabriel um olhar furioso. "Eu não tenho um aprendiz."

"Claro que tem." Ela apontou para Gabriel. "Ele está ali — o Sr. Siren."

"Nunca vi esse homem na minha vida", vociferou o Sr. Murdoch, fervendo de genuína afronta. "Além disso, eu jamais enviaria um aprendiz para servir à Duquesa de Acaster."

A duquesa piscou e suas bochechas ficaram vermelhas — se pela identidade trocada ou pela interessante escolha de palavras do Sr. Murdoch, Gabriel não sabia dizer.

"Claro, Sr. Murdoch, o senhor deve estar exausto da viagem." Ela estendeu a mão para tocar a campainha. A Sra. Davies retornou menos de dois segundos depois. "Poderia mostrar os aposentos do Sr. Murdoch?" Seu olhar se voltou para o pintor perplexo. "Você deve estar precisando se deitar."

Embora expressasse um tom gentil e preocupado, Gabriel ouviu as palavras da duquesa pelo que eram: uma ordem.

Enquanto o perplexo Sr. Murdoch buscava uma resposta, ela continuou: "Nós nos reuniremos mais tarde para discutir nossos assuntos."

Ela acenou com a cabeça para a Sra. Davies conduzir o Sr. Murdoch para fora da sala.

A porta se fechou atrás deles e, mais uma vez, Gabriel estava sozinho com a duquesa.

Ele captou um vislumbre de seu olhar tempestuoso antes que ela se levantasse de um salto e caminhasse até uma janela com vista para um alegre roseiral com sua profusão colorida de flores do início do verão.

Recostada no batente da janela, ela cruzou os braços na cintura. Não que Gabriel quisesse notar, mas a pose realçava a generosidade de seu busto.

Ninguém o confundiria com um poeta.

"De novo", ela começou, a tempestade em seus olhos âmbar não tendo diminuído nem um pouco, "quem é você?"

Gabriel supôs que a pergunta era inevitável. "Um matemático, eu suponho."

"Você acha?"

"Essa era minha área de estudo em Cambridge."

A confusão brilhou em seus olhos. "Passei a manhã com um psicopata?"

"Não vem ao caso."

Sua cabeça se inclinou. "Você não é jovem demais para ser matemático? Quantos anos você tem? Vinte?"

Ele se mexeu. "Vinte e quatro."

"Tão jovem."

"Seis anos mais jovem que você, na verdade."

Ela ofegou, a indignação a percorrendo. "Quem lhe ensinou boas maneiras, afinal?" Mas as palavras dele pareceram alcançá-la, e a suspeita transpareceu em seus olhos. "Como sabe a minha idade?" Mas antes que ele pudesse responder, ela o interrompeu. "Qual era o nome?"

"Pardon?"

"Era", ela repetiu. "Mais cedo, no hall, você disse que seu nome era Gabriel Siren, depois disse que esse *era* o seu nome. O verbo no passado."

"Ah."

Essa duquesa possuía inteligência. Uma coisa boa de saber sobre uma pessoa.

"Você gosta de prolongar um momento, não é?"

Ela também estava impaciente.

Ele sorriu. "É no prolongamento de um momento que uma pessoa se revela."

"E quem eu me revelei?"

"Não exatamente quem eu pensava que você fosse."

Uma risada irônica escapou dela. "Bem, você tem vantagem sobre mim nisso, pois não tenho a menor ideia de quem você é." A risada desapareceu em um instante. "Se você era o Sr. Gabriel Siren, quem é você agora?"

E aqui estava — a ponta afiada da pergunta.

"Um duque, aparentemente." A declaração não surgiu com a força da convicção.

"Ou você é um duque ou não é." Uma linha profunda se

formou entre suas sobrancelhas delicadamente arqueadas. "Não há *aparentemente*."

"Eu sou um duque."

"De?"

"De?"

"O Duque *de...*?"

A hora havia chegado. Ele havia evitado aquele momento por dias, compreendendo que, no instante em que falasse em voz alta, seria verdade — para sempre.

"Acaster."

Uma sobrancelha cética se ergueu. "Meu marido era o Duque de Acaster."

"Era."

A linha entre suas sobrancelhas se aprofundou. "Você... *é...*"

"O Duque de Acaster."

Ela estendeu a mão para a cadeira ao lado, como se suas pernas tivessem cambaleado repentinamente. "Siren", disse ela, lenta e pensativa. "Você é Gabriel Siren."

"Era."

"Você é dono de um cassino — The Archangel, correto?"

"Sou."

"E você é um investidor na Corrida do Século?"

"Sou."

"E..." Ela balançou a cabeça como se tentasse se livrar de uma ideia — uma que havia criado raízes teimosas. "*Você* é o Duque de Acaster."

Ela deslizou para o lado na cadeira, com um olhar atordoado.

Pelo menos ela estava recebendo bem a notícia.

"Eu presumi que você tivesse sido informada."

Ela balançou a cabeça. "Eu fui, mas não me deram detalhes. Tipo..." Ela acenou com a mão para cima e para baixo na direção dele, como se o gesto fosse suficiente para completar seu pensamento. "*Você.*"

"Eu não sabia que você estava morando em Ashcote Hall." Ele sentiu a necessidade de se explicar diante da perplexidade dela.

Isso chamou sua atenção. "Por que não estaria?"

"Eu pensei que, como duquesa, você dividiria seu tempo entre a mansão em St. James's Square, em Londres, e a propriedade da família Acaster, em Kent."

"Ashcote é minha residência principal." Seu olhar se aguçou. "Por que *você* está aqui? *Você* não deveria estar morando na mansão em St. James's Square ou na propriedade da família em Kent?"

"Eu precisava ver Ashcote Hall em primeira mão."

Seu olhar se estreitou. "Por quê?"

Ele supôs que apenas a verdade bastaria. "Vou vender Ashcote Hall."

Sua pele adquiriu um tom de cinzas finas como papel. "*Vender?* Para quem?"

Aqui, Gabriel encontrou um território confortável. "Para quem der o maior lance, presumivelmente."

"Vender... *Ashcote?*", ela gaguejou, com indignação em cada sílaba. "Para quem der o maior lance?"

"É assim que as coisas funcionam nos negócios."

"*Negócios*", ela disparou. "É só isso que se vê quando olha para Ashcote? Mas você viu os estábulos."

"O que vai aumentar o valor de venda, com certeza", ele disse calmamente... razoavelmente.

O brilho em seus olhos tornou-se feroz. "Os cavalos são meus. Acaster os deixou para mim em testamento."

"Eu sei."

"Então você sabe que não pode vendê-los."

"Eu estava falando da estrutura dos estábulos."

Um pouco de entusiasmo a derrubou. Mas ela não havia terminado. Seu olhar o percorreu, avaliando-o. "Você é um jovem muito preciso, não é?"

Jovem.

Aquela palavra de novo.

Colocando-o em seu devido lugar.

Uma onda inesperada de raiva o atingiu.

Um desejo poderoso exigia que ele provasse àquela mulher o quão jovem ele não era.

Um desejo que parecia estranhamente novo.

Essencial.

Antepassados medievais provavelmente tinham desejos seme-lhantes. Desejos que deveriam ser combatidos e contidos em uma sociedade civilizada.

O desejo o afetou de outra maneira também.

Fisicamente.

Uma agitação física que também precisava ser combatida.

Para não permitir que essa agitação se incendiasse, ele se levantou de um salto. Era melhor encerrar aquela conversa agora. "Se isso for tudo, Duquesa?"

Ela havia ficado fria como um vento norte em janeiro. "Como quiser, *Duque*."

Uma boa dose de ironia escorria daquela última palavra.

Não importava. Em três minutos, ele estava acomodado em sua carruagem de quatro lugares e a caminho de Londres. Já tinha visto tudo o que precisava. Ashcote Hall estava em boas condições e pronta para ser vendida ao maior lance.

Mesmo assim, era a duquesa, não os números potenciais daquela venda, que ocupava sua mente.

O fato era que ele tinha pouca experiência com mulheres que não fossem suas irmãs. Seu mundo era o dos homens. Desde Eton, sempre fora assim, e depois de Cambridge, ele não fizera nada para mudar esse status quo. Isso lhe convinha. Sempre fora atraído por números e pela estrutura que eles forneciam. O sexo oposto parecia uma proposta arriscada demais. Assim, havia o caos — e uma necessidade insaciável. Ele já vira isso acontecer com muitos homens.

E Celia Calthorp...

Nas profundezas apaixonadas e luminosas de seus olhos, ele sentia a capacidade de desencadear um turbilhão de caos em sua vida.

Ele não se daria ao trabalho de considerar a possibilidade de uma necessidade insaciável.

Simplesmente, ele não deixaria nada disso acontecer.

Ele não era um homem dado a impulsos primitivos repentinos, particularmente aqueles provocados por mulheres problemáticas.

Ele era um homem de lógica e razão. Esses eram os princípios de sua vida.

Na verdade, ele e ela nunca mais precisaram ocupar o mesmo aposento.

Um sorriso satisfeito se desenhou em seus lábios.

Na vida, assim como nos números, uma solução encontrada com maestria sempre o agradava e colocava seu mundo em ordem.

CAPÍTULO CINCO

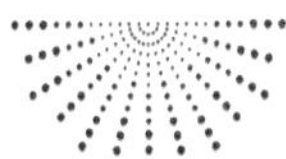

LONDRES, UMA SEMANA DEPOIS

Com o capuz levantado para esconder sua identidade, Celia estava de pé em um dos lados da Bennet Street, encarando furiosamente o sobrado em frente.

O prédio em que ela vinha tentando reunir coragem para entrar na última hora.

The Archangel.

Na fileira de sobrados de Mayfair, era um entre muitos. Com seus modestos tijolos marrons e detalhes em preto, não chamaria a atenção se não se soubesse para onde olhar. Ninguém o reconheceria como um antro de jogos. E, considerando que ficava na esquina dos populares clubes de cavalheiros, era um lugar elegante para aqueles que estavam apenas começando suas noites depois de jantar em seus respectivos clubes.

Esse novo Duque de Acaster era um homem inteligente.

Um jovem inteligente.

O choque de conhecê-lo uma semana antes ainda não havia passado. Ela nunca havia considerado a possibilidade de um Duque de Acaster ter menos de setenta anos — muito menos vinte e quatro.

O fato era o seguinte: ela estava completamente perdida.

Esse novo Duque de Acaster era jovem, mas não era um jovem que pudesse ser dominado por ela. Ele possuía um olhar afiado que era capaz de cortar pedra. De que outra forma ele conseguiria estabelecer o antro de jogos mais exclusivo de Londres?

Ela precisava dar um passo.

Então, ela precisava colocar um passo à frente daquele, e depois outro e depois outro, até atravessar a rua e a soleira do prédio modesto que recebia dois ou três cavalheiros entrando a cada quinze minutos, mais ou menos. Era cedo o suficiente para que mais clientes chegassem do que saíssem.

Um tremor de ansiedade a percorreu. Ela nunca havia entrado em um antro de jogos, mas não era isso que fazia com que seus nervos percorrerem com mais rapidez suas veias. Ela viera a Londres, a este antro de jogos, por um motivo.

Para implorar.

Se necessário, ela estava totalmente preparada para se ajoelhar e implorar ao novo duque que adiasse a venda de Ashcote Hall e a deixasse manter seus cavalos lá durante a Corrida do Século. Ele não dava a mínima para Ashcote ou seus cavalos.

Não lhe custaria nada.

Ela faria qualquer coisa.

Qualquer coisa?

Ela podia usar o próprio corpo. Uma tática que já havia sido utilizada por mulheres ao redor do mundo — e por ela, especificamente.

Não.

Aquelas ocasiões eram outras usando o corpo dela para seus desejos e fins.

O que era uma questão completamente diferente.

E algo que nunca mais aconteceria com ela.

Mas o problema dela permanecia. Na verdade, havia triplicado de tamanho. Este novo duque estava determinado a vender o teto de seus amados cavalos.

Ela ainda não sabia como, mas não podia deixar isso acontecer.

Certo.

Ela endireitou os ombros e começou a colocar um pé na frente do outro.

Então, subiu os cinco degraus até a porta e algumas batidas na aldrava [1], com o rosto calmo, as palmas das mãos úmidas e o coração acelerado.

Ela estava no The Archangel.

Ela estava fazendo isso.

A porta se abriu com dobradiças silenciosas e uma figura enorme preencheu o vão. "Massivo" seria uma descrição mais precisa para a figura, já que os ombros do porteiro ameaçavam tocar os dois lados do batente. "A madame está perdida?" ele perguntou, com seu leve sotaque francês.

"Este é o The Archangel, correto?" Celia adotou um tom levemente imperioso. Ela só se tornaria duquesa se fosse absolutamente necessário.

"É sim."

"Então eu não estou perdida."

Ele permaneceu impassível. "Este é um clube de cavalheiros."

"Eu sei."

Em silêncio absoluto, eles permaneceram parados, nenhum deles disposto a ceder um centímetro de terreno. Celia entendeu que não aguentaria e a qualquer momento a porta se fecharia em seu rosto.

"Ricard?" perguntou uma voz feminina atrás dele. "Algo errado?"

Celia ergueu uma sobrancelha. "Um dos seus cavalheiros?"

Ricard não pareceu disposto a responder, enquanto uma mulher o cercava, diferente de qualquer outra que Celia já tivesse

---

1. Aldrava - peça em bronze ou latão, muito utilizada na idade média, fixada na porta de entrada para usar como batedor.

visto. Alta e imponente, ela não estava vestida exatamente como um homem — usava uma saia —, mas também não como uma mulher. As mulheres simplesmente não usavam gravatas de seda branca e coletes de seda azul-petróleo.

Além disso, essa mulher incomum possuía autoridade no The Archangel.

Olhos azuis penetrantes e sérios fixaram-se em Celia e a avaliaram da cabeça aos pés, tirando conclusões e guardando-as para si. "Ricard", disse a mulher, finalmente, com a conclusão tomada. "Deixe a moça entrar."

Ricard assentiu e se afastou.

Celia havia dado apenas alguns passos quando sentiu uma mão em seu ombro. "Sua capa", disse a mulher.

Celia permitiu que tirassem sua capa.

Então, atravessou uma cortina de veludo preto e entrou no The Archangel. Celia não sabia o que esperar de um cassino, mas não era aquilo. De bom gosto. Essa foi a primeira palavra que lhe veio à mente. Masculino. Todo em madeiras nobres e tons suaves de marrom e bordô, o The Archangel era um estabelecimento masculino de bom gosto. E embora os cavalheiros em várias mesas de jogo estivessem obviamente aproveitando a noite, não era a atmosfera barulhenta que ela imaginara que seria.

A mulher se virou para Celia. "Presumo que esteja aqui para ver o Senhor..." A mulher proferiu a próxima palavra com dificuldade.

E Celia sabia por quê.

O dono daquele estabelecimento não era mais o Sr. Siren.

Ele era o Duque de Acaster.

"Estou aqui para conversar com o duque, sim."

Algo ilegível e complexo passou pelos olhos da mulher. "Espero que consiga se divertir enquanto eu vejo se o duque está!"

Celia olhou ao redor. Alguns olhares senhoriais já haviam pousado nela. "Claro." Ela mal reconheceu a própria voz, de tão tensa que estava.

Tudo o que ela queria era recuperar os últimos minutos, virar os pés na direção oposta e ficar bem, bem longe daquele lugar.

O que não a levaria a lugar nenhum.

Na verdade, não era verdade.

Isso a levaria, junto com seus cavalos, a serem expulsos de Ashcote.

Ela endireitou os ombros. Aqui, ela ficaria aqui.

A outra mulher assentiu e saiu.

Celia avistou uma chaise longue encostada na parede mais próxima e sentou-se.

Não, não completamente sozinha.

Um burburinho crescia no The Archangel. Tinha a ver com a presença de uma mulher.

E não com a presença de qualquer mulher naquele domínio decididamente masculino.

A presença da Duquesa de Acaster.

De vários grupos de cavalheiros espalhados pelo clube, ela sentiu uma reunião — de intenções.

Logo, um lorde, depois outro, se libertou e caminhou em sua direção para lhe desejar boa noite, com uma pergunta nos olhos. *O que diabos a Duquesa de Acaster estava fazendo no The Archangel, afinal?*

A boca de Celia se curvou em um sorriso ensaiado — aquele que pretendia deslumbrar — e ela afastou as perguntas formuladas.

Esses lordes não estavam se reunindo ao seu redor como fariam com uma jovem solteira, com intenções honrosas. O brilho nos olhos desses homens revelava um motivo completamente diferente em relação à Duquesa Viúva de Acaster.

Nos domínios do The Archangel, ela não era uma esposa em potencial.

Ela era uma conquista em potencial.

Ela era uma *amante* em potencial.

"Duquesa?" perguntou uma voz à sua direita.

Ela dirigiu seu sorriso para um lorde com o olhar ansioso de um cachorrinho agitado, cuja beleza suave não representava nenhuma ameaça. Um lorde jovem e seguro. "E você é?"

"Lorde Wrexford às suas ordens", ele disse com uma profunda reverência, a satisfação lhe ruborizando as faces.

"Prazer em conhecê-lo, Lorde Wrexford." Seu sorriso se transformou em genuíno. Wrexford tinha um toque de doçura. "E você é um frequentador assíduo do The Archangel?" ela perguntou, como se estivessem na sala de estar mais recatada de Londres, e não em um ousado antro de jogos.

"Receio que não." Seu rubor se espalhou até o couro cabeludo. "Na verdade, é a minha primeira vez."

"Ah? Por quê?"

"Não sou muito fã de jogos, na verdade."

"Isso só fala bem de você, meu senhor." Ela precisava dizer.

O rubor dele se intensificou, criando um contraste vermelho-rabanete com o cabelo acobreado. "Mas eu precisava ver."

"Precisava ver o quê?"

"O cassino administrado pelo Duque de Acaster."

Celia arqueou a sobrancelha. Tão focada em seus objetivos, não havia considerado que um duque dono de um cassino seria motivo de curiosidade para a *alta sociedade*.

"O duque e eu nos conhecemos desde a escola", continuou Wrexford.

"É mesmo?"

"Claro, ele não era duque naquela época."

"Não, ele não devia ser."

"Que surpresa, hein?"

"Com certeza."

Seria ela a única pessoa em Londres para quem essa história tinha pouco fascínio? Uma pergunta lhe ocorreu enquanto observava Wrexford. Ah, como ela não queria perguntar... "Então, você e o duque têm a mesma idade?"

"Na verdade, sou um ano mais novo do que ele."

Celia quase não se espantou. "Você é... mais jovem?" O que significava...

Que esse lorde que estava flertando com ela e corando loucamente não podia ter mais de vinte e três anos, uma vez que Acaster tinha vinte e quatro.

Uma sensação sussurrou na pele de Celia — de estar sendo observada.

Infalivelmente, seu olhar se voltou para o local onde a pessoa estava. Lá, na galeria acima, estava o duque, seu olhar intenso sobre ela. A sensação sussurrante penetrava a pele e a arrepiou em lugares escuros dentro dela.

Seu sorriso sumiu.

Os olhinhos de cachorrinho de Wrexford se arregalaram de preocupação. "Está tudo bem com a senhora, Vossa Graça?"

Celia assentiu vagamente e lembrou à boca sua única função: sorrir.

Então aconteceu.

A multidão se abriu como o Mar Vermelho, abrindo caminho para o Duque de Acaster, um homem que agora era um deles.

Não, não apenas um deles, mas um nível acima deles na hierarquia social: *um* duque.

Atravessando a distância, seus olhares se encontraram. Ele era um mistério, esse novo Duque de Acaster.

Mas ainda mais misterioso foi a sua reação a ele.

Ela havia descartado isso uma semana antes, como uma anomalia causada pelo choque.

Era mais do que a beleza dele.

Era outra coisa.

Sentada aqui, seu olhar sem escolha a não ser encontrar o dele, o mistério *que se* revelava.

Simplificando, o homem acendeu um pequeno arrepio em suas veias.

E ela não gostou nem um pouco.

Mas trivialidades como *gostar* ou *não gostar* não tinham poder ali.

Parecia algo inevitável.

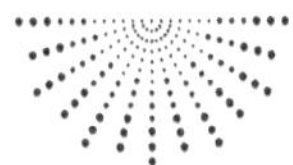

CAPÍTULO SEIS

*E*nquanto o olhar de Gabriel mantinha o olhar da duquesa cativo, algumas reações rápidas passaram por ele.

Surpresa.

Ele não a imaginara tão ousada a ponto de se aventurar no The Archangel.

Curiosidade.

O que ela estava fazendo aqui, afinal? O negócio entre eles já havia chegado à sua conclusão natural.

E mais uma reação o percorreu, uma não facilmente identificável. Uma reação nova.

Uma necessidade.

A necessidade de afastá-la do grupo de homens apaixonados reunidos ao seu redor e reivindicá-la como...

O quê?

Pensamento ridículo por dois motivos muito sólidos.

Ele não era o tipo de homem que *reivindicava* uma mulher.

E ela era a viúva de seu tio-avô, que ambicionava um título nobiliárquico.

Esse fato por si só era suficiente para atenuar qualquer necessidade que ele pudesse ter em relação a essa mulher.

Ainda assim, não se podia negar que sua lembrança dela, uma semana atrás, era uma sombra pálida da mulher diante dele esta noite. O vestido de lã de um marrom monótono e prático havia desaparecido, e no seu lugar havia seda rosa quase do tom de sua pele, cortada de forma a deixar um generoso decote generoso que possuía uma força gravitacional própria, atraindo o olhar e exigindo uma apreciação completa de cada curva suave.

Ele resistiu à atração — diferente dos homens ao seu redor. Que reducionista simplificar uma mulher em partes. Ele estabeleceu como regra nunca sucumbir a pensamentos que a reduzissem alguém ao lado animal da humanidade — e não estava disposto a começar agora.

"Você não vai roubá-la, vai?" perguntou uma voz acompanhada de alguns resmungos despreocupados.

"Assuntos de família", disse Gabriel, seu olhar se recusando a soltar a duquesa.

Isso arrancou risadas da multidão de lordes que ainda não conseguiam acreditar que seu cassino favorito agora pertencia e era administrado pelo recém-nomeado Sétimo Duque de Acaster. A notícia se espalhou como fogo.

Para Gabriel, nada havia mudado visivelmente. Algumas responsabilidades a mais, isso era tudo.

A duquesa se levantou e permaneceu imóvel. Ela estava esperando... por ele. Como um cavalheiro, ele deveria estender o braço para ela enquanto a acompanhava até seu escritório. A etiqueta exigia isso.

Mas o The Archangel não era uma sociedade adequada.

Era um antro de jogos.

Regras diferentes se aplicavam.

Só que essa era apenas a desculpa.

O fato era que ele não queria tocá-la — não podia tocá-la. Pois sentia algo dentro de si. O brilho de uma pequena chama.

Tocá-la seria colocar lenha na fogueira.

Um risco que era melhor evitar.

Ele se virou e confiou que a duquesa o seguiria. Na porta do escritório, ele se afastou e permitiu que ela entrasse primeiro, deixando o aroma de jasmim e bergamota em seu rastro. Ele supôs que deveria lhe oferecer um assento.

Ele não ofereceu.

Ele não queria que ela se sentasse.

Ele queria que ela fosse embora.

Ele apoiou o quadril contra a mesa, cruzou os braços sobre o peito e esperou. Sua primeira regra em conversas era nunca falar primeiro — e mesmo assim, apenas o mínimo possível. Com espaço, as pessoas geralmente se descontraíam e se acalmavam. Ele só podia esperar que esse fosse o caso com a duquesa.

Uma poltrona entre eles, ela pousou os dedos elegantes no encosto de couro. Sua língua passou pelo lábio inferior carnudo. Um hábito nervoso dela. Ele notara isso no primeiro encontro. Achava irritantemente difícil desviar o olhar daquele lábio inferior carnudo e do brilho úmido.

Por fim, ela retomou a conversa. "Estou chocada que Edwin não fosse membro do seu pequeno clube."

"Ah, ele era." Gabriel não via motivo para esconder essa informação dela.

Olhos âmbar luminosos piscaram. "Claro que era." Uma risadinha cínica se seguiu. "E acumulou uma montanha de dívidas também, sem dúvida."

"Ele acumulou." Gabriel manteve o tom cuidadosamente neutro.

"Acumular dívidas era a única habilidade de Edwin nesse mundo." Ela deu de ombros. "Pelo menos, há uma dívida que você não terá que pagar."

"Toda dívida exige pagamento, Duquesa."

As palavras saíram duras e baixas. Ele não queria que aquela mulher pensasse que tinha rédea solta sobre ele, como tinha sobre os homens lá embaixo.

O restante do sorriso dela desapareceu.

Somente agora que flutuava no ar, Gabriel ouviu outro possível significado embutido em suas palavras. Elas insinuavam uma zona cinza — uma área onde o pagamento poderia assumir outras formas além da grosseria. Talvez ele não tivesse a intenção de pronunciá-las dessa maneira, mas agora que o fizera, não queria retirá-las, pois estavam causando um efeito enorme sobre a duquesa. Sua pele estava corada e seus olhos âmbar, brilhantes. Seus lábios vermelho-cereja se entreabriram, como se ela precisasse desesperadamente respirar fundo.

Ele poderia gostar de ter esse efeito sobre essa mulher.

O que ele não gostava — nem um pouco.

"Por que você está aqui?" A pergunta oscilou para a ofensiva.

Seus dedos tamborilaram no encosto do banco, as unhas um leve *clique-clique* contra o couro. "Eu estava curiosa."

"A curiosidade a trouxe ao The Archangel?"

Ele não acreditou nisso nem por um instante. O lugar certamente teria inspirado curiosidade, mas mera curiosidade não a teria levado tão longe, além dos limites do bom senso.

Ela não respondeu com a boca, mas seus olhos revelavam uma história diferente. Ela viera ali com um propósito.

"Vou perguntar de novo —"

"Não venda Ashcote", ela disse de repente, as palavras se atropelando em uma confusão apressada.

Agora, ele entendia o que via nos olhos dela: *desespero*.

"É a minha casa."

Gabriel descruzou os braços e os apoiou na mesa, um de cada lado do quadril. "Outras casas podem ser adquiridas. Como duquesa viúva, você tem direito a morar em Acaster Castle, em Kent."

Sua testa se franziu em angústia. "Acaster Castle? Aquela velha pilha de pedras com correntes de ar?"

"Então use uma parte do seu dote para encontrar um lugar do seu agrado."

"Ashcote é do meu agrado."

"Gostaria de fazer uma oferta?"

"Não posso."

A matemática não fechava. Ao examinar os papéis do tio-avô, ele encontrou o contrato de casamento. Generoso nem começava a descrever os termos. Quão desesperada aquela mulher e sua família deviam estar por um título para sua família. "Metade do seu dote não lhe foi devolvido após a morte de Acaster?" Tal arranjo financeiro em caso de viuvez era prática comum.

Ela balançou a cabeça com força. "Teria sido."

Gabriel quase não quis perguntar... *"Teria sido?"*

"Se tivesse sobrado alguma parte do meu dote."

Claro. "Acaster jogou tudo fora." Não era uma pergunta.

Outra sacudida de cabeça com força. "Eu gastei."

Gabriel sentiu a sobrancelha se erguer em descrença. E ele achava que aquela mulher possuía um mínimo de bom senso... "Você gastou?"

Ela assentiu. "No meu estábulo."

"Você gastou sua parte do dote de viúva em *cavalos*?"

"Não espero que você entenda." Seu queixo se ergueu em um ângulo teimoso. "Cavalos são caros."

A duquesa representava um problema. Ele via isso agora. No entanto, Gabriel gostava de resolver problemas e, felizmente, uma solução para essa duquesa chegou prontamente.

"Como viúva, você pode voltar para sua família."

O âmbar luminoso de seus olhos tornou-se inexpressivo e duro. "Isso não é uma opção."

"Por que não?"

"Isso é problema meu, e não seu."

A duquesa pode ter pensado que ele estava em seu devido lugar, mas ela não o conhecia. Não havia problema que Gabriel não pudesse resolver.

E quando a solução chegou, ele quase riu alto de sua elegância.

Claro.

Embora, a julgar pelo estreitamento de seus olhos, a duquesa precisasse de algum convencimento.

"O que você mais quer no mundo?" Ele sabia a resposta, mas queria que ela a dissesse em voz alta.

"Por que eu lhe diria?"

"Podemos nos ajudar."

O interesse brilhou em seus olhos, mas ela permaneceu cautelosa. "Como assim?"

"Devo te dizer o que mais quero no mundo?"

"Não tenho certeza."

E Gabriel entendeu o que ela esperava que ele dissesse — *seu corpo.*

Quantas vezes ela já ouvira aquela frase?

Bem, ele odiava decepcionar... "Ver minhas irmãs aceitas na *alta sociedade* e assumirem seu devido lugar."

A duquesa franziu a testa. *"Irmãs?"*

"Tenho três irmãs." Ele abriu bem as mãos à sua frente. "Duas delas precisam ser apresentadas a sociedade." Uma regra estranha que ainda o deixava perplexo. "Saskia e Viveca são impressionáveis e jovens."

A duquesa piscou, e uma ruga de perplexidade se formou entre suas sobrancelhas. "Você é jovem."

"Gostaria que eu provasse exatamente o quão jovem eu não sou?" ele disse tão friamente como se estivessem discutindo o tempo.

A boca da duquesa se fechou.

Em certo sentido, Gabriel se arrependeu das palavras. Ele havia permitido que sua irritação o dominasse.

Mas em outro sentido, mais visceral, ele não se arrependeu.

Ele passava tanto tempo dentro de sua própria mente, mas, de alguma forma, esta duquesa o tirou de sua mente e o trouxe para seu corpo.

E ele não gostou disso — nem um pouco.

Não.

Ele definitivamente deveria se arrepender de ter dito tais palavras a ela — se ao menos pudesse.

"E a terceira irmã?" perguntou a duquesa. "Ela é —"

"Falecida?" Ele balançou a cabeça. "Você já a conheceu."

"Eu já a conheci?"

Ele empinou o queixo, indicando o Arcanjo além de seu escritório. "Lá fora."

Uma compreensão repentina passou pelo rosto da duquesa. "Aquela era sua irmã?"

"Tessa."

"*Lady* Tessa."

"Pardon?"

"Como é?"

"Como irmã de um duque, ela é Lady Tessa."

Gabriel bufou. "Não a lembre disso."

A duquesa inclinou a cabeça. "Ela não deseja ser uma dama?"

"Você não precisa se preocupar com Tessa." Eles estavam se desviando do curso. "Apenas Saskia e Viveca."

"*Lady* Saskia e *Lady* Viveca."

"Elas ainda são solteiras e precisarão de um lugar na sociedade."

A duquesa permaneceu impassível. "O que isso tem a ver comigo?"

Gabriel podia sorrir. Ele a conquistara. Ela simplesmente não sabia ainda. "Tem a ver com o que você mais deseja no mundo."

"Com certeza não", ela zombou, tão segura de si mesma.

"Ah, mas tem", Gabriel assegurou-lhe. "O que você acha de uma pequena aposta?"

"Parece que você está me confundindo com meu falecido

marido." Mesmo que ela se recusasse a ceder, sua curiosidade foi aguçada. Ele viu isso em seus olhos.

"Posso garantir que ninguém a confundiria com uma octogenária perdulária, mas..." Gabriel deixou passar alguns instantes significativos. "Você *é* uma duquesa viúva."

Uma repentina ofensa a envolveu. "Você está dizendo que eu sou velha?"

Ele manteve a calma. "Estou dizendo que você poderia ser útil."

"Como assim?" O medo permeava a pergunta.

"Você poderia ser a acompanhante delas na sociedade."

Sua boca se abriu ligeiramente em choque. "Você definitivamente está me chamando de velha."

"Posso te oferecer o que você mais deseja no mundo."

Ela ficou cautelosa como um gato assustado. "Exatamente como um homem que promete mais do que pode cumprir."

"Salvar seus cavalos", ele disse. "Não é isso que você mais deseja no mundo?"

"Você presume me conhecer tão bem?" Ela não ia desistir — ainda.

"Ninguém comanda um cassino sem entender o que acende a chama dentro de uma pessoa."

"E você entende o que acende a chama dentro de mim?"

"Eu entendo."

A descrença tomou conta de seu rosto, então ela riu. "Ah, você é tão jovem."

Os dentes de trás de Gabriel rangeram. Sua condescendência... sua certeza...

Ela estava tentando colocá-lo em seu devido lugar.

Ela estava tentando não levá-lo a sério.

Sua determinação se solidificou como aço.

Ela o faria.

"Você não tem dois centavos para esfregar um no outro", ele afirmou, sem mais vontade de adoçar a conversa.

Seus dedos pararam de tamborilar no encosto. "Light Skirt ganhou a One Thousand Guineas e a bolsa de mil libras."

"E você precisa desse prêmio em dinheiro para inscrevê-la na Corrida do Século. É por isso que você chamou um pintor de cavalos — para arrecadar dinheiro rápido."

Seu maxilar se apertou, e duas manchas escarlates brotaram em suas bochechas. Ele a havia humilhado. Gabriel quase se sentiu culpado. *Quase.* Pois ali estava sua vantagem, e ele a usaria.

"Você leva Saskia e Viveca para conhecer a sociedade, as apresenta e veja como elas se encaixam no seu mundo, e eu financiarei seus estábulos durante a temporada de corridas."

Sua mente imediatamente começou a trabalhar na proposta, ele podia perceber de onde estava. Mas também podia ver que ela não confiava nele. Ele teria que declarar tudo explicitamente e possivelmente assinar com sangue antes que ela concordasse.

"Cinco temporadas."

Ela estava fazendo uma contraproposta.

Uma mulher sem dinheiro e sem influência.

Ele respeitou a tentativa.

"Você quer que eu financie seus estábulos por cinco anos?"

O comportamento da duquesa mudou gradativamente — o suficiente para que a humilhação não a assombrasse mais. Uma nova luz brilhava em seus olhos. A luz do desafio. Gabriel preferia muito mais assim.

"Você quer ver suas irmãs serem aceitas na sociedade?" ela perguntou incrédula. "O que eu quero é apenas dinheiro. O que você quer é quase impossível."

"Eu aprecio os desafios."

Ela inclinou a cabeça. "Você aprecia?" A dúvida estava presente em cada detalhe da pergunta.

"Eu tive uma bolsa de estudos em Eton e Cambridge. Eu aprecio os desafios", ele disse.

Ela abriu bem as mãos, impotente diante dos fatos. "Então você entende o que está pedindo. Até algumas semanas atrás, elas eram simplesmente as irmãs comuns de um dono de cassino. Como tal, você pode apreciar o cheiro de escândalo que ainda paira sobre elas."

"Três anos", ele retrucou. "E uma parte."

"Uma parte?"

"Dos prêmios das corridas e taxas de acasalamento [1]", ele disse. "Metade." Um pensamento lhe ocorreu. "Aliás, por que você precisa que seus cavalos participem das corridas? Parece um risco desnecessário para a sua criação de puros-sangues."

Ela balançou a cabeça. "Você não pode ter uma sem a outra. É preciso ter vencedores em um haras. Corridas demonstram o produto, então é essencial continuar correndo — e continuar vencendo."

"E você acredita que pode?"

"Eu sei que posso."

E olhando em seus olhos, Gabriel acreditou nela.

Ou, pelo menos, ele acreditava que ela acreditava em suas palavras. Só o tempo as comprovaria.

Gabriel se viu genuinamente torcendo para que ela concordasse com seus termos, pois estava à mão sua oportunidade favorita de investimento. Ele havia feito um tour pelos domínios particulares daquela mulher. Vira com os próprios olhos sua habilidade e talento para cavalos. Mais ainda, vira sua paixão.

---

1. O valor das taxas de acasalamento em corridas de cavalos é determinado por vários fatores, incluindo o pedigree do garanhão, o desempenho nas corridas e a demanda por seus descendentes. A taxa de acasalamento é o preço cobrado por uma fazenda ou criador pelo direito de acasalar uma égua reprodutora com seu garanhão; em troca, o dono da égua fica com o potro ou filhote. A taxa de acasalamento inclui serviços como reprodução em cobertura, inseminação artificial, cuidados veterinários e cuidados com a égua. As considerações financeiras para os proprietários de éguas incluem não apenas a taxa inicial de acasalamento, mas também os custos associados, como transporte, cuidados veterinários e alojamento da égua durante o processo de acasalamento. Os proprietários de garanhões consideram o valor de mercado do garanhão, o histórico reprodutivo e o potencial de produção de descendentes bem-sucedidos ao definir uma taxa de acasalamento.

Ele queria investir em sua operação.

Aquela mulher tinha tudo o que era preciso para tornar o haras um sucesso — *talento, inteligência, garra* — mas faltava-lhe a única coisa que ele possuía em abundância...

Dinheiro.

Sério, ele seria um tolo se não investisse nela.

"Eu concordo com uma condição", ela disse, a sua mente ainda pensando em estratégias.

"Qual é?" ele perguntou.

"Você não vende Ashcote até que nosso acordo esteja concluído."

Ele queria se livrar da propriedade, era fato, mas não via mal algum em mantê-la por alguns anos. A duquesa era claramente apegada ao lugar, e se, ao concordar, ele pudesse garantir a entrada de suas irmãs nos círculos mais altos da sociedade, então não seria sacrifício algum, pois ele não as veria rejeitadas ou desprezadas — mesmo que ele mesmo tivesse pouco uso para a sociedade além do dinheiro que eles jogavam fora no The Archangel.

"Acordo fechado."

Embora a duquesa estivesse posicionada a três metros de distância, atrás de uma cadeira, ele estendeu a mão. Eles deveriam fechar o acordo, dizia sua mão estendida. Ele sentiu a hesitação dela. Duquesas não apertavam as mãos — mas donos de casas de jogos, sim. Algumas vezes, até cuspe era envolvido. Um aperto de mão que ele não estava disposto a repetir.

A questão era que ele não deveria estar pedindo para apertar a mão dela. Mas algo nele não conseguia resistir — como se precisasse testá-la.

Algo nele queria que aquela mulher soubesse que eles eram iguais — e reconhecesse isso.

Então, sua mão permaneceu estendida e esperando.

Era ela quem teria que transpor a distância.

Será que ela faria isso? O quanto ela queria salvar seus estábulos?

Ela respirou profundamente e endireitou os ombros, a determinação se fortalecendo ao contornar a cadeira, passos hesitantes. Sua língua roçou nervosamente o lábio inferior. Ela não era uma mulher pequena — de estatura acima da média e com curvas acima da média —, mas era menor do que ele se lembrava.

Ou será que ela havia começado a se tornar grande em sua mente?

Ele descobriu que queria muito apertar a mão dela...

Tocá-la.

Sentir sua essência.

A chama dentro dele exigia isso.

Olhos cor de mel se ergueram quando, incerta, ela estendeu a mão e a pressionou contra a dele. Embora envolta em uma luva, ele sentiu seu calor e sua essência através da seda branca. Ela não era a deusa que os lordes do clube proclamavam, mas uma mulher feita de carne e osso.

Uma sensação de inquietação o atingiu, e ele entendeu qual dos dois era o mais perigoso — de longe.

Motivado pelo instinto de se preservar, ele puxou a mão primeiro. Os olhos dela se arregalaram de surpresa.

Ele precisava que ela fosse embora.

Para isso, ele a contornou e atravessou a sala, agarrando a maçaneta da porta sem cerimônia e abrindo-a bruscamente.

Com uma expressão inescrutável no rosto, ela avançou lentamente em direção à porta. "Amanhã."

"Amanhã?"

"Começamos amanhã. Leve suas irmãs para a loja de Madame Dubois na Bond Street."

"E ela é?"

"A melhor modista de Londres."

Gabriel assentiu. "Combinado."

"É uma aposta, é isso que é."

"A vida inteira é uma aposta."

"Então por que arriscar mais?"

"Porque não se pode evitar."

Sua sobrancelha se arqueou em um ângulo cético. "Isso é verdade para você?"

Então ela passou pela porta aberta e desapareceu.

Deixando Gabriel sozinho com pensamentos que certamente o atormentariam noite adentro.

Ao exigir que apertassem as mãos para selar o acordo, ele pensou em perturbá-la, mas foi ele quem ficou abalado pelo contato, pela repentina percepção da proximidade de seus corpos.

E ele achou que estava no controle?

Só que o aperto de mão não fora um estratagema de poder ou controle, mas sim um sentimento básico.

Ele precisava tocá-la — para saber se o toque dela daria oxigênio à chama dentro dele e tornaria tudo em um grande incêndio.

E agora ele tinha sua resposta.

Sim.

CAPÍTULO SETE

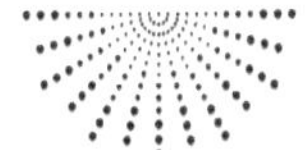

NO DIA SEGUINTE

"Nós vamos salvar seu estábulo, Celia, e isso é um fato", Eloise afirmou com a absoluta certeza que só quem sempre viu a vida sempre se alinhar aos seus desejos pode ter.

Celia e a vida tinham se dado muito bem de maneiras muito diferentes.

Então, ela assentiu, tomou um gole de chá e guardou suas dúvidas para si.

O chá era surpreendentemente delicioso, considerando que estavam guardados na sala de estar privativa de uma modista. Por outro lado, Madame Dubois sempre sabia exatamente como atender às necessidades de um cliente. Por enquanto, a necessidade era privacidade e chá enquanto Celia e Eloise aguardavam a chegada das Ladies Saskia e Viveca Calthorp, as irmãs mais novas do novo Duque de Acaster.

Sem motivo algum que Celia conseguisse entender, o nervosismo a percorreu com a perspectiva de conhecer as irmãs do duque. Tanta coisa dependia daquelas duas jovens.

"Tenho um pouco de dinheiro guardado", continuou Eloise.

A veia de simpatia presente nas palavras de sua prima quase foi suficiente para abalar Celia. Ela balançou a cabeça, decidida.

"Fairfax deixou isso para você e para o seu futuro." Ao contrário de Celia, Eloise desfrutara de um casamento feliz com um homem que a amava profundamente.

"Mas Celia —"

Celia ergueu a mão com firmeza. "Financiar o estábulo de uma duquesa é uma loucura com a qual você não deve se envolver."

"Bobagem, você realmente acha que seu estábulo é uma loucura?"

"Na maioria dos dias não, mas alguns dias eu me pergunto se é uma loucura." Celia deu de ombros, impotente. "Por que o amor tem que cobrar um preço tão alto?"

Um sorriso pensativo se ergueu nos lábios de Eloise. "Após a morte de Fairfax, considerei muito essa questão e decidi que é um problema de escassez."

"Escassez?"

Eloise assentiu. "O amor é um bem precioso. Há apenas algumas oportunidades de dá-lo e recebê-lo. Consequentemente, o preço do amor é proibitivamente alto."

Eloise sempre tinha as palavras certas.

"Foi difícil para mim", continuou Eloise, "ter amado Fairfax tanto e o perdido. Nosso casamento não começou como um casamento por amor sabe?"

Celia estendeu a mão para a prima do outro lado da mesa.

A melancolia pairava sobre Eloise. "Então, alguns meses depois do casamento, ele me trouxe chá na cama pela décima manhã consecutiva, e eu percebi que amava aquele homem."

Celia conhecia a história — e também sabia que sua prima precisava continuar contando-a.

Lágrimas brilharam nos olhos de Eloise. "Qualquer homem pode colocar um anel de brilhante no seu dedo, mas nem todo homem sabe quantos torrões de açúcar colocar no seu chá. É o cuidado que um homem demonstra nas pequenas coisas que demonstra o seu amor." Uma lágrima se soltou e rolou por sua bochecha, que ela imediatamente enxugou. "Tivemos dez anos felizes."

Em silêncio amigável, as primas bebericaram o chá, cada uma refletindo sobre suas histórias — histórias que não poderiam ter sido mais diferentes, embora Celia não invejasse Eloise por sua felicidade passada.

A porta da pequena sala de estar se abriu com um rangido e uma cabeça apareceu. "Precisa de alguma coisa?" perguntou uma mulher pequena, impecavelmente vestida usando um vestido preto.

Celia sorriu. "Está tudo ótimo, Madame Dubois. Agradecemos que tenha conseguido tempo para nos atender."

A modista inclinou a cabeça. "É um prazer para mim que Sua Graça tenha escolhido minha loja para suas necessidades de vestuário."

Essa certamente era uma maneira diplomática de falar, já que Celia não comprava um vestido novo havia dez anos. Mas hoje era uma história diferente. Hoje, elas iriam ver as irmãs do Duque de Acaster comprarem um novo guarda-roupa, cortesia dos cofres fundos do duque. Celia sentiu um pequeno prazer mesquinho com a perspectiva de gastar o dinheiro do duque.

"Por favor, me chame assim que as Ladies Saskia e Viveca chegarem."

Madame Dubois assentiu e fechou a porta atrás de si.

Na noite anterior, depois que o turbilhão do The Archangel passou e ela estava deitada na cama olhando fixamente para o teto, a mente de Celia finalmente começou a funcionar logicamente, e ela conseguiu traçar o início de um plano.

A primeira coisa que ela fez naquela manhã foi enviar um bilhete ao duque, fornecendo-lhe o endereço de Madame Dubois na Bond Street e instruindo-o a levar suas irmãs às três horas. Dois coelhos seriam mortos com uma cajadada só. Elas tomariam um chá leve juntas e se conheceriam. Então, as jovens comprariam seu novo guarda-roupa — de vestidos de festa a trajes de montaria, vestidos de baile e tudo mais.

No entanto, o plano não daria certo sem ajuda. De Eloise, especificamente — tanto pelo apoio moral quanto pelo seu olhar para a moda. Além disso, não seria uma imposição, já que sua prima gostava desse tipo de aventura e desafio. Eloise adorava um projeto.

"Você conhece as irmãs de Acaster?" Eloise, distraidamente, mexeu o creme no chá.

"Não." Celia reconsiderou a resposta, pois não era exatamente a verdade. "Bem, uma delas. Pelo que pude perceber, Lady Tessa ajuda a administrar o The Archangel. Ela não é da nossa conta."

E graças a Deus por isso. Lady Tessa sabia muito bem o que queria. Como as Ladies Saskia e Viveca eram mais jovens, Celia se agarrava à esperança de que elas fossem mais moldáveis.

As sobrancelhas de Eloise ameaçaram se erguer. "Uma *mulher* administra o cassino mais exclusivo de Londres?"

"Ao lado do irmão, sim."

"O irmão dela, o duque", disse Eloise, buscando esclarecimentos sobre o assunto.

"Sim, ele é o único irmão da família."

Eloise tomou um gole de chá e deixou que essa nova informação a absorvesse. "Essa é uma família diferente."

"De fato."

E, estranhamente, embora o novo duque não fosse tão administrável quanto ela gostaria, Celia achou que talvez gostasse dessa diferença em relação aos irmãos que agora eram Calthorps e não mais Sirens.

"Sobre a noite passada", começou Eloise.

"O que tem?"

Celia sentiu-se ficar tensa. Ela havia contado a Eloise apenas os fatos necessários da noite passada, deixando de fora informações imateriais — como a inteligência contida nos olhos do novo duque, ou a pura fisicalidade dele, ou que, quando haviam apertado às mãos, o toque dele lhe enviara uma faísca de relâmpago por suas veias.

Informações imateriais.

"Mas, Celia", pressionou Eloise. "Você tinha que concordar com os termos de Acaster tão rápido?"

Celia não hesitou. "Sim."

Nesse ponto, ela tinha absoluta certeza.

Ela estava desesperada e teria concordado com quase qualquer coisa. Esse era o fato material que o olhar aguçado de Acaster havia captado.

Além disso, o acordo lhe dava tempo. Alguns anos, na verdade, para se recuperar dos desastres do casamento e da perda de Rakesley. Hora de encontrar um marido apaixonado por cavalos — um que tivesse a coragem necessária para sustentar seus estábulos.

Então ela poderia mandar esse novo Duque de Acaster para o inferno.

Mas uma terceira razão era o motivo pelo qual ela concordou tão rapidamente e ia se encontrar com as irmãs do duque menos de vinte e quatro horas depois.

Foi o aperto de mão.

Ou, mais precisamente, a reação dele ao aperto de mão.

Por um instante, ele pareceu se arrepender muito do acordo — e no instante seguinte, Celia decidiu que ela precisava prendê-lo a esse acordo o quanto antes. Daí, uma visita à modista com as irmãs hoje.

Ele não se esquivaria.

Ela não deixaria.

"E esse novo Duque de Acaster...?" perguntou Eloise, de maneira sugestiva.

Celia sabia o que sua prima não estava perguntando. "E que tem ele?"

"Como ele é?"

"Ele é, *hã*..." Celia procurou uma palavra na mente e encontrou uma adequada. "*Direto.*"

Eloise ergueu uma sobrancelha, cética. "*Direto?*"

"E..."

"*E?*"

"Jovem."

"Jovem quanto?" perguntou Eloise. "Quer dizer, quase todo mundo é mais jovem que o falecido duque."

"Ele tem vinte e quatro anos."

Os olhos de Eloise se arregalaram. "Ele é jovem." Ela bateu o indicador nos lábios franzidos. "Então, não é um velho libertino."

"Não."

"Um *jovem* libertino?" Eloise deu de ombros. "Afinal, ele comanda um cassino."

Celia hesitou. "Eu não acho que ele seja."

Ela não sabia quase nada sobre o novo Duque de Acaster, mas não o considerava libertino. Na verdade, suspeitava que ele pudesse ser exatamente o oposto.

"E como ele é?" Eloise colocou um morango na boca.

"Ele é, *hã*, alto."

Celia não queria pensar ou falar sobre a aparência de Acaster. Mas Eloise veria o homem com os próprios olhos em breve, e então se perguntaria por que Celia não havia mencionado o óbvio. Então, ela poderia muito bem dizer... "Ele é possivelmente o homem mais bonito que alguém provavelmente já viu."

Pronto.

Ela disse o que precisava ser dito.

O óbvio.

"Falando objetivamente, é claro."

"Bem." As sobrancelhas de Eloise teriam que ser levantadas do teto. "Já que é objetivo."

"Agora, sobre as irmãs", Celia avançou, na esperança de distrair a prima.

"As irmãs?" bufou Eloise. "Mas ainda não terminamos de falar sobre o irmão."

"Sim, terminamos."

Eloise se inclinou para frente, como um cachorro com um rato entre os dentes. "Tem mais, não é?" Seus olhos brilhantes imploravam para se escandalizar.

Celia definitivamente não podia discutir *mais* sobre o novo Duque de Acaster com a prima. Não podia nem discutir consigo mesma.

O arrepio era o motivo.

O arrepio que percorreu cada canto de seu corpo quando Acaster segurou sua mão com firmeza.

A verdade era que ela nunca havia experimentado um arrepio como aquele. E quando encontrou seu olhar intenso, viu refletida uma consciência — do seu arrepio ou do dele, não tinha certeza, mas de qualquer forma, não era bom.

E, mesmo agora, só de pensar no arrepio, um vestígio dele ainda ecoava dentro dela.

Uma leve batida soou na porta antes que ela abrisse e deixasse entrar duas jovens. Como seu instinto habitual, Eloise inclinou-se para frente e se apresentou, fazendo todos se sentirem à vontade, enquanto Celia observava os acontecimentos com um sorriso impassível. Embora seu sorriso indicasse o contrário, Celia era, na verdade, uma duquesa tímida.

As Ladies Saskia e Viveca Calthorp formavam um par impressionante de jovens beldades — uma com cabelos loiro-avermelhados, como sua irmã, Lady Tessa, e a outra com cabelos castanho-claros com mechas douradas, como seu irmão. Elas deviam ser muito pequenas quando perderam os pais. Uma observação que deu a Celia uma visão sobre sua família de quatro pessoas. O duque e Lady Tessa seriam protetores das duas.

Além disso, Acaster estava certo ao dizer que essas irmãs eram impressionáveis, embora não da maneira que Celia esperava. A impressão que elas causaram era evidente por seus ombros retos, olhos sérios e a postura desafiadora do queixo.

As Ladies Saskia e Viveca não queriam estar ali.

Eloise lançou um olhar rápido para Celia, com um mundo de significado nos olhos. Ela chegara à mesma conclusão. Mas Eloise, sendo Eloise, imediatamente começou a dar as boas-vindas às irmãs. "Quantos torrões de açúcar você coloca no seu chá?"

"Um", disse uma irmã. Ela seria a mais velha das duas — *Lady Saskia*.

"Nenhum", disse a outra, *Lady Viveca*. "Mas um pouco de creme, por favor."

Enquanto Eloise preparava o chá alegremente, Celia continuou a observá-las — e elas se contentavam em olhá-la diretamente de volta. Embora tivessem dezenove e dezoito anos, respectivamente, não se tratava de uma dupla de jovens levianas. Elas sabiam o que queriam.

Certo.

"Por favor, me chame de Celia", ela disse, na esperança de diminuir a intensidade daqueles olhares extremamente contidos.

"Ah, sim, me chame de Eloise, por favor," disse sua prima, concentrando-se na tarefa vacilante de transferir uma fatia grossa de bolo para um prato.

"E você é Lady Saskia?" Ao aceno afirmativo, Celia disse à outra: "O que a torna Lady Viveca."

"E você é a Duquesa Viúva", disse Lady Saskia.

O gole de chá tomado por Celia desceu pelo lugar errado e ela quase engasgou. Enquanto enxugava o queixo com um guarda-napo, teve quase certeza de que fora chamada de *velha* por uma jovem. O sorrisinho curvando um dos cantos da boca de Lady Saskia indicava que essa era precisamente sua intenção.

Que descaramento!

"Agora", começou Eloise, com um olhar sério, "você está aqui para um novo guarda-roupa, que é a parte divertida dessa nova vida da qual você agora faz parte."

"É mesmo?"

O arquear cético da sobrancelha de Lady Saskia revelava dúvidas. Lady Viveca riu baixinho.

Eloise não ia aceitar. "É verdade." Ela deixou o momento se acalmar. "Vocês são claramente jovens brilhantes, mas não foram criadas para ocupar o mundo em que agora vivem. Então, antes de podermos introduzi-las na sociedade, teremos aulas."

"Ah, nós gostamos de aulas", disse Lady Viveca, animando-se.

Eloise assentiu em aprovação. "Além disso, haverá o baile onde vocês serão apresentadas a sociedade, é claro."

Lady Saskia se inclinou para frente. "Para ficar claro,. *Lady Viveca* e eu não temos intenção de entrar no mercado de casamentos da *alta sociedade*." Ela fincou a ponta do dedo na mesa. *"Nunca."*

"De jeito nenhum", respondeu Lady Viveca, como se a irmã não tivesse deixado seu ponto de vista bem claro.

Ah... "Mas, veja, não é tão simples assim", disse Celia. Agora ela tinha um ângulo para abordar com aquelas irmãs.

"Vocês são ladies agora", disse Eloise. Ela também via isso.

"Nós não nos importamos com isso."

"Vocês podem não se importar, mas outros sim."

Eloise tentava suavizar os fatos, mas Celia não o faria — para o bem das irmãs. "Diga-me, seu irmão tem dinheiro?" Ela sabia a resposta, mas tinha um ponto a dizer e aquelas jovens damas ouviriam.

Lady Saskia cruzou os braços sobre o peito. "Mais que o Rei Midas."

"E quem sabe?"

Lady Viveca acenou com a mão. "Todos, eu presumo."

"*Lordes*", disse Celia. "Eles sabem."

As irmãs a encararam, impassíveis.

"A questão é a seguinte. Vocês não são apenas ladies agora, são herdeiras, e todo jovem e velho libertino de Londres sabe disso."

As palavras de Celia foram recebidas com um dar de ombros.

"Nós simplesmente não damos a mínima."

Celia sentiu uma pontada de preocupação por essas irmãs formidáveis. Agora que eram irmãs de um duque, elas não tinham mais o luxo de não se importar com a sociedade. Precisavam estar preparadas para os desafios que viriam, pois gostando ou não, agora faziam parte da *alta sociedade*.

Celia percebeu outra coisa também. Ela gostava das Ladies Saskia e Viveca. Elas tinham espírito e inteligência.

Uma determinação repentina a tomou. Ela veria essas duas jovens prontas para navegar pela sociedade em seus próprios termos, mas de acordo com as regras. Era uma linha tênue, mas alcançável.

"Esses lordes serão persistentes", continuou Celia. "Eles tentarão conquistar sua afeição. Depois, sua mão. Depois, seu dote. E as chances são de que um deles rompa suas defesas."

A teimosia das irmãs não se suavizou nem um pouco. Na verdade, elas pareceram levemente insultadas.

Celia continuou implacável. "E vocês precisam estar preparadas."

Como uma só, suas cabeças se inclinaram para o lado.

Finalmente, Celia havia despertado o interesse delas.

"Acho que vocês formaram uma impressão errada do meu objetivo", continuou ela. "Não vou ensiná-las a se casar com o primeiro lorde que demonstrar um pingo de interesse. Ou serem manipuladas para um casamento que não desejam por algum caçador de fortunas implacável ou por pressão familiar. Vou ajudá-las a evitar esse destino."

Isso foi recebido com três pares de sobrancelhas arqueadas.

"Seu irmão é rico." Celia estava se animando com seu jeito direto de falar. Devia ser assim que os homens se sentiam o tempo todo. "E ele é um duque. Você pode se casar com quem quiser." Ela abriu os braços. "Ou não se case. Mas aqui está uma verdade: um casamento ruim é pior do que casamento nenhum."

"Ah, sim", disse Eloise, "você deveria prestar atenção às palavras de Celia. Ela sabe sobre casamentos ruins."

"Eloise", disse Celia, sem deixar de notar o tom de advertência em sua voz. Ela entendia que a prima só tinha boas intenções, mas não tinha intenção de expor seu casamento como exemplo.

Eloise, no entanto, ou não ouviu — ou não se importou em ouvir. "Seu casamento foi um crime, Celia. Todo mundo sabe disso."

Isso certamente chamou a atenção das irmãs. "Um crime!" exclamou a mais jovem.

"Ele era cinquenta e seis anos mais velho." Eloise estava apenas começando. "Foi inconcebível."

As irmãs ofegaram.

E Celia também.

Mas por um motivo completamente diferente.

Lá, na porta aberta, estava o Duque de Acaster. O olhar em seus olhos dizia que ele tinha ouvido tudo o que havia sido dito nos últimos trinta segundos ou mais — que foram trinta segundos a mais.

Uma sensação de inquietação a percorreu. Não sabia bem como se sentir com aquele homem sabendo de uma verdade sobre ela além das mentiras que todos pensavam saber.

Logo, a direção do seu olhar chamou a atenção de todos na sala, e cumprimentos se espalharam por todos os lados enquanto o duque se sentava ao lado das irmãs. Celia sentiu o calor do olhar de Eloise em seu rosto. Nos olhos da prima, ela encontrou exatamente o que esperava: uma pergunta.

Sobre o duque.

Não, não exatamente *uma* pergunta.

Uma enxurrada de perguntas.

Bem, Eloise havia sido avisada sobre o óbvio.

Enquanto o duque conversava com as irmãs em voz baixa,

Celia observou seu perfil e tentou vê-lo como Eloise o enxergaria — não como duque, pintor de cavalos ou dono de casa de jogos.

Como homem.

Este homem era mais do que jovem e bonito. Mais do que a soma total de suas qualidades físicas ou sua idade. Ele era inteligente e capaz. Estava na maneira como ouvia os outros quando falavam. *Confiante*. Nada a provar a ninguém além de si mesmo.

Atraente... magnético.

Este homem era tudo isso e mais uma coisa.

Uma tentação.

Esse era o conhecimento brilhando nos olhos de sua prima — uma compreensão dessa última qualidade.

E essa tentação era ser sua sócia pelos próximos três anos...

O que ela havia feito?

CAPÍTULO OITO

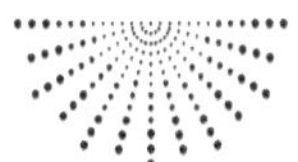

duquesa não ficou nada satisfeita em vê-lo.

Na verdade, o calor do olhar dela ameaçava perfurar o rosto de Gabriel.

Não importava.

Sempre fora sua intenção interromper a reunião depois de uns vinte minutos. Uma tática que ele frequentemente empregava em negócios para abalar um oponente ou até mesmo um sócio, tirando-o de um sentimento de complacência.

A reunião era sobre Saskia e Viveca, mas nenhuma decisão seria tomada sem o seu consentimento expresso. Era isso que sua presença dizia e o que ele queria que a duquesa entendesse.

Sob os olhos semicerrados, seu olhar se voltou para a mulher sentada ao lado da duquesa. Uma parente, ele supunha, com seus cabelos negros e grandes olhos escuros. Só que os olhos dessa mulher demonstravam franqueza enquanto os da duquesa demonstravam cautela.

Um crime.

Foi isso que a mulher dissera sobre o casamento da duquesa com Acaster.

Inconcebível.

Isso explicaria a qualidade reservada que sempre pairava sobre a duquesa, exceto...

Um casamento era uma escolha. Ela escolheu perseguir um título e se casar com um na forma de um velho libertino. *Essa* era a essência da duquesa.

Para que ele não se esquecesse.

Uma pausa na conversa se seguiu, e o silêncio desceu sobre a sala. A mulher ao lado da duquesa pigarreou e cutucou o cotovelo para garantir.

A duquesa piscou e pareceu se recuperar. *"Herm,* Vossa Graça, posso lhe apresentar minha prima, a Sra. Fairfax?"

Incerto sobre o que um duque faria, Gabriel se levantou e hesitou antes de fazer uma reverência desajeitada. Saskia bufou e Viveca riu baixinho, mas a Sra. Fairfax aceitou seu cumprimento graciosamente. A duquesa observava — sempre cautelosa sempre vigilante.

"O prazer é meu, Sra. Fairfax." Parecia o que um duque diria.

"Por favor, me chame de Eloise."

Essa mulher tinha um jeito de deixar qualquer um à vontade — ao contrário da mulher ao lado dela, que produzia o efeito oposto. "E eu prefiro Gabriel a qualquer um dos outros nomes que tenho atualmente."

Isso arrancou uma risada encantada da Sra. Fairfax — ele não chamaria a prima da duquesa pelo nome de batismo. Lançou um olhar para as irmãs, que lhe deram sorrisos adolescentes.

A Sra. Fairfax juntou as mãos. "Ah, eu sei o que precisamos discutir agora que o duque está aqui."

Gabriel tentou não fazer uma careta. Cada vez que alguém o chamava de duque, uma sensação nociva lhe percorria o estômago. Não muito diferente da sensação que tomava conta de alguém nos últimos segundos antes de vomitar.

"Estamos aqui para comprar vestidos novos, então esse é um item riscado da lista." Uma energia eficiente emanava da Sra.

Fairfax. "Agora, precisamos garantir convites para o Almack's [1]. Mas antes disso, precisamos contratar um professor de dança. E um..." Ela se interrompeu. "Você fala francês, por acaso?"

"Sabemos um pouco de sueco", Viveca falou.

"Principalmente palavrões", disse Saskia.

A Sra. Fairfax não pestanejou. "Seria útil falar um pouco de francês, então um professor de francês também."

Gabriel lançou um olhar furtivo para a duquesa, que observava os procedimentos com um sorriso distante. Não, distante não. *Impenetrável.* Um sorriso fortíssimo atrás do qual ela pudesse se esconder. Um sorriso que ele queria muito penetrar.

Penetrar.

Gabriel parou por aí.

"E deve haver um baile", continuou a Sra. Fairfax. "Não há outra opção. Com a presença de toda a sua família."

Isso chamou a atenção de Gabriel. "Não tenho intenção de ir a um baile."

Os olhos da duquesa se estreitaram. "Achei que o objetivo era ver suas irmãs se firmarem na sociedade."

"Isso mesmo."

"Você é o duque." O sorriso da duquesa não era mais apenas impenetrável, mas inflexível. "Você dará um baile. Você comparecerá ao baile. E lançará com sucesso suas irmãs na *alta sociedade*, demonstrando o quanto elas são importantes para você. Tudo o mais que estamos fazendo é lançar as bases para esse momento."

---

1. Almack's era o nome de vários estabelecimentos e clube social em Londres entre os séculos XVIII e XX. Dois dos clubes sociais se tornariam famosos como Brooks's e Boodle's. O estabelecimento mais famoso do Almack's ficava em salões de reunião na King Street, St. James's, e era um dos poucos locais sociais públicos mistos de classe alta na capital britânica, em uma época em que os locais mais importantes para a agitada temporada social eram as grandes casas da aristocracia. O local do clube, Almack's Assembly Rooms tornou-se retrospectivamente intercambiável com o clube, embora durante grande parte da existência do clube, os salões oferecessem uma variedade de outros entretenimentos sem nenhuma conexão com o clube.

"E ao fazer isso", disse a Sra. Fairfax, com o brilho inconfundível nos olhos, "você se tornará o homem mais cobiçado da sociedade."

"Eu não desejo me tornar o homem mais cobiçado da sociedade."

A Sra. Fairfax deu de ombros, impotente. "Receio que você não tenha escolha. Você é um duque. Você é rico. E você é..." Ela piscou, e um rubor manchou suas bochechas. *"Você."*

No silêncio desconfortável que se seguiu, a duquesa disse: "Mas primeiro, você deve se mudar para a mansão ducal em St. James Square."

De repente, as irmãs de Gabriel se transformaram em um amontoado de protestos, expressando desagrado com suas palavras e implorando a Gabriel com os olhos. No entanto, ele ficou aliviado por a duquesa ter abordado o assunto. Pois essa era a realidade do novo status deles no mundo — elas, é claro, viveriam na mansão ducal.

"Mas nossa casa em Knightsbridge é elegante o suficiente." Saskia não cederia facilmente.

A duquesa deu de ombros, impotente, com pouca simpatia nos olhos. "Duques não residem em Knightsbridge."

"Todos os nossos livros estão lá", disse Viveca.

"Claro que serão levados com você, minha querida", disse a Sra. Fairfax com genuína compaixão. "Você gosta de ler?"

A cabeça de Viveca se inclinou. "Os pulmões gostam de respirar?"

"Ah", disse a Sra. Fairfax com um sorriso compreensivo. "É uma necessidade. E que tipo de livros você lê?"

"Romances", disse Viveca. "Saskia gosta dos gregos."

"E *Eneida* [2] também", disse Saskia. No silêncio absoluto que se seguiu, ela acrescentou: "É uma obra romana."

---

2. *Eneida* é um poema épico latino escrito pelo poeta romano Virgílio no século I A.C e publicado após sua morte em 19 a.C. Ele escreveu a obra durante 12 anos.

A Sra. Fairfax respondeu erguendo as sobrancelhas.

Embora Gabriel e Tessa tivessem inclinação para a matemática, suas irmãs mais novas não eram menos rigorosas em suas buscas intelectuais, apenas se desviavam para uma direção diferente, em direção à palavra escrita.

Saskia voltou sua atenção para a duquesa. "A mansão St. James é onde você mora?" Ela era a mais questionadora e precisa das irmãs de Gabriel.

A duquesa lançou um olhar rápido para Gabriel. Aquele simples contato fez o sangue correr em suas veias. O que havia nela?

"Quando eu estou em Londres", ela respondeu. "Mas me mudei para a ala leste." Ela enfatizou suas próximas palavras. "Sua família ocupará a ala oeste."

"Imagine, uma casa com alas", refletiu Viveca.

E Viveca era a irmã mais excêntrica. Aquela em quem se podia confiar para um pouco de leveza. As irmãs Sirens podiam ser um grupo sério.

Agora, até a duquesa estava sorrindo.

O primeiro sorriso genuíno que ele vira nela.

"Depois que se mudarem para St. James Square", disse a duquesa, "vocês começarão a receber cartões de visita e convites. A sociedade ficará muito curiosa a seu respeito. Gostem ou não, vocês são irmãs de um duque e entrarão para a sociedade."

"Não pedimos por isso", disse Saskia.

E lá estava — a verdade contra a qual ele e suas irmãs vinham se debatendo desde que descobriram sua nova identidade. Uma falta de escolha que se enterrava sob a pele como uma urtiga afiada e insidiosa.

"Infelizmente, isso não importa." Uma dose de simpatia

Conta a saga de Eneias, um troiano que é salvo dos gregos em Troia, viaja errante pelo Mediterrâneo até chegar à península Itálica. Seu destino era ser o ancestral de todos os romanos. Eneida é considerada um clássico da literatura mundial que inspirou diversos poetas posteriores como Dante Alighieri e Luís de Camões.

brilhou nos olhos cor de mel da duquesa. "Mas há benefícios. Os musicais e as festas. Os bailes são divertidos. Então, é assim que vai ser. Você comparecerá a alguns eventos na minha companhia e na de Eloise. Depois, em julho, daremos o seu baile onde vocês serão formalmente apresentadas a sociedade." Por fim, ela encontrou o olhar de Gabriel. "E providencie para que Lady Tessa compareça."

"Só posso pedir", disse ele. "Tessa faz o que bem entende."

"É verdade", completou Viveca.

"Tive uma ideia, Celia", interrompeu a Sra. Fairfax. "O Derby é daqui a uma semana."

A duquesa — *Celia* — começou a assentir, considerando. "Pode funcionar."

"O que *é*?" Gabriel teve a nítida sensação de que as duas mulheres estavam conspirando.

"Que todas nós compareçamos ao Dia do Derby juntas como uma introdução leve", disse a duquesa, como se fosse a coisa mais comum do mundo.

Gabriel piscou, perplexo. "Você quer apresentar minhas irmãs à sociedade em uma *corrida de cavalos*?"

"Não em qualquer corrida de cavalos", disse a Sra. Fairfax.

"O *Derby*", completou a duquesa.

"Todos os notáveis estarão lá." A Sra. Fairfax pareceu expressar seus pensamentos à medida que eles lhe vinham à mente. "Vamos comparecer apenas durante o dia. Não à noite, *hã*, às festividades."

Bacanal, por tudo o que Gabriel ouvira e nunca se importara em participar.

A duquesa percebeu sua irritação. "Elas ainda não foram apresentadas a sociedade, mas será do seu interesse mostrar à *alta sociedade* que têm ideias e interesses próprios."

"Elas não ficarão comprometidas de alguma forma?"

A duquesa balançou a cabeça. "A menos que saiam com algum

dândi [3]." Ela lançou um olhar severo para Saskia e Viveca. "Não façam isso."

Viveca riu, e até Saskia bufou.

"Elas não precisam ser vistas como verdadeiras damas para serem aceitas?"

Mesmo quando a pergunta lhe escapou da boca, Gabriel sentiu sua resistência diminuir. Estranhamente, confiava na duquesa. Ela tinha experiência em tais assuntos e parecia ter se afeiçoado às irmãs dele.

A duquesa não cedeu um centímetro de terreno. "Perdoe minha franqueza pouco feminina, mas, segundo todos os relatos, o senhor é um duque que dorme sobre pilhas de ouro. A socie-dade não vai demorar muito para ser convencida."

"Agora", disse a Sra. Fairfax, levantando-se, "chegou a hora de o senhor ir embora, Vossa Graça, e deixar-nos, damas, com o resto da tarde." Ela dirigiu um sorriso caloroso para Viveca. "Qual é a sua cor favorita?"

"O azul da primeira geada do inverno, mas —" ela olhou incerta para Gabriel.

Ele assentiu com um aceno quase imperceptível. Não tinha certeza se havia como negar a força da vontade amável da Sra. Fairfax.

"Então está resolvido." A mulher bateu palmas, encantada. "Vocês usarão azul-gelo para o Derby. Vamos escolher os tecidos, certo?"

A Sra. Fairfax se colocou entre as irmãs dele e as conduziu para fora da sala. Ao passarem pela porta, uma pergunta dirigida a Saskia pairou em seu rastro. "E qual é a sua cor favorita, minha querida?"

"Marrom sapato velho."

---

3. Costumava-se denominar dândi um homem de bom gosto e fantástico senso estético, mas que não necessariamente pertencia à nobreza

A risada da Sra. Fairfax não perdeu o ritmo. "Vou ter que ficar de olho em você."

Saskia lançou a Gabriel um olhar suplicante por cima do ombro. Ele suspeitava que sua irmã pudesse ser superada pela formidavelmente alegre Sra. Fairfax.

"Acho que é tudo por enquanto. Como podem ver, minha prima e eu temos o assunto das suas irmãs bem controlado." Ela hesitou. "Conforme o combinado na noite passada."

Na noite passada.

Ela ainda estava desconcertada com a noite passada.

Ela não era a única.

Mas não era o desconforto dele que o interessava — era o dela.

Seria possível que ele a incomodasse do mesmo jeito que ela o incomodava?

Ela tentou contorná-lo, e ele sentiu-se tentado a bloquear a porta.

Ele deixou a tentação passar.

Nada de bom poderia resultar disso.

Quando ela passou, ele sentiu um toque de jasmim e bergamota — o cheiro dela.

Certo.

Ele fez uma breve reverência de despedida, se virou e saiu da loja em direção à Bond Street — e entrou em uma chuva de primavera, uma fina camada de chuva batendo diretamente em seu rosto no instante em que pisou nas pedras escorregadias. Reativamente, ele pulou de volta para a loja e começou a sacudir as gotas de chuva do seu corpo, não muito diferente de um cachorro molhado.

Sozinho no saguão da loja, com vozes femininas abafadas vindo dos fundos, Gabriel reconheceu que estava incomodado. Não tinha nada a ver com a chuva ou com o fato de ele ter ficado encharcado até os ossos em questão de três segundos.

Era a duquesa — e sua prima.

Não a Sra. Fairfax em si. Ela era uma mulher perfeitamente amável. Na verdade, era o fato de sua presença, e quanto mais tempo ele permanecia na entrada, imerso na água da chuva e em seus próprios suores, mais certo ele estava de que precisava ter uma conversa em particular com a duquesa.

Agora.

Então ele se virou e caminhou com determinação inabalável pela loja. Como era de se esperar, a Sra. Fairfax tinha Saskia e Viveca organizando peças coloridas de seda. Até Saskia parecia relutantemente convencida.

Mas nada da duquesa.

Ele enfiou a cabeça na sala de estar que eles tinham acabado de desocupar. Nenhum sinal dela lá também.

Uma assistente da modista tentou passar por ele. "Desculpe-me", ele disse.

Os criados conheciam os detalhes de qualquer estabelecimento — melhor do que seus senhores e senhoras, na maioria das vezes.

Olhos tímidos se ergueram até o queixo e pararam. Um duque reconhecer a existência dela não devia ser uma ocorrência cotidiana. Gabriel supôs que isso teria que servir. "Onde posso encontrar a Duquesa de Acaster?"

O assistente hesitou tanto que Gabriel pensou que teria que repetir a pergunta. Então, um dedo trêmulo apontou na direção de uma porta fechada. Seus pés já estavam se movendo quando ele lançou um "obrigado" por cima do ombro.

Ele supôs que duques não agradeciam àqueles de importância inferior, mas, como tantas vezes lhe apontaram, ele era jovem. Anos se estendiam á sua frente para que ele se tornasse um bêbado grosseiro.

Sem hesitar, ele girou a maçaneta e empurrou a porta. Foi só quando a visão diante de seus olhos penetrou em seu cérebro que ele entendeu que deveria ter batido primeiro. Ali, do outro lado da sala, vestindo apenas uma chemise, espartilho e meias brancas amarradas acima dos joelhos, estava a duquesa, de costas para ele, enquanto erguia uma peça de roupa enquanto a examinava.

Gabriel sentiu um calor percorrer seu corpo. Nunca em sua vida ele havia ficado imobilizado pela visão de uma mulher, mas a visão daquela mulher seminua paralisava todas as suas funções — exceto uma.

Seu pênis.

Até aquele momento, ele entendera que a duquesa era uma beldade — uma beldade renomada, aliás. Afinal, ele tinha olhos. Mas essa confirmação era quase demais.

Ela inclinou a orelha para o lado, mas não se virou. "Pode colocar o traje de montaria na cadeira, madame."

Uma urgência repentina tomou conta de Gabriel. Ficar ali imobilizado não era uma opção — nem uma desculpa.

Na verdade, ele suspeitava do contrário. Poderia ser que ele estivesse olhando de soslaio lascivamente para a duquesa. Mais do que se comportando mal, ele poderia estar ativamente errado.

Antes que ele pudesse recuar, no entanto, a duquesa se virou. Seus olhos âmbar se arregalaram e sua mão livre voou para a boca em um suspiro chocado.

Gabriel permaneceu imóvel. A visão de trás da duquesa fora apenas o prelúdio para isso — a visão de frente dela.

Ele a imaginara curvilínea, mas, novamente, a realidade — a prova — de suas curvas, do decote profundo à cintura acentuada que dava lugar ao alargamento de seus quadris, era quase concreta demais para ser vista diretamente.

Além disso, estavam as limitações de suas roupas. Sim, ela usava uma chemise [4]. Mas o olhar dele continuava querendo se desviar para as sombras sob a musselina fina. As rosas de seus mamilos. O triângulo escuro entre suas pernas.

---

4. Uma *chemise* era uma peça clássica de roupa íntima, originalmente, usada para proteger as roupas do suor e da oleosidade corporal. Era ajustada à pele e usada por baixo de vestidos.

Então seu olhar se ergueu e encontrou o dela. Parecia ser o ímpeto de que ela precisava para recuperar a fala. "Não fique aí parado", ela disse, tomando cuidado para que sua voz não fosse ouvida. "Feche a porta!"

E ele fechou.

Foi só quando as sobrancelhas dela se juntaram em perplexidade que Gabriel percebeu que deveria ter fechado a porta com ele do outro lado.

E agora que estavam ali, em silêncio, se encarando, seu motivo para voltar lhe escapava. *Sem palavras*, essa era a palavra para ele.

Não que ele nunca tivesse visto mulheres em vários estados de indecência. Não se podia administrar um antro de jogos e não ver mulheres ultrapassando regularmente os limites da decência — mesmo quando não havia um bordel anexo.

Mas esta mulher em estado de nudez... *Um corpo feito para o pecado.*

Ele agora entendia o significado da frase — e sua pulsante e intensa reação.

Carnalidade — o oposto de uma mente matemática.

Diante dele estava o próprio motivo pelo qual evitava as mulheres — para que pudesse evitar essa reação... essa erupção de pura necessidade física.

A vida era mais simples sem isso.

"Está perdido, Vossa Graça?"

"Não."

Mais uma vez, o tempo passou em um silêncio tenso. Então ele percebeu: Ela estava esperando — que ele se explicasse.

Certo.

Sua mente começou a funcionar novamente — contanto que ele mantivesse os olhos fixos no pescoço dela. "Está tentando se esquivar do nosso acordo?"

Uma ruga se formou entre suas sobrancelhas. "Me esquivar?"

Uma risada consternada escapou dela. "Muito pelo contrário, posso garantir."

Ela havia falado — Gabriel entendeu isso objetivamente. E embora seus olhos fossem atraentes, seu olhar continuava querendo se desviar para outras partes dela — as partes vestidas de forma escassa.

"Gostaria de se vestir antes de continuarmos essa conversa?"

Olhos âmbar-mel se estreitaram em avaliação. "Estou deixando você desconfortável?"

"Sim." Às vezes, a honestidade realmente era a melhor política.

"Foi *você* quem invadiu meu vestiário."

"Eu sei."

Ele agarrou a peça mais próxima e a empurrou para frente. Ela estendeu a mão para pegá-la, e o alívio inundou Gabriel.

Só que ela não a colocou sobre o corpo, mas sim sobre o encosto de uma cadeira, com os olhos brilhando de desafio.

Gabriel conhecia aquele olhar. Afinal, ele tinha três irmãs.

Ele não conseguiria o que queria.

Certo.

No tom sereno que usava com colegas de trabalho, ele começou. "Explique a presença da Sra. Fairfax. Se não me engano, é ela quem está cuidando do guarda-roupa das minhas irmãs. Enquanto você..." Ele moveu o braço para cima e para baixo, indicando a duquesa. "Enquanto você está cuidando do seu." Não havia como negar o desprezo em sua voz.

A duquesa inclinou a cabeça. "Você acha que estou entregando suas irmãs para minha prima?"

"Bem, não está?"

A duquesa soltou um suspiro irritado. "Embora não tenha se casado com um título, minha prima é uma das mulheres mais respeitadas da sociedade."

Gabriel franziu a testa. "E você?"

Será que ele foi enganado?

"Claro, sou respeitada. Sou uma duquesa. Mas..."

Gabriel intuiu imediatamente o que aquele "mas"... significava. "Você foi casada com um duque que impunha pouco respeito além do título."

Seu olhar mudou, e um leve rubor subiu por sua elegante garganta. "A sociedade gosta da minha prima, e só beneficiará suas irmãs se estiverem intimamente associadas a ela."

"E a sociedade não gosta de você?"

Ela deu de ombros vagamente.

O momento se suavizou por tempo suficiente para Gabriel vislumbrar algo novo dentro da duquesa. *Vulnerabilidade.* Ele já vira aquela duquesa em muitos estados — *imperiosa, desesperada... seminua* — mas nunca vulnerável.

Uma batida soou na porta. A duquesa levou um dedo à boca para silenciá-lo, implorando com os olhos que ele ficasse quieto, enquanto contornava o homem e abria a porta o suficiente para deixar passar algumas peças de roupa.

Ao vê-las, Gabriel sentiu a determinação que o trouxera àquele quarto se fortalecer. Apontou para as roupas presas ao peito dela — felizmente —, obscurecendo sua visão do corpo dela. Ignorou a pontada de perda que tentava atravessá-lo.

"Essas roupas", ele disse apontando.

"Essas?"

"O que são?"

"Dois trajes de montaria."

Frustração, repentina e inesperada, rugiu dentro dele. "Ontem à noite, você não tinha dinheiro para esfregar uma nota na outra. Agora, está experimentando vestidos novos? Estou começando a duvidar completamente da sensatez do meu investimento em você."

"Vestidos *novos*?" A indignação a inflamou. "Você está se referindo a essas roupas?"

Ela estendeu os vestidos, oferecendo uma visão melhor. Só que, no processo, também ofereceu uma visão melhor de si mesma.

E lá estava, de novo — a onda de calor que atingiu diretamente o pênis dele, que estava perigosamente perto de fazê-lo de bobo.

"Sim, estou me referindo a esses vestidos." Ali estava o chão que não tremia sob seus pés.

"Eles não são novos."

"Estou olhando diretamente para eles."

Seus olhos brilharam, mesmo enquanto um debate ardia dentro deles. Por fim, ela disse: "Faz uma década que não compro um vestido novo. *Esses,* duque, são vestidos reformados. E antes de subir no seu cavalo, precisa entender uma coisa. Sou uma duquesa e, como tal, preciso estar vestida elegantemente. Mas, como você tão prestativamente mencionou, não tenho dinheiro para esfregar uma nota na outra, então todo ano, durante a temporada de corridas, mando reformar algumas roupas. A aparência significa tudo em nosso pequeno mundo aristocrático, como você bem sabe. Agora", ela disse, alcançando a maçaneta da porta, "tenho certeza de que você é um homem ocupado e tem um dia cheio pela frente."

Ela escancarou a porta, sua ordem tácita clara.

Ele deveria sair — *tout suite* [5].

A assistente da costureira passou por ali naquele exato momento. Seus olhos se arregalaram ao ver o duque e a duquesa seminua antes de ela se afastar apressadamente.

"Essa modista é discreta?" Gabriel perguntou se precisaria perseguir a assistente e engordar as mãos dela com alguns xelins.

"Será que meu segredinho de moda chegou aos ouvidos dos jornais de fofocas?"

Ela se referiu ao segredo de uma duquesa que manda reformar suas roupas há dez anos — um detalhe que a *alta sociedade* adoraria saborear por um ou dois dias.

Gabriel fez sua segunda reverência do dia, girou nos calca-

---

5. Tout suíte tradução = imediatamente.

nhares e voltou pela loja, evitando os olhares curiosos das irmãs. Ele não queria explicar sua presença a elas.

Mas, principalmente, não queria explicar sua presença a si mesmo.

Suas botas batiam nas pedras da Bond Street com seu habitual *clique-claque* resoluto. No tempo decorrido, a chuva dera lugar a um céu azul límpido.

Se ao menos sua mente se clareasse tão facilmente.

Esse acordo que ele fizera com a duquesa...

Não era um negócio simples.

E não porque ela fosse diferente de seus parceiros de negócios habituais.

Era ele.

Ele era diferente com *ela*.

Ele era a fonte de sua própria inquietação.

Pela primeira vez na vida, ele se sentia perdido.

Pela primeira vez na vida, ele se sentiu perigosamente perto de cair no desconhecido.

Impotente contra seu ímpeto.

CAPÍTULO NOVE

EPSOM DOWNS, UMA SEMANA DEPOIS

*E*mbora Gabriel tivesse ouvido dizer que o Dia do Derby era um espetáculo incomparável, nada poderia tê-lo preparado para sua realidade — e seu barulho... e seus cheiros.

Ele olhou para a Sra. Fairfax, a quem acompanhava em meio à multidão barulhenta e agitada. "Tem certeza de que esta é uma boa maneira de apresentar minhas irmãs à sociedade?"

Com um sorriso plácido no rosto, ela deu um tapinha em seu antebraço.

Ele não duvidava das boas intenções da mulher, mas o Derby parecia existir bem longe da lei — um vigarista aplicando seu truque das três cartas aqui e uma mesa de thimblerig [1] montada ali, cenas que não significavam nada para as multidões reunidas em torno de jogos de azar, lordes e ladies se movendo pela multidão em cavalos bem treinados, sempre um privilégio dos aristocratas. Embora situado em uma extensão de terra que parecia se estender sem limites por quilômetros em todas as dire-

---

1. O jogo das conchas (também conhecido como "thimblerig", "três conchas e uma ervilha") é um jogo de azar que desafia os jogadores a seguir o movimento de um marcador escondido sob uma de várias conchas.

ções, a multidão se intensificava a cada passo em direção ao hipódromo.

"A sociedade possui muitas facetas, Vossa Graça." A Sra. Fairfax quase precisou gritar para se fazer ouvir. "O Dia do Derby é apenas uma delas."

A poucos metros à frente, Saskia e Viveca passeavam de braços dados com a duquesa. Relutantemente, ele admitiu que ela fosse uma presença aterradora para suas irmãs, que estavam extasiadas de espanto e deleite.

"Londres inteira está aqui", continuou a Sra. Fairfax, "e também toda a *alta sociedade*. Elas verão suas irmãs de braços dados com a Duquesa de Acaster e receberão a mensagem em alto e bom som. A nova casa de Acaster deve ser aceita e acolhida nos mais altos níveis."

Gabriel tinha suas dúvidas. "Certamente, ninguém consegue ver ninguém nessa multidão." Ele não era de multidões.

A Sra. Fairfax riu. "Ah, a sociedade tem olhos em todos os lugares."

Depois de se espremerem por uma porção excepcionalmente densa da multidão e chegarem a uma clareira reservada para a aristocracia, Gabriel conseguiu ouvir a conversa fluindo entre a duquesa e suas irmãs.

"O primeiro Derby foi disputado em 1780 como uma corrida de potros e éguas", ela disse, com a voz imbuída de uma autoridade que Gabriel só ouvira dela no dia em que se conheceram, em seus estábulos.

"E o Oaks é a corrida de éguas?", perguntou Viveca.

A duquesa assentiu. "Foi estabelecido no ano anterior. Reza a lenda que o Derby ganhou esse nome no cara ou coroa."

Saskia bufou. "Parece apropriado."

"O Conde de Derby e Sir Charles Bunbury jogaram uma moeda para decidir se a corrida deveria se chamar Derby ou Bunbury." Ela abriu bem as mãos. "E o resto é história."

"A moeda acertou, eu acho", disse Viveca. "O Bunbury parece muito com um doce saboroso."

A duquesa sorriu. "Embora Sir Charles possa ter rido por último, já que seu potro, Diomed, venceu aquele primeiro Derby. O Conde de Derby teve que esperar sete anos para que seu Sir Peter Teazle o vencesse."

"Isso deve ter sido doloroso." Junto com sua tendência a questionar a cada momento, Saskia também era a irmã mais competitiva.

O que estava ficando claro para Gabriel era que a duquesa estava conquistando suas irmãs. Ele deveria estar feliz, e estaria, se não fosse por...

O momento na loja da modista.

Um momento que durou muito mais do que um momento.

Um momento que tornou as coisas estranhas hoje, quando ele e a duquesa se viram pela primeira vez e evitaram o olhar um do outro.

E quando todos pegaram a mesma carruagem juntos.

Ainda evitando qualquer ponto de contato direto.

No entanto, apesar de tentar evitá-la, como supremamente consciente ele estava dela.

Ele nunca tivera tanta consciência de outro ser vivo quanto daquela mulher.

Ele pensara que uma semana bastaria para acalmar o sentimento que ela despertava nele.

Ele estava enganado.

Bastou um vislumbre de sua figura modestamente vestida hoje para que ele visse, através das camadas de lã e musselina, sua figura nua.

Mesmo agora, embora seus olhos tentassem evitá-la, ela caminhava diretamente à sua frente, a menos de um metro e meio de distância, e o que ele poderia fazer senão notar o balanço feminino de seus quadris arredondados — quadris perfeitamente moldados para a mão de um homem?

Pelo menos, era isso que suas mãos começavam a pensar.

Eles pararam em uma pequena elevação que oferecia uma vista do hipódromo.

Saskia levou a mão à testa para observar melhor a configuração das colinas. "Os cavalos largam e chegam no mesmo lugar? Porque o hipódromo parece ter o formato de um U."

"Uma pergunta muito astuta", disse a duquesa, em tom de aprovação. "O hipódromo tem, de fato, o formato de um U." Ela apontou para um poste branco distante. "Ali é a largada." Ela moveu o ângulo do dedo. "E a chegada é ali." Incapaz de se conter, ela continuou falando. "A grama é fina como um tapete persa e, quando os cavalos correm, exala um leve aroma de tomilho selvagem e cedro. Mas, apesar de todos esses prazeres, Epsom é um percurso desafiador. Embora plano, é cheio de subidas e descidas e curvas fechadas, sendo a mais fechada a Tattenham Corner, a 800 metros da chegada. É também o comprimento que o torna um desafio. Com 2,4 km, cavalos que correram bem na Two Thousand Guineas podem ter dificuldades no Derby. É por isso que é tão difícil para um cavalo conquistar a Tríplice Coroa. Porque as três etapas da temporada têm percursos com distâncias diferentes, com cada etapa mais longa que a anterior. Apesar de toda a diversão do Dia do Derby, a corrida em si é um desafio árduo para cavalos inexperientes e um duro teste de resistência também."

Enquanto a duquesa explicava os detalhes do Derby, ela o fazia com alegria e entusiasmo, com as bochechas coradas e os olhos brilhantes. Essa era a sua paixão.

Essa duquesa... Ela continuava a não ser a duquesa que ele desprezara como uma caçadora de títulos superficial. Talvez ela não fosse uma coisa só, mas sim multifacetada. Como a maioria das pessoas, ele descobrira ao longo dos anos ao lidar com pessoas de todas as esferas da vida.

Ou multifacetada como...

Um diamante.

Enquanto ela continuava falando, Gabriel cumprimentou silenciosamente com a cabeça vários clientes do The Archangel. *Lordes.* Lordes que agora o viam como um deles, seus acenos indicava.

Um desses lordes fez mais do que apenas acenar. Ele se juntou ao pequeno grupo. Um sorriso encantado se espalhou pelo rosto da Sra. Fairfax. "Lorde Ormonde, como está o seu dia?"

Gabriel conhecia superficialmente o Marquês de Ormonde, já que o lorde era assinante do The Archangel e passava algumas noites lá algumas vezes por ano.

"Um dia perfeito para a corrida." Os longos cabelos do marquês brilhavam dourados ao sol, seus olhos azul-celeste amigáveis.

Pelo que Gabriel havia descoberto ao longo do tempo, todos gostavam do Marquês de Ormonde, um homem que se assemelharia bastante a um antigo invasor viking não fosse por sua amabilidade geral.

A duquesa, no entanto, parecia ter uma visão diferente do marquês. Suas bochechas coradas subitamente ficaram brancas, e ela deu um passo para trás, como se estivesse prestes a fugir.

Gabriel sentiu a testa franzir. Existia uma história entre a duquesa e o marquês — uma história que ele desconhecia.

Uma que o fez ranger os dentes.

Ormonde se mexeu. Era claro que o homem tinha algo a dizer à duquesa — e não estava muito entusiasmado com a perspectiva. "Presumo que você já ouviu as notícias?"

Era uma pergunta — e não era.

Um lampejo de curiosidade passou por seus olhos. Ela não tinha ouvido.

Foi a Sra. Fairfax quem perguntou: "Quais notícias?"

Ormonde respirou fundo. Claramente, ele preferia que a terra o engolisse inteiro a contar a notícia com a qual chegara. "Rakesley se casou."

Um momento de silêncio se passou. Depois outro. A duquesa

engoliu em seco. "Ah?", conseguiu dizer. Seu queixo se ergueu. "Com quem, posso perguntar?"

"Com, hum, Gemma", disse Ormonde. Mais uma notícia que ele não queria dar.

A duquesa franziu a testa. *"Gemma?"*

"Vocês se conheceram."

Ormonde parecia tão desconfortável que as palmas das mãos de Gabriel quase transpiraram por ele.

A duquesa balançou a cabeça. "Não conheço nenhuma Gemma."

"Ela também se chamava Gem."

A compreensão surgiu no rosto da duquesa. *"Gem?"* ela ofegou, completamente incrédula.

Ormonde assentiu.

"Rakesley se casou com Gem?" As palavras pareciam resistentes a penetrar em seu cérebro.

"Na Escócia, alguns dias atrás", completou Ormonde. "Achei que você deveria saber, pois a notícia começou a circular pela sociedade."

A duquesa endireitou os ombros e se recompôs. "Aprecio sua sensibilidade, Ormonde."

O marquês fez uma leve reverência de despedida, acenou para Gabriel e girou nos calcanhares.

O homem não se foi nem cinco segundos antes de Gabriel se virar e encontrar um sorriso firme nos lábios da duquesa.

Ele não gostou daquele sorriso.

Antes que ele pudesse perguntar o que diabos era aquilo, ela se dirigiu às irmãs dele: "É importante que vocês aprendam. Mantenham-se sempre a par das últimas fofocas, porque às vezes são sobre vocês. Vocês assinam o *London Diary?*"

Agora Gabriel tinha mais uma pergunta: como aquelas fofocas tinham sido sobre *ela?*

"Claro que não", zombou Saskia.

"Bem, passem a ter a assinatura desse jornal", continuou a duquesa. "Prevejo que vocês estarão lá amanhã mesmo."

Gabriel notou um movimento sutil à sua direita. O *Conde de Wrexford*. O sorriso agradável no rosto do conde fez Gabriel franzir a testa. "Wrexford", ele disse, sem escolha a não ser cumprimentar o homem.

"Acaster."

Embora Wrexford estivesse falando com Gabriel, estava claro que ele estava tentando se infiltrar no grupo. O instinto fraternal se manifestou. Ali estavam duas jovens adoráveis e um jovem lorde eminentemente elegível. Ele deveria se afastar e deixar a natureza seguir seu curso. Em qual irmã o conde estaria de olho? Saskia? Ou Viveca?

Um instante depois, Gabriel percebeu que havia errado o ângulo. O olhar do conde continuava se desviando para uma dama completamente diferente.

A duquesa.

A irritação o percorreu.

O que era um conde inexperiente para uma deusa de carne e osso?

Certamente, ela o avaliaria com um único olhar mordaz e o colocaria em seu devido lugar.

No entanto, quando o conde perguntou: "Duquesa, está achando o dia do seu agrado?" e ela respondeu: "Seria difícil imaginar um melhor", Gabriel percebeu que estava completamente enganado.

De novo.

A irritação se transformou em um sentimento ainda mais próximo da raiva.

Raiva?

Ele não era um homem propenso à raiva. Sempre vira a raiva como uma fraqueza. Fazia os homens agirem irracionalmente.

E Gabriel não tinha um pingo de irracionalidade.

Ele era um homem equilibrado e de temperamento calmo.

Todos sabiam disso.

Uma mão apertou seu braço. Ele olhou para baixo e viu a Sra. Fairfax sorrindo para ele. Ele a havia esquecido ali. "Você se importaria de dar uma volta comigo pelos jardins?"

"Claro", ele disse determinado a ser agradável — mesmo que fosse a última coisa que quisesse.

Ele queria, na verdade, dar um soco no nariz aristocrático do Conde de Wrexford.

Enquanto ele e a Sra. Fairfax se separavam do grupo, Gabriel resistiu à vontade de olhar por cima do ombro. Wrexford precisava de alguém de olho nele.

Esse último pensamento o tirou daquele humor estranho e chocantemente sanguinário. A duquesa não era de fato sua família — e certamente não era uma jovem que precisasse de proteção.

Além disso, Wrexford não era nenhum canalha. Um ano abaixo de Gabriel na escola, o conde fora nada mais do que amável, sua boca sempre pronta para sorrir à menor provocação.

O homem era simpático.

O que não o tornava menos irritante.

"O ar de Surrey lhe agrada, Vossa Graça?" perguntou a Sra. Fairfax.

"Prefiro um ar menos barulhento", disse ele. "Menos poluente também."

Uma risada deliciada escapou dela. "O Derby Day é bastante barulhento e fedorento. Mas também é uma vida vivida ao máximo."

Gabriel supôs.

Em tom de conversa, ela continuou: "O acordo que você fez com Celia é uma coisa boa."

Gabriel suspeitou que a Sra. Fairfax o havia afastado do grupo para dizer exatamente isso. "Nós dois nos beneficiamos com o nosso acordo."

Eles deram mais alguns passos. "Você não gosta muito da Celia, não é?"

Isso foi um pouco mais direto do que ele esperaria da mulher pequena e agradável. "Eu não conheço sua prima de forma profunda", ele disse diplomaticamente.

Uma dureza inesperada brilhou nos suaves olhos castanhos. "Isso mesmo. Você não conhece."

Gabriel teve a nítida sensação de que estava prestes a receber uma reprimenda séria.

"Você acha que ela não passa de uma caçadora de títulos."

"E não é a verdade?"

"Era o pai dela que estava em busca de um título."

Gabriel bufou. "Não vivemos mais em uma sociedade feudal onde noivas são trocadas. As mulheres podem escolher com quem se casar."

A Sra. Fairfax arqueou a sobrancelha, como se isso fosse novidade para ela. "Podemos?"

Nesse ponto, Gabriel tinha certeza. "Sim."

Ela o encarou. "Então, você acha que uma jovem de dezenove anos tem escolha quando seu pai lhe diz que ela vai se casar com um duque de setenta e cinco anos?"

"Claro que sim. Ela pode dizer não."

"E depois?"

"Pardon?"

"Vamos seguir o caminho da sua lógica", disse a Sra. Fairfax, pacientemente. Gabriel nunca suportava um tom de voz paciente. "A jovem diz não e se mantém firme. E depois? Quando seu pai lhe disser que a jogará na rua sem um centavo, o que ela deve fazer? Ela pode defender seu caso nos tribunais? A sociedade defenderá sua causa?" Embora o tom da Sra. Fairfax permanecesse amigável, seus olhos eram afiados como punhais. "Ela não só ficará sem um tostão, como também sem amigos."

Gabriel sentiu-se estranhamente, mas apropriadamente, repreendido.

À distância, avistou suas irmãs acenando para que se aproximasse do lugar delas na grade. "Acho que estão nos chamando", ele disse aliviado por ter uma desculpa para encerrar aquela conversa.

A Sra. Fairfax acenou de volta. "Vou dizer uma última coisa sobre Celia. Por que não a conhece antes de julgá-la? Aquele casamento não foi fácil de suportar." Ela fixou sua atenção nas irmãs dele. "Ladies Saskia e Viveca são encantadoras. Elas se sairão bem na sociedade, pois sabem o que querem e não parecem inclinadas a tolices."

"Ah, elas podem ser bem bobas."

"Fala como um irmão mais velho. Mas a bobagem de que falo é o tipo que faz com que uma linda jovem seja expulsa. Elas são encantadoras."

"Até Saskia?" Gabriel nutria dúvidas.

A Sra. Fairfax riu. "Especialmente Saskia."

Ao se aproximarem do grupo, Gabriel notou que Wrexford ainda estava por perto, olhando para a duquesa com tanta adoração que Gabriel se sentiu envergonhado por ele.

O que apenas reforçou sua determinação de manter seu voto de evitar mulheres até a idade de trinta anos, se esse fosse o tipo de idiota que uma mulher transformava um homem.

Enquanto isso, Saskia também parecia encantada com a duquesa, embora por motivos diferentes. "Você tem um cavalo inscrito no Derby?"

"Tenho." O brilho da competição iluminou os olhos da duquesa. "*Ali*. Devil's Spawn."

"O sujeito vestido com sedas rosa e branca com bolinhas?" Viveca riu encantada com a ironia.

"Nomes de cavalos são bem chamativos." A duquesa começou a apontar outros cavalos. "Tem Little Wicked, roxa e preta." Sua testa se enrugou. "Eu teria pensado em vê-la inscrita no Oaks para o Dia das Senhoras, mas, falando sério, o Sr. Deverill não tem a menor ideia do que está fazendo com um cavalo de corrida do calibre dela." Ela soltou um suspiro irritado antes de voltar ao assunto original. "E aquele é o Good Bottom ao lado dela. Depois, tem Squirrel. E Old Bugger é um dos favoritos hoje, junto com o Filthy Habit de Ormonde." Seus olhos se estreitaram. "Mesmo assim, acho que Devil's Spawn tem uma pequena chance de ganhar para mim."

"Nós", disse Gabriel. Todos os olhares se voltaram para ele. "Como sócios, Devil's Spawn ganharia para nós."

Irritação brilhou nos olhos da duquesa. "Claro."

Viveca não percebeu a faísca de tensão no ar e perguntou: "Se Devil's Spawn vencer hoje, você teria dois cavalos correndo na Corrida do Século?"

O sorriso da duquesa retornou — este, genuíno. "De fato, Lady Viveca. O que seria melhor, meu..." Seu olhar se voltou para Gabriel. "*Nossas chances* de ter um vencedor."

"E ganhar a bolsa de dez mil libras", acrescentou Gabriel.

Não lhe passou despercebido que, sendo um investidor na corrida e apostando em um ou dois cavalos, ele seria um vencedor duplo.

Na verdade, seu acordo com a duquesa não era uma aposta.

Era um negócio.

Ele não podia perder.

"Acredito que a corrida está prestes a começar." A Sra. Fairfax começou a conduzir Saskia e Viveca até a grade branca que margeava o hipódromo e acenando para que Wrexford as seguisse.

Depois de se mexer um pouco com outros espectadores, Gabriel descobriu que a duquesa também havia se aproximado.

Ao lado dele — seus corpos separados por centímetros.

A consciência o percorreu. Sentiu uma vontade poderosa de se inclinar para a esquerda e tocá-la de alguma forma. Um leve toque de ombros... um roçar das costas da mão dele nas dela...

Qualquer parte dela serviria.

Ele não faria isso, é claro.

A tensão pairava no ar enquanto todos aguardavam o tiro de largada. Devido ao formato em U da pista de corrida, a posição do grupo na linha de chegada os colocava paralelos à largada, embora à distância.

A duquesa começou a vasculhar sua bolsa. Sua mão emergiu com um par compacto de binóculos esmaltados em prata e rosa, que ela ergueu diante dos olhos. Surpreendentemente, ela começou a falar, mais por nervosismo do que por desejo de mantê-lo informado sobre os acontecimentos da corrida, é claro. "Teremos sorte se conseguirmos vê-los partir com o primeiro tiro."

Gabriel semicerrou os olhos ao longe. "Como assim?"

"Falsas largadas", ela disse. "O esporte está cheio delas."

Uma súbita nuvem de fumaça cinza percorreu o ar, seguida pelo estampido de uma pistola. Os cavalos se puseram em movimento e a multidão foi à loucura. A duquesa permaneceu imóvel, preparada para um segundo disparo da arma, indicando uma falsa largada. Quando não houve nenhum disparo, ela se inclinou para frente, uma mão segurando o binóculo e a outra agarrando o corrimão com tanta força que seus nós dos dedos ficaram brancos.

Embora o percurso fosse plano, o primeiro furlong da corrida tinha uma subida, que serviu para separar a grande multidão de cavalos e cavaleiros. Devil's Spawn — o único cavalo que Gabriel conhecia de vista — não liderava o grupo da frente enquanto subiam a colina, mas os acompanhava e se mantinha firme.

"Vamos... vamos... vamos...", gritava a duquesa.

Atraído pelo calor da competição, Gabriel se encostou ao corrimão, com o coração martelando no peito. Afinal, ele tinha, de fato, um cavalo na corrida. "Vamos", ele gritou, sua voz única num coro de dez mil.

Ainda assim, não parecia totalmente inútil. Na verdade, era extremamente purificador entregar-se à emoção coletiva dos milhares que rugiam.

Os cavalos se moveram para fazer a primeira curva. O grupo da frente, que encontrou Devil's Spawn na parte de trás, conseguiu passar, mas no grupo que ficou atrás, as patas de um cavalo se enroscaram com as de outro e ambos caíram no gramado.

"Deve ser o Squirrel e Old Bugger", murmurou a duquesa. Ela prosseguiu com outro: "Vamos!"

Em seguida, os cavalos faziam a segunda e mais acentuada curva em Tattenham Corner. Outro cavalo e cavaleiro caíram. "Deve ser Good Bottom", informou a duquesa. "E já vai tarde."

Corrida de cavalos era um esporte implacável, não havia dúvida, e quando os cavalos saíram da curva e entraram na reta final, Gabriel sentiu a sede de sangue correndo por suas próprias veias, picando sua pele com suor. Ele não estava preparado para a pura fisicalidade do esporte — cavalo, jóquei e espectador.

"Eles estão entrando na reta final. É uma leve descida." A duquesa continuou seus comentários. "Agora vocês vão ver o que esses cavalos conseguem fazer."

Os puros-sangues ganharam velocidade, com os jóqueis deitados sobre suas montarias, encorajando-os a velocidades cada vez maiores por meio de palavras, chicote ou espora — e qualquer combinação dos três. O jóquei de Devil's Spawn tentou bravamente se infiltrar no pelotão da frente, mas não conseguiu ganhar terreno sobre os três da frente.

"Passe por eles, seu idiota", gritou a duquesa.

Então Gabriel sentiu — um leve entrelaçar de dedos, depois uma mão apertando a dele. A mão da duquesa. Gabriel duvidava que ela tivesse consciência da ação, mas a mão que agora segurava a sua era tudo em que ele conseguia pensar. Incrível como a existência de alguém pode, de repente, se concentrar em um pedaço de pele que até então era insignificante.

Instintivamente, ele virou a mão para poder apertar de volta.

Agora, eles estavam de mãos dadas.

Como se o jóquei de Devil's Spawn tivesse ouvido o comando da duquesa, ele inclinou o corpo sutilmente para a direita, um sinal que o cavalo entendeu imediatamente ao mudar sua trajetória para o lado de fora. Considerando que a pista restante era uma reta, a estratégia apresentava pouco risco, principalmente quando se estava em quarto lugar.

A pegada da duquesa se tornou de aço enquanto os cavalos disparavam em direção a eles e à linha de chegada. A princípio, Gabriel não conseguia acreditar no que via, mas depois viu que era verdade — Devil's Spawn havia se aproximado do cavalo em terceiro lugar. Os dois cavalos da frente correram um trecho à frente, lado a lado, sem ceder um centímetro de terreno. Não puderam ser alcançados enquanto cruzavam a linha de chegada em meio a uma onda de aplausos.

Então, um pouco atrás, veio Devil's Spawn, estendendo-se no momento certo para conquistar o terceiro lugar.

A duquesa ergueu os braços em êxtase. "E é assim que vamos!"

Antes que Gabriel percebesse o que estava acontecendo, os braços dela estavam em volta do pescoço dele enquanto ela pulava para cima e para baixo com uma alegria desenfreada.

Ele sentiu uma alegria correspondente — como não sentiria? — embora em menor grau.

O que ele sentia principalmente era o corpo dela pressionado contra o dele.

Um corpo que ele já vira com muito menos camadas de roupa.

Por vontade própria, os braços dele a envolveram.

Agora, ele não só conhecia a visão do corpo dela, mas também a sensação dele.

Exuberante... firme...

Exatamente como ele havia imaginado.

Outro tipo de consciência o invadiu, e suas mãos se moveram pelas costas dela. Seu rosto extasiado se ergueu, seu sorriso descomplicado por qualquer coisa além de pura felicidade. "Terceiro lugar", ela exclamou, emocionada e atônita.

Por um instante, ele pensou que ela o beijaria.

E por um instante mais impulsivo, ele pensou que não se importaria tanto.

Então ela piscou, e seu sorriso mudou. Tornou-se pensativo enquanto seu olhar descia para a boca dele, depois se erguia novamente para encontrar seus olhos. Ele viu nas profundezas âmbar-mel uma consciência receptiva.

Não seria nada inclinar a cabeça e sentir o gosto da boca dela.

Exceto que não seria nada.

Tornar-se-ia instantaneamente tudo.

CAPÍTULO DEZ

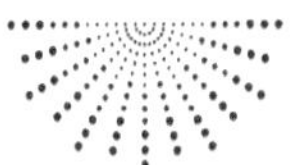

Celia entendeu que deveria se afastar do Duque de Acaster.

E ela definitivamente deveria tirar seus braços que estavam em volta do pescoço dele.

Ambas as certezas racionais.

Ambas as certezas se recusavam a dar o próximo passo para a ação.

Acontecia simplesmente que o duque era tão sólido, forte e másculo contra ela.

Ela nunca havia experimentado um corpo tão masculino em toda a sua extensão. Ela se sentia...

Feminina.

E tudo o que seus braços queriam fazer era apertar o pescoço dele e trazer sua boca firme até a dela, sentir o arranhão de sua barba contra sua pele.

Enquanto seus olhos azuis-marinhos diretos a procuravam, ele parecia querer o mesmo.

Então, algo desconhecido brilhou por trás de seus olhos, e todos os músculos de seu corpo ficaram rígidos. De repente, ele era completamente ele mesmo novamente — um homem que não se curvava... um homem que não se quebrava.

Certo.

Os braços dela afrouxaram o aperto em volta do pescoço dele, e ela deu aquele passo para trás, desvencilhando-se dele, os dedos já tentando esquecer o deslizar sedoso dos cabelos dele, enquanto desajeitadamente evitava o olhar dele e aceitava os parabéns de todos ao redor.

Na agitação da chegada acirrada, ninguém havia notado.

Quanto tempo o abraço poderia ter durado? Uma fração de segundo? E, falando sério, o que ela tinha feito? Ela abraçou o corpo mais próximo.

Ela poderia ter abraçado qualquer um.

Exceto que o corpo dela não sentia a marca de ninguém.

Sentia a marca *dele.*

Levada pela multidão, Celia se viu na pista de corrida, segurando uma grande guirlanda de flores. Como dona do cavalo que terminou em terceiro lugar, esperava-se que ela participasse das formalidades e comemorações, as quais eram um alívio bem-vindo diante de qualquer tipo de momento que acabara de vivenciar com o duque.

No entanto, nos breves momentos entre colocar a coroa de flores no pescoço de Devil's Spawn, parabenizar Ames pela brilhante cavalgada e aceitar a bolsa do terceiro colocado, ela percebeu que seu olhar se voltava para um par de olhos azuis-marinhos implacável.

Um arrepio quente percorreu seu corpo a cada momento.

Eloise apareceu ao seu lado e abraçou Celia. "Como é ser a dona do melhor estábulo de corrida de cavalos da Inglaterra?"

Celia retribuiu o abraço da prima, mas por cima do ombro de Eloise, ela cruzou o olhar com Acaster. Dentro daquelas profundezas azul-celeste, ela encontrou uma pergunta — a mesma que a dela.

O que tinha acabado de acontecer entre eles?

"Eu, *hã*", ela começou, gritando no ouvido de Eloise para ser ouvida em meio ao barulho da multidão em êxtase. "Preciso encontrar o banheiro feminino."

"Quer que eu a acompanhe?" perguntou Eloise.

Celia avistou o Sr. Lancaster a alguns metros de distância e sabia que sua prima gostaria de passar um tempo com ele.

"De jeito nenhum. Não vou demorar."

Quando Celia começou a abrir caminho pela multidão, teve que se esforçar para não olhar na direção do duque, como a esposa de Ló [1]. Certamente, ela se transformaria em uma estátua de sal, pois por esse caminho levava à tentação, nunca antes provado.

Ela foi direto para o banheiro feminino — *fugiu*, na verdade.

Lá dentro, acenou com a cabeça para algumas damas que conhecia de passagem antes de se esconder atrás de uma tela de privacidade. Ela desabou em um banquinho acolchoado de veludo e exalou o ar que estava prendendo. Tentaria não inalar muito profundamente, porque, bem, aquele era o banheiro feminino no Dia do Derby e o bourdaloue [2] não parecia ter sido esvaziado há horas.

O sangue dela ainda pulsava forte em suas veias por causa do terceiro lugar de Devil's Spawn e da bolsa de cem libras que ainda segurava em suas mãos.

---

1. A mulher de Ló (sobrinho de Abraão) foi a pessoa que ficou conhecida na Bíblia por ter sido transformada numa estátua de sal. Apesar de a Bíblia não trazer quase nenhuma informação sobre ela, nem mesmo o seu nome, o estudo bíblico mostra que aquela mulher se tornou um exemplo contra a falta de perseverança e desobediência diante de Deus.

2. Um bourdaloue é um tipo de penico projetado especificamente para mulheres, permitindo que elas o usem em pé ou agachadas. Tem formato oval e é feito de porcelana, o que o torna discreto e fácil de transportar. Acredita-se que o nome tenha derivado de Louis Bourdaloue, um pregador jesuíta francês do século XVII cujos sermões eram tão longos que as mulheres levavam um penico para ir à igreja. Os bourdaloues eram comumente usados em viagens e eram práticos para mulheres que não usavam calcinhas, permitindo que usassem o banheiro sem incomodar os outros.

Cinquenta libras assim que o duque recebesse sua parte.

Ainda assim, ela estava satisfeita. Precisava de cada centavo que pudesse reunir.

Mas o terceiro lugar e o dinheiro não eram os verdadeiros motivos pelos quais seu coração disparava no peito.

O duque.

E aquele abraço.

Não.

O que ela fez foi pressionar todo o seu corpo contra o dele — um corpo em seu auge de masculinidade.

Embora não fosse uma jovem recatada, ela talvez nunca parasse de corar. Não por tê-lo sentido, mas sim por sua reação a ele. Uma sensação quente e líquida que se acumulava profundamente dentro dela, que fazia suas pernas tremerem e sua mente correr com imaginações selvagens.

Era tudo o que ela podia fazer, mesmo agora, para não correr de volta e confirmar a sensação dele.

Tentação.

Lá estava — aquela palavra.

Só que agora evocava a história de Eva. Como se o duque fosse uma fruta deliciosa esperando para ser...

Colhida.

Ah, isso não daria certo.

Porque não era só a reação dela a ele.

Ele também reagira. Longos dedos masculinos percorrendo a coluna dela, pressionando a parte inferior das costas, mantendo-a firme contra si. A boca dele a centímetros da dela.

Celia ouviu a porta se abrir e deixar entrar um grupo de damas que já estavam conversando.

"Eles foram vistos por Lorde e Lady Dalwinnie?"

"Em Edimburgo."

"Como marido e mulher?" perguntou uma voz chocada.

E Celia sabia.

Estavam falando de Rakesley e sua... esposa.

"Ele a apresentou como sua duquesa."

Suspiros escandalizados se seguiram, e apesar do odor nocivo, Celia teria se afundado de bom grado na bourdaloue, se isso significasse escapar.

"A irmã de Lady Gwyneth testemunhou em primeira mão. Ela teve que fazer uma reverência a um jóquei!"

Na verdade, Celia conhecera a nova duquesa uma vez — quando a mulher estava vestida de jóquei. É claro que a aparência feminina do rapaz despertara suspeitas em Celia, mas ela descartou isso como se não fosse da sua conta. Mal sabia ela que, na verdade, era da sua conta. Que Rakesley fugiria com seu jóquei — sua jóquei! — e se casaria com ela.

E deixaria Celia na mão.

Não que ele tivesse tratado Celia de maneira pouco cavalheiresca ou a tivesse abandonado no altar. Nenhuma proposta ou acordo formal havia sido firmado — mas ela estivera muito perto de alcançar uma vida de segurança e proteção.

"Lady Gwyneth disse que eles ficaram de mãos dadas durante todo o jantar."

"Tão comum."

"Os padrões já estão baixando."

"Alguma notícia sobre como a Duquesa de Acaster está reagindo?"

O calor da humilhação percorreu Celia. É claro que Londres sabia que uma proposta de casamento do Duque de Rakesley tinha sido destinada à Duquesa de Acaster.

Ela tinha prática em evitar humilhações, tendo sofrido inúmeros constrangimentos nas mãos do falecido marido. Mas achava que não aguentava mais ser humilhada.

Parecia que não.

Que tipo de mulher perdia um homem para um jóquei?

Celia sabia exatamente o que precisava fazer. Em vez de se

esconder atrás daquele biombo, precisava abandonar sua proteção e encarar a indignidade que a aguardava. Teria que suportar a alegria fofoqueira da sociedade mais cedo ou mais tarde — era melhor acabar logo com isso.

Com os ombros eretos, ela emergiu. "Como estou reagindo a quê?"

Todos os olhares se voltaram para ela e se arregalaram. Seus olhos, no entanto, as desafiaram a dizer mais uma palavra sobre Rakesley.

Uma garganta pigarreou. "Como está se sentindo com o novo Duque de Acaster e suas irmãs?"

Celia agraciou a sala com seu sorriso mais brilhante. Ela havia fechado um acordo com Acaster, e ali estava uma oportunidade de cumprir seus termos. "As Ladies Saskia e Viveca são tão encantadoras quanto adoráveis. Elas serão as luzes de todas as reuniões sociais para as quais forem convidadas e um orgulho para a família."

Os olhos que observavam Celia atentamente se voltaram pensativos. "E o duque?", perguntou uma dama intrépida.

Claro, elas queriam saber sobre ele.

"Ele desempenhará seu papel como duque com competência, eu acredito."

Pronto. Ela havia dito tudo o que se esperava dela.

Mas os olhos que a observavam não estavam satisfeitos com o esperado. Na verdade, eles se tornaram avarentos.

"Sim, mas..." começou uma dama.

"E *quanto* a ele?" concluiu outra.

As duas damas falavam claramente por todas as cinco.

Celia deu de ombros. "Eu não sei mais do que qualquer uma de vocês."

Isso não era exatamente verdade. Ela conhecia o cheiro da camisa engomada dele... a sensação do corpo forte, sólido e másculo dele pressionado contra o dela.

Conhecimento que ela guardaria para si.

Era para ela, só para ela.

"O Duque do Vício, é como o chamam", disse uma das moças.

"Ah, eu ouvi essa", disse a outra.

"Se fosse assim", disse uma terceira senhora, provocando risadinhas cúmplices.

"O que isso significa?" Um conhecimento tácito estava entre o *se* e o *somente*, e Celia queria saber qual era.

"Você deve saber que ele estudou em Eton e Cambridge com bolsa de estudos."

"Claro." Celia esperou que o tácito se revelasse.

"Meu irmão mais novo estava no mesmo ano que ele."

"O meu também."

"E?" A impaciência percorreu Celia.

"Havia rumores sobre Gabriel Siren."

"Para você, ele é o Sétimo Duque de Acaster", ela disse, com uma impertinência risonha.

Celia permaneceu séria e concentrada em saber o que não sabia — ainda. "Que tipo de rumores?"

Os olhos da senhora brilharam com a fofoca que ainda não havia sido divulgada. "Que ele ainda permanece de posse de sua *flor*."

Celia sentiu a testa franzir. "Como é?" Muito pouco naquela frase fazia sentido.

"Você sabe", começou a segunda dama com outra risadinha. "A virtude dele."

"Virtude?" perguntou Celia, perplexa.

O que só provocou mais risos.

"Não existem homens virtuosos." Era preciso dizer.

"Em Eton, ele nunca se divertia com os outros rapazes", disse uma dama.

"Isso não significa nada."

"The Archangel não permite prostitutas", disse a outra.

Celia balançou a cabeça, horrorizada. "Como você pode saber o que está dizendo?"

Uma senhora que acabara de entrar na sala interrompeu: "Você está falando de Acaster?"

Uma das senhoras balançou as sobrancelhas sugestivamente.

"Pergunte a qualquer senhora no Derby hoje", disse a primeira senhora.

"E o que exatamente eu devo perguntar a elas?"

A segunda senhora assentiu como se seu argumento tivesse sido comprovado. "Ele não esteve com nenhuma."

"Isso não quer dizer nada."

As senhoras pareceram convencidas uma a uma.

Celia falou devagar, para que elas pudessem entender. "Nunca lhes ocorreu que existem outras mulheres no mundo além das damas?"

Um momento de silêncio se passou antes que uma senhora dissesse: "Nenhuma mulher que importe."

Celia queria levantar as mãos, frustrada. Em vez disso, pediu licença e saiu do banheiro. Enquanto caminhava cegamente pela multidão, sua mente a mil. Graças a Deus por seu sorriso fiel. Sempre se podia contar com ele em momentos de necessidade.

E se...

E se fosse verdade?

E se... o novo duque fosse... *virgem?*

Certamente, isso não podia ser.

Bastava olhar para ele, para começar. Mulheres fariam fila em sua porta — damas também — para ajudá-lo a se livrar de sua... *flor.*

Que bobagem.

E ainda assim...

A reação dele ao vê-la sem roupa na loja de Madame Dubois... A intrigara, mas ela não conseguira entender o porquê.

Ele não reagira de uma forma previsivelmente masculina.

Ele não olhara de soslaio.

Ele não se desculpara.

Ele entrara em pânico.

E aqui estava o detalhe sobre este Duque de Acaster que ela sabia sem sombra de dúvida: ele era um homem que se orgulhava de seu temperamento equilibrado e lúcido.

Ele não entrara em pânico.

E ainda assim...

Ao vê-la quase nua.

Ela quase engasgou.

Era perfeitamente possível que o Duque de Acaster ainda estivesse de posse de sua *flor*.

Uma risada histérica quis borbulhar diante daquele absurdo.

"Vossa Graça?" Celia ouviu atrás dela.

Ela se virou e encontrou Lady Tessa a observando com expectativa, como se não fosse a primeira vez que a chamava.

"Lady Tessa", ela disse. "Eu não sabia que você estava participando do Derby Day. Você poderia ter vindo de carruagem com sua família."

Lady Tessa deu de ombros, desdenhosamente. Mesmo vestida como estivera no The Archangel — hoje, seu colete de seda era azul-pavão — Lady Tessa poderia ser caracterizada como nada mais do que uma beleza formidável — uma mulher escultural com mechas loiro-avermelhadas que queriam sair de baixo do chapéu funcional de abas largas e entrar na luz do sol.

Mas era a inteligência feroz que brilhava em seus olhos que mais chamava a atenção. Ela era a mais velha das irmãs outrora conhecidas como Siren, e sua postura confiante demonstrava isso. Celia não conseguia deixar de sentir que o duque devia muito do seu sucesso no jogo a essa irmã.

"Eu precisava estar aqui ao amanhecer para chegar antes da multidão ao posto de apostas", respondeu a dama.

"Seu favorito ganhou?" Celia apenas perguntou para puxar conversa.

"Para mim, os cavalos são incidentais. Nunca presenciei o Derby Day pessoalmente."

"E o dia foi do seu agrado?"

"Na verdade, eu..." Sua atenção se fixou em uma figura próxima e toda a cor desapareceu de seu rosto.

Celia seguiu a direção do olhar de Lady Tessa, que estava fixo no Marquês de Ormonde. Sua testa se franziu. Ela não estava especialmente ansiosa para vê-lo novamente depois das notícias que ele havia dado hoje.

Ela não precisava de notícias nunca mais.

Ainda assim, seu sorriso bem treinado fixou-se em sua boca. "Lorde Ormonde, é tão, *erm*, adorável vê-lo novamente... tão cedo." Era o que se dizia, aproximadamente. "Posso apresentá-lo a —"

"O marquês e eu nos conhecemos, *erm*," interrompeu Lady Tessa, visivelmente irritada.

Ormonde não ofereceu nenhuma resposta, além de um sorriso destinado apenas a Lady Tessa. Então, ele se curvou antes de se virar e se afastar.

"Você conhece o marquês?" perguntou Celia, embora a resposta fosse óbvia demais.

Lady Tessa pareceu decididamente — e atipicamente — cautelosa. "Ele é um membro do The Archangel."

"Então, era *sobre* negócios?"

Claro, a pergunta era impertinente, e Celia não tinha o direito de perguntar, mas Lady Tessa estava visivelmente abalada.

Ela assentiu cuidadosamente, como se estivesse com medo. "*Aquilo* era sobre uma dívida — uma dívida que precisava ser paga."

Celia não tinha certeza do que acabara de testemunhar, mas existia uma história entre Lady Tessa e o Marquês de Ormonde.

E se ela tivesse lido corretamente a intenção séria nos olhos do marquês, um futuro também.

Ormonde era um homem agradável, sua aparência a personificação da boa saúde e do bom humor, desde seus longos cabelos dourados até os olhos azuis que sugeriam céu aberto e seu ar de amabilidade geral. E, no entanto... Agora ela sentia como se tivesse testemunhado um lado diferente dele.

Um que não era destinado a ela —, mas sim para Lady Tessa.

"Vossa Graça", disse uma voz masculina à sua direita, e Celia se lembrou de colocar o sorriso na boca antes de se virar para o Conde de Wrexford. "Tenho a procurado por toda parte."

"E, no entanto, aqui estou", ela disse fracamente.

Lady Tessa aproveitou a oportunidade para desaparecer na multidão.

"Eu estava pensando", começou Wrexford, com as bochechas duplamente coradas de um vermelho-rabanete. "Bem, eu estava pensando se você, talvez... algum dia... gostaria de sair para tomar um ar comigo?"

"Um ar?" Celia supôs que poderia ter se esforçado um pouco mais para esconder o desprezo da voz.

"No Hyde Park." Ele interpretara a pergunta como um incentivo.

"Um ar no Hyde Park?"

"É o melhor ar da cidade", ele disse com a maior sinceridade.

Celia não tinha certeza se uma troca poderia ser mais vazia.

"Daqui a duas semanas, se você concordar", continuou ele. "Vou ficar em Surrey durante a próxima semana a negócios."

"A propriedade de sua família fica em Surrey?"

"A menos de oito quilômetros de Epsom." Seu rubor, de alguma forma, se intensificou. "Você poderia me visitar algum dia."

Finalmente, Celia viu o que estava acontecendo ali. Esse conde, que não só era mais jovem que ela, mas também mais jovem que Acaster, estava pedindo para cortejá-la. Ela o rejeitaria gentilmente. "Ah, preciso consultar meu diário —"

O jeito como seus olhos castanhos a fitavam — tão sinceros, tão esperançosos.

"— mas tenho certeza de que estará aberto."

Um sorriso enorme surgiu em seu rosto, e Celia quase sentiu como se sua concordância tivesse valido a pena. Claro, ela enviaria um bilhete no dia e se desculparia — ele realmente, verdadeiramente, simplesmente era jovem demais para ela —, mas agora ele parecia o homem mais feliz do mundo.

"Celia, aí está você", disse a voz que ela não percebera que estava esperando até aquele exato momento.

Ela se virou e encontrou Eloise caminhando em sua direção, com Lady Saskia em um braço e Lady Viveca no outro.

Ela acenou para Wrexford. "Até breve."

Percebendo que estava sendo dispensado, ele fez uma reverência profunda e se afastou, com passos leves.

Eloise não hesitou. "As Ladies Saskia e Viveca estão atraindo bastante atenção, tanto do lado bom quanto do ruim."

"Um cavalheiro perguntou se eu gostaria de ir com ele para os fundos do Royal Reform Club e acariciar seu garanhão", disse Lady Viveca.

"*Acariciar* foi a palavra que ele usou", disse Lady Saskia.

"Sim, acariciar", disse Eloise com uma mensagem nos olhos apenas para Celia.

Certo.

"Bem", disse Celia, "não haverá carícias em garanhões hoje."

"De fato", disse Eloise. "É melhor voltarmos para Londres."

Celia olhou rapidamente para a multidão. "E o duque? Ele voltará conosco?" ela perguntou com total indiferença — se ao menos.

"Eu o deixei nas mãos competentes do Sr. Lancaster."

"Ah."

Um sentimento percorreu Celia. Era estranhamente parecido com... decepção.

Mesmo assim, enquanto se dirigiam para a carruagem, ela pensou ter avistado um cavalheiro alto e de ombros largos, com o cabelo bronzeado chegando à gola do casaco.

Seu coração disparou mais algumas batidas.

Acaster.

Ou o homem seria fruto da sua imaginação?

O que não era melhor.

Na verdade, poderia ser pior — pois significava que ela o estava fazendo aparecer onde não estava.

Isso poderia não ter um bom resultado.

CAPÍTULO ONZE

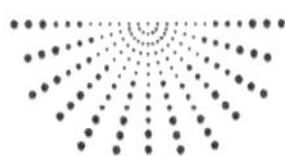

LONDRES, UMA SEMANA DEPOIS

Celia estava entediada.

Era só isso.

Ela não queria estar em Londres.

Era só isso.

Se ao menos as aulas de etiqueta feminina de Lady Saskia e Lady Viveca não fossem tão incrivelmente, tão terrivelmente tediosas.

A questão era que Celia detestava rotina. Embora pudesse apreciar a estrutura que ela fornecia em um sentido teórico, a realidade a fazia se sentir confinada em um espaço apertado. Era em grande parte por isso que ela não gostava de Londres e seu calendário social. No instante em que se comprometia a uma visita, queria desistir — mesmo que tivesse sido ideia dela.

A rotina que haviam adotado nos últimos dias era que Eloise chegaria às oito e meia da manhã para repassar a programação do dia durante o chá da manhã. A partir daí, era um desfile de mestres, tutores e ex-governantas. O primeiro do dia era o professor de dança, que chegava com um pianista. Isso durava uma hora. Depois, elas passavam para a aula de piano. Felizmente, ambas as jovens haviam recebido instrução na juventude e demonstravam potencial para ter algumas peças prontas para tocar em uma reunião.

Em seguida, era o chá do meio-dia e a aula de idiomas. Eloise havia se esforçado para aprender francês, mas com uma concessão a Lady Saskia: alternava com grego em dias alternados. À uma hora, o mestre de pintura chegava com seu cavalete e aquarelas. Nenhuma das irmãs demonstrou grande potencial com um pincel. Bem, isso não era estritamente verdade. Lady Viveca simplesmente se recusou a pintar qualquer coisa que estivesse presente na sala, para grande frustração do Mestre Fratelli.

Lady Viveca não se incomodou muito. "O que vejo em minha mente é muito mais interessante."

Em seguida, era mais uma hora com uma ex-governanta que estava dando aulas de comportamento. Até Celia fez algumas anotações mentais. O assunto do dia tinha sido a arrumação da mesa.

Sério.

E, como uma acompanhante responsável, Celia ficou sentada durante todo o tempo do outro lado da sala, fofocando com a prima, lendo ou respondendo à correspondência. Ela até cochilou em mais de uma ocasião.

Mas acordo era acordo, e ela veria as irmãs de Acaster se estabelecerem na sociedade.

E seu estábulo estava salvo.

Por enquanto.

Se ao menos a sucessão tediosa de dias não tivesse começado a parecer interminável.

Mas as lições eram necessárias, admitiu Celia a contragosto. Depois do Derby, a sociedade ficou sabendo das adoráveis irmãs do Duque de Acaster, certamente com um amplo dote, e embora a temporada estivesse quase no fim, os cartões de visita e convites começaram a chegar em massa. Uma verdadeira avalanche de cartões de visita e convites.

Para evitar que as irmãs se tornassem um motivo de grande

excitação e interesse por um curto período, mas depois fossem rapidamente esquecidas, Celia e Eloise estavam sendo extremamente seletivas sobre quais convites responder com um sim. Se a sociedade quisesse ver mais das irmãs do Duque de Acaster, elas teriam que comparecer ao baile de estreia em três semanas. Os convites seriam enviados amanhã.

Agora, já passava da meia-noite e Celia não conseguia dormir. Ela achou que uma taça de vinho ajudaria.

Não ajudou.

E nem a segunda.

Então, lá estava ela, no que se tornara a ala da viúva da mansão em St. James Square, sozinha. Como seu quarto dava para a praça, ela abriu a cortina o suficiente para dar uma espiada. As pedras do calçamento estavam silenciosas, nenhuma carruagem havia passado naquela última meia hora.

Ela saberia.

Ela estava de olho.

Por causa do duque.

Ela suspeitava que ele não voltasse para casa à noite — o que fazia sentido para o dono de uma casa de jogos.

Ainda assim, ele aparecia nas aulas das irmãs quando se dignava a agraciar a casa com sua presença ducal. Celia se escondia durante essas visitas sob o pretexto de permitir privacidade às irmãs.

Mas, no fundo, ela sabia que esse não era o único — nem mesmo o principal — motivo de sua ausência.

O *Dia do Derby*.

A mera combinação dessa palavra despertava sensações dentro de Celia.

Sensações desconfortáveis e intensas.

Ela agora sabia demais sobre o duque.

Ela conhecia a sensação do corpo dele.

E ela sabia...

Ah... O que exatamente ela sabia?

Que ele era... *virgem?*

Não era apenas que o duque pudesse ser virgem. Em vez disso, a conversa no banheiro feminino havia revelado uma ideia que Celia evitara admitir para si mesma.

Sem sua permissão, isso lançou Acaster sob uma luz sensual.

Ela não queria pensar nele — ou em qualquer outro homem — sob uma luz sensual.

Mas agora, seu corpo não conseguia parar de pensar.

Seu corpo parecia abrigar a noção irritante de que o corpo dele era promissor.

Nunca em sua vida seu corpo abrigara tal noção.

A experiência de seu corpo com outro corpo não era algo em que ela se importasse — nunca.

Exceto que seu corpo havia descoberto que este corpo pertencia a um homem completamente diferente.

E isso era um problema.

Ela tentou se lembrar de outros aspectos do homem. Sua arrogância... sua condescendência... sua maneira autoritária.

Onde estavam as lições de comportamento, dança e francês do duque? Será que esse duque conhecia um garfo de peixe? Claro, ele estudara em Eton e Cambridge, mas Celia não conseguia deixar de suspeitar que esse duque precisasse de uma ou duas lições.

E, *falando sério*, como um homem tão jovem conquistara o direito de ser tão seguro, sereno, autoritário e capaz?

Ela supôs que se podia admitir que vinte e quatro anos não fosse tão jovem assim, mas...

Também não era trinta.

Ela estendeu a mão para a taça de vinho, que havia secado. Não havia grande mistério nisso. Ela a havia bebido — junto com a taça anterior. Não importava. Uma taça seca era um problema facilmente resolvido pela garrafa de vinho pela metade, ao alcance de sua mão. No meio do caminho, porém, uma ideia surgiu e ela congelou.

The Archangel certamente tinha vinho — rios dele.

Por que ela deveria ficar ali sentada com sua triste garrafa de vinho, entediada e sem dormir, enquanto outros estavam alegres bebendo vinho e tendo a noite de suas vidas?

Um sentimento ousado e imprudente fez Celia se levantar e se virar para o guarda-roupa. Ela tinha o vestido perfeito para uma noitada agitada. Por que os homens deveriam se dar ao luxo de se divertir, afinal?

Ela era a Duquesa Viúva de Acaster, uma das mulheres mais desejáveis de Londres, e passara a maior parte da noite tendo os aspectos mais refinados de um bordado explicados por mais uma ex-governanta contratada por Eloise.

Como uma mulher em sua — *ugh* — velhice.

Celia ergueu o vestido que estava procurando. Ah, sim, esse seria ótimo. Ela podia ter passado dez anos casada com um velho lascivo, mas não estava nem perto da velhice — e também não era indesejável.

Naquela noite, o novo Duque de Acaster, dono de um cassino, veria com os próprios olhos que todos os homens do The Archangel se importavam por cinco minutos com a mulher que ele abraçou no Dia do Derby.

E embora Celia não tivesse muita clareza sobre suas motivações, ela estava determinada a vê-lo aceitar isso e seguir em frente.

* * *

A NOITE ERA normal no The Archangel.

O relógio bateu meia-noite e Gabriel terminou de repassar a expectativa da noite com o Sr. Dupratt. Tessa de repente saiu de férias, deixando a administração do bar para ele.

"Com alguém?" Gabriel perguntara, provocando-a.

Mas sua irmã não conseguiu entender a piada. "O que te fez pensar isso?" ela retrucou.

E esse foi o fim da história.

Ainda assim, era melhor que ele começasse a envolver Dupratt mais de perto nos detalhes do dia a dia do The Archangel, pois Gabriel já conseguia ver o que estava por vir. Como duque do reino, uma miríade de deveres e responsabilidades começaram a oprimi-lo e a exigir cada vez mais do seu tempo — viagens a várias propriedades, a reabilitação dessas propriedades ou a sua venda, e a prestação de contas das dívidas do falecido duque, que continuavam a chegar de todas as direções.

Gabriel não tinha a capacidade de ser o tipo de duque que não assumia o controle dos assuntos e os levava até o fim — o que, neste caso, era ser duque.

Que se tornaria o trabalho da sua vida.

Consequentemente, ele teria que desistir da administração do The Archangel — mas não dos seus investimentos. Era aí que residia a sua verdadeira paixão e, além disso, vários empreendimentos de investimento se alinhariam com a sua condição de duque.

Uma agitação do outro lado da sala chamou a sua atenção. Não um choque de vozes, mas sim uma elevação de energia coletiva, como se uma surpresa tivesse entrado pela porta da frente. Gabriel ergueu os olhos das anotações e marcadores de risco e viu que, de fato, uma surpresa havia entrado no The Archangel.

A duquesa.

Celia, pois ele começara a pensar nela por alguma razão incompreensível.

Na verdade, não era incompreensível.

Era bastante compreensível, na verdade.

Quando um homem conhecia a textura do corpo de uma mulher, mesmo através de camadas de lã e musselina, tendia a pensar nela em termos de nome próprio — e Gabriel não diferia dos outros homens nesse aspecto, ao que parecia.

Pensamento preocupante.

O porteiro do The Archangel, Ricard, chamou a atenção de

Gabriel. Ele queria saber o que fazer com aquela mulher que havia invadido seus domínios masculinos. Gabriel assentiu brevemente e Ricard se afastou da duquesa.

Assim como todos os outros homens no clube, os olhos de Gabriel não conseguiam deixar de percorrer todo o seu corpo. Era o vestido. O tom de rosa-claro. Quase a cor da pele dela, só que mais rosado. Um rosa que provocava ideias na mente de um homem. Não era a cor da pele dela como era agora, mas talvez a cor quando ela...

Como ele planejava terminar aquela frase?

Depois, havia as curvas sob a musselina rosa-claro, a finura do tecido sugerindo transparência. Ou seria uma ilusão? Ou... um desejo?

Ela era um caos em um vestido rosa.

Os homens se atropelariam para estar perto dela, brigando pelo direito de agradá-la.

Ela tendia a causar esse efeito.

E não apenas em outros homens.

Seu olhar encontrou o dele, e ele percebeu que ela estivera examinando o ambiente à sua procura. Um sorriso surgiu no canto de sua boca vermelho-cereja, brilhou em seus olhos, e o sangue ferveu nas veias de Gabriel. *Efervescente*. Sangue tão efervescente quanto bolhas de champanhe.

E tudo porque ela sorriu para ele com aquele toque de travessura nos olhos.

Ele deveria ir para o escritório e deixar o The Archangel entregue a qualquer caos que estivesse em sua mente naquela noite.

Mas ele não podia.

Deliberadamente, ele se movia pela sala — conversando com os clientes, atendendo às necessidades dos crupiês e dos carteadores, garantindo que não houvesse escassez de bebidas alcoólicas, abordando quaisquer conflitos que surgissem, fossem eles pessoais ou financeiros, e, de modo geral, tratando a noite como se fosse típica.

O tempo todo, mantendo-a sob um olhar atento.

Enquanto ele se movia, ela também se movia, mantendo-se do outro lado da sala, pulando de mesa em mesa como se fosse a Duquesa do The Archangel — jogando dados de azar aqui, jogando uma mão de rouge et noir ali, depois girando a roleta.

O The Archangel nunca vira uma noite tão animada. Alguns dos cavalheiros estavam perplexos e completamente desinteressados, e outros, perplexos e confusos, mas a maioria acolheu a presença de uma bela duquesa em busca de uma noite animada. Gabriel teria que passar algumas moedas em mais do que algumas direções para garantir que esta noite não chegasse aos jornais de escândalos pela manhã.

O tempo todo, o olhar dela se voltava periodicamente para ele e encontrava o dele, e ele não conseguia deixar de sentir que tudo era um espetáculo...

Para ele.

Certo.

Por vontade própria, seus pés se moveram para a direita e se firmaram em um passo determinado através da sala. Quando ele a alcançou alguns segundos depois, ela estava profundamente interessada em uma partida de Macao e decididamente lhe apresentando seu perfil. Mesmo sentindo-se olhando feio para ela e atraindo uma quantidade indevida de atenção divertida dos clientes, ele não conseguia se conter.

"Ah, não a expulse", implorou um marquês.

"Ela é a melhor coisa que aconteceu ao The Archangel em séculos", veio outro apelo.

O sorriso nos lábios de Celia se contraiu com malícia. Ela estava gostando disso.

Gabriel suspeitava que não se tratava da atenção, mas sim de sua reação a ela.

Ele pigarreou. "Duquesa."

Sua atenção ao jogo não vacilou, como se não o tivesse ouvido.

Mulher impossível.

Algumas risadinhas soaram ao redor da mesa.

Ela estava dando um show.

Ele deveria estar vendendo ingressos.

"Duquesa", ele disse com mais autoridade na voz.

Sua cabeça se inclinou e, com um sorriso beatífico, ela encontrou seu olhar. "Ah, Duque, eu não notei você parado aí."

Não reparou, o cacete.

"Gostaria de falar com você."

"Então sugiro que entre na fila", ela disse despreocupada.

Ninguém poderia ser tão despreocupada quanto uma duquesa.

"No meu escritório."

Isso lhe rendeu outro olhar severo. Sem dúvida, aquele brilho de desafio. "Você se tornou meu diretor?"

Seguiu-se um silêncio atordoado, e um instante depois, vieram o arquear de sobrancelhas e sorrisos maliciosos.

"Ou seria o monitor-chefe?"

Isso provocou gargalhadas e até um assobio.

A brincadeira se referia à idade dele, é claro.

Celia viera ali para se apresentar, e não estava decepcionando.

Gabriel estendeu a mão. "Se você vier comigo."

Ela podia recusar, é claro — e parecia que poderia.

Então, ela deu de ombros e se levantou. Colocou a mão enluvada de seda no antebraço dele. "Conduza-me, Duque."

CAPÍTULO DOZE

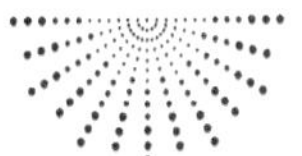

Gabriel fez exatamente isso — conduziu a duquesa pelo clube e subiu as escadas.

Com todos os olhares voltados para eles, parecia mais um desfile.

No entanto, durante todo o tempo, sua mente permaneceu concentrada em um lugar — o pedaço do antebraço onde a mão esguia dela repousava.

Não era um toque atrevido ou lascivo.

Mas era o toque dela.

Seu calor penetrando o linho superfino.

Depois dos eventos do Derby Day — bem, o único evento que continuava assombrando seus sonhos — ele jurou nunca mais tocá-la.

Em um sentido técnico, ele não a estava tocando. Ela o estava tocando.

Mas era semântica.

Ela estava pressionada contra ele — *novamente*.

Eles cruzaram a soleira da porta para o escritório dele e, quando ele fechou a porta, ela retirou a mão do braço dele. Ela não podia continuar tocando-o.

Ele desejou que seu antebraço não sentisse a dor da perda.

Ela caminhou lentamente até uma estante e começou a folhear os títulos, os dedos deslizando levemente pelas lombadas de couro.

Ele foi direto até a mesa e apoiou o quadril na beirada. Embora estivesse interessado em saber se ela gostava de ler, não perguntaria. Não era o que ele precisava saber. O que ele precisava saber era... "Você está bêbada?"

Com muito cuidado, ela deslizou o livro que estivera considerando de volta para o lugar e se virou. "Tomei duas taças de vinho. Eu chamaria isso de uma dose para ver a vida com mais clareza e honestidade."

Ela começou a se mover pela parede de prateleiras. No final, abriu uma porta e enfiou a cabeça para dentro. "É onde você mora?"

"Meus aposentos particulares", ele disse. "Se ficar tarde demais, eu fico aqui."

Celia fechou a porta e pressionou as costas contra ela, observando-o como se o estudasse — como se houvesse algo que ela quisesse dizer, mas não soubesse como.

Gabriel se viu tenso de ansiedade. Queria muito ouvir o que aquela mulher tinha a dizer. A duquesa dos bons tempos se fora, e em seu lugar havia uma mulher muito mais atraente. Ele entendia por que ela era a mulher mais bonita de Londres. Mas não era a sua perfeição que a tornava assim.

Eram as pequenas imperfeições. O dente da frente que se sobrepunha ligeiramente ao do lado, dando ao seu sorriso uma aparência sutilmente torta. Uma covinha em uma bochecha e não na outra. Qualidades imperfeitas que se combinavam para torná-la mais singular e marcante. O rosto dela era um rosto que permanecia na mente muito depois de ela própria ter partido.

Sua cabeça se inclinou. "Todos os homens naquela sala lá embaixo me querem."

O sangue correu quente em suas veias. "Não tenho dúvidas disso."

"Exceto você."

Ele manteve a boca fechada. Evitava mentir sempre que podia.

"No Derby..." Seus dentes roçaram o lábio inferior por um breve instante. "Ouvi o rumor mais extraordinário sobre o novo Duque de Acaster."

Gabriel cruzou os braços sobre o peito. "Sempre tem uma nova fofoca."

"Você não quer saber?"

Ele deu de ombros, indiferente a qualquer fofoca sobre ele.

Mais uma vez, os dentes dela mordiscaram o lábio inferior. "Foi em relação à sua *flor*."

Gabriel sentiu a sobrancelha se erguer. "Minha... *flor*?"

Ele estava genuinamente perplexo. Até que...

O olhar dela caiu e deslizou pelo peito dele, sem parar até chegar a um ponto abaixo do cós da calça.

Onde permaneceu por três segundos inteiros.

Uma eternidade.

Tempo suficiente para dar ideias ao que estava por trás de ideias finas e sutis.

Seu olhar âmbar luminoso se ergueu. "Sua *flor*."

Uma risada, ao mesmo tempo confusa e horrorizada, irrompeu de Gabriel. "Não posso dizer que já ouvi isso descrito de forma tão eufemística."

Celia se afastou da porta, afobada. "Não a... *ah... coisa...* em si. O que você, *hã*, faz com ela."

E lá estava Gabriel vivendo a vida, achando-se inabalável.

A duquesa abriu a boca para continuar, e ele se preparou. Parecia que ela não tinha terminado de chocá-lo. "Ou, mais especificamente, o que você *não faz* com ela."

E lá estava — a revelação mais chocante.

Ele, é claro, não estava chocado com o fato de sua, *hum, flor*, mas sim com o fato de ter se tornado de conhecimento público.

"Você espera que eu negue?"

As sobrancelhas dela se ergueram e ela piscou. Agora, ele a havia chocado. "Você não?"

"Não vejo motivo para isso."

"Por quê?"

"Porque é verdade."

Sua boca se abriu antes que ela a fechasse. Então, ela a abriu novamente. "Você é virgem."

Gabriel manteve-se em silêncio. Será que ele deveria se ofender?

"Como pode ser?"

"Tenho certeza de que não preciso explicar a mecânica para você."

Um rubor subiu por seu decote e pela coluna exposta de sua garganta. "Não como, mas como?"

"Esse assunto não está mais em discussão."

"Mas... mas..." ela gaguejou. "Olhe para você."

Depois de empurrar a porta, ela começou a avançar. Provavelmente, ela não tinha notado.

Gabriel tinha.

A cada passo que ela dava para mais perto dele, seu controle desaparecia cada vez mais.

"Você deve ter mulheres rastejando por você."

Agora, ela estava a menos de um metro de distância.

"Você teria que espantá-las com um pedaço de pau, especialmente agora que você é um duque."

Sessenta centímetros.

"Você não tem a mínima chance de mantê-las longe."

Um pé.

Doze centímetros facilmente transponíveis eram tudo o que separava o corpo dele do dela.

E o olhar dela dizia que ela sabia disso.

Ela estendeu a mão, os dedos pairando nervosamente a um fio

de cabelo de sua mandíbula, uma guerra travando dentro de seus olhos.

Gabriel esperou — o tempo todo, seu controle se esvaindo.

Dedos suaves tocaram sua bochecha.

Ainda assim, ele não se moveu.

A sugestão de um sorriso brincou em sua boca.

Ela cambaleou para frente, e sua outra mão pousou na coxa dele enquanto ela se levantava na ponta dos pés e se mexia seu corpo perigosamente perto de se esticar por toda a extensão do dele. Cada célula do corpo dele se pôs em posição de sentido ao se lembrar das curvas exuberantes dela contra ele.

Ela se inclinou para frente, e ele ainda permaneceu imóvel, sua boca tão perto da dele que ele podia sentir o sussurro de sua respiração em seus lábios.

"O que seria necessário para fazer você..."

E ainda assim ele não a tocou.

Em vez disso, as mãos dele permaneceram ao lado do corpo, agarrando a borda da mesa com tanta força que a madeira poderia se estilhaçar em pó.

Então ela se moveu mais e todo o espaço entre eles desapareceu, e sua boca pressionou a dele.

Suave... exuberante... doce... escorregadia...

Uma faísca elementar acendeu-se dentro de Gabriel, e suas mãos não conseguiram mais permanecer castamente ao lado do corpo. Dedos que continham um leve tremor encontraram a cintura dela, uma mão roçando a curva profunda, a outra subindo por sua coluna, enquanto ele a inspirava — jasmim... bergamota... *Celia...*

As curvas exuberantes de Celia pressionadas contra seu corpo... a boca de Celia contra a dele... Celia em seus braços.

Embora ele não tivesse a vantagem da experiência, seu corpo seguiu o impulso carnal, a mão contra a parte inferior das costas dela aplicando pressão até que ela estivesse firmemente contra ele, a outra mão se enroscando no coque sedoso na nuca, aprofundando o beijo.

Ele não esperava por isso.

Que seus sentidos seriam dominados por ela.

Que *isso* seria tudo o que importaria no mundo.

Essa união.

Isso.

O instinto tomou conta, e suas mãos apertaram a cintura dela enquanto ele se levantava e, em uma rápida e eficiente virada, inverteu suas posições, de modo que agora era ela que estava empoleirada na beirada da mesa e ele em pé entre suas pernas, levantando suas saias acima dos joelhos.

O que ele estava fazendo?

Ele não parou para pensar.

Pensar era desnecessário naquele momento — apenas *sentir*.

Ele tinha todo o tempo do mundo para pensar depois.

Agora, ele tinha Celia.

Celia, exalando suspiros de prazer em sua boca, os olhos cor de mel âmbar semicerrados de desejo por... *ele.*

Por que ele pararia para pensar? Não com suas coxas em suas mãos, a extensão cremosa de pele nua acima de suas ligas, até ela...

Seu pênis pulsava sua exigência. Ele sabia exatamente o que o esperava acima da bainha levantada da saia dela... *Sua vagina.* E o pênis que pulsava dentro de suas calças não queria nada mais do que se libertar e se enterrar profundamente dentro dela. Um sentimento nascido da necessidade e da atração gravitacional — sem necessidade de experiência.

O olhar dele se desviou e encontrou os olhos dela. Dentro daquelas profundezas brilhava a mesma necessidade.

Uma mão agarrou seu pescoço, a outra mão percorreu sua bochecha com a barba por fazer... seu pescoço escorregadio de suor... seu peito... mais abaixo... A respiração ficou presa em seus pulmões. Cada célula sua se esforçou em direção ao destino inevitável dos dedos dela enquanto hesitavam acima do cós de sua calça.

Ele mal se conteve para não uivar de frustração e desejo desesperado. Era possível que ele se dissolvesse em um monte insaciável de luxúria se os dedos dela não continuassem sua trajetória descendente.

"O que seria necessário para fazer você perder todo o controle?" lábios macios sussurraram contra sua boca.

"Você não sabe?" raspou em sua garganta.

Ele sentiu o sorriso dela.

O fato era que ele havia perdido todo o controle — estava no próprio ato de fazê-lo.

E isso era o suficiente.

O suficiente para fazê-lo voltar a si e dar um grande passo para trás, separando-se dela, seu pênis intocado pulsando em protesto em suas calças, mesmo enquanto a duquesa gritava, expressando sua própria frustração.

Ofegantes, eles se encararam.

Um movimento chamou sua atenção quando ela apertou as pernas, mas não antes que ele vislumbrasse uma sombra. Não poderia ter sido nada mais do que isso. Ou... poderia ter sido sua vagina — rosada, úmida e pronta.

Para ele.

Para o pênis duro pulsando dentro de sua calça.

Oh, ele queria conhecer a sensação daquela vagina escorregadia, rosada e pronta em volta dele.

Ele estaria perdido para sempre, ele entendeu em um instante.

Ele estaria perdido para a luxúria.

Ele estaria perdido para ela.

"Isso nunca deveria ter acontecido", ele disse, dando mais um passo para trás. "Você vai se arrepender amanhã."

Celia tocou os lábios ainda inchados com as pontas dos dedos. Perdida em seus próprios pensamentos, ela parecia não tê-lo ouvido. "Esse não pode ter sido seu primeiro beijo."

Suas palavras foram recebidas com silêncio.

Beijo?

Era assim que estavam chamando o que acabara de acontecer? Um... *beijo?*

"Sou seu primeiro beijo?"

Como responder a essa pergunta? Pois a resposta estava entre não e sim. "Eu já fui beijado."

Seus olhos se estreitaram. "Família não conta."

Certo.

"Vou chamar Ricard para te acompanhar até a porta dos fundos."

Ele não queria que ela se distraísse lá embaixo e espalhasse mais boatos do que já existiam — e não confiava em si mesmo para acompanhá-la.

Não confiava em si mesmo para ficar sozinho com ela — qualquer canto escuro servia — para terminar o que haviam começado.

Ele precisava que ela fosse embora para que seu cérebro pudesse voltar a funcionar.

Ele abriu a porta bruscamente para chamar Ricard, mas encontrou Dupratt parado ali, com o punho pronto para bater. "Ah, Dupratt", disse Gabriel com uma onda de alívio, "você pode acompanhar Sua Graça até a carruagem?" Ele se virou para Celia. "Foi um..."

Ele se distraiu de repente com a visão desgrenhada do corpete dela torto e da boca deliciosamente beijada.

Aquela boca estava quase implorando para ser beijada novamente.

"Prazer?" ela completou para ele.

Não era a palavra que ele estava procurando.

Mas, claro, que outra palavra ele poderia usar?

Ela o contornou e saiu da sala, deixando-o com o enigma daquela noite — *de si mesmo* — em seu rastro.

O enigma residia na ideia de começos e fins.

O beijo pareceu um começo.
E todo começo tem um fim.
Então, a questão não era o que eles tinham feito.
Mas sim o que eles tinham começado?
E o que eles ainda tinham para terminar?
Pois disso Gabriel tinha certeza.
Ele e Celia tinham apenas começado.
E eles estavam longe de terminar.

CAPÍTULO TREZE

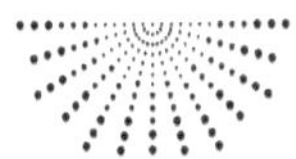

ASHCOTE HALL, CINCO DIAS DEPOIS

*E*la fugiu.

Não era algo de que Celia se orgulhasse.

Mas foi exatamente o que ela fez.

Beijou o duque...

Fugiu do clube dele...

E não parou até chegar a Ashcote Hall.

Sem dúvida, ela estava quebrando o acordo — mas é necessário fazer o que for preciso, é preciso fazer o que é necessário quando o Diabo exige.

No entanto, parada ali nos estábulos de Ashcote, depois de uma longa e satisfatória tarde observando Ames treinar e conduzir Light Skirt, ela não guardava um único arrependimento.

"Não é mesmo, minha menina?", disse ela à potranca, que relinchou baixinho enquanto um rapaz a escovava.

Celia ofereceu um pedaço de cenoura, que a potranca tirou delicadamente da palma da sua mão, enquanto acariciava o focinho aveludado e permitia que a sensação cálida e calma inspirada por seus cavalos a percorresse. Ali, o mundo estava em ordem.

"Vossa Graça."

Seu tratador-chefe, Sr. Haig, caminhou pelo corredor central. Cerca de trinta anos mais velho que ela, não havia nada que o escocês não soubesse sobre cavalos. Sem preâmbulos, ele estendeu uma carta. "O anúncio nos jornais de cavalos está ganhando força."

Celia leu a carta do Conde de Coningsby e uma sensação de entusiasmo a atingiu. "Coningsby tem um sério interesse em melhorar os cavalos de seu estábulo."

"Sim."

"Ele também é conhecido por ser um bom dono." Isso era importante.

"E você anotou as especificações dele?"

"Ele quer um potro do King Arthur e da Silky Sadie."

"Sim."

"O que significa que ele quer misturar as linhagens Godolphin e Darley." Celia dobrou a carta.

"Uma maneira de trazer um pouco de Matchem e Eclipse para seus estábulos."

Como todos os puros-sangues Inglês descendiam de três garanhões — o Darley Arabian, o Byerley Turk e o Godolphin Arabian —, os criadores conseguiam rastrear a maioria das características, desde o temperamento até a velocidade, e a relação entre cernelha e a altura do cavalo, por meio de registros de reprodutores e descendentes. A reprodução era tão precisa que quase se tornara uma ciência. O fato de King Arthur e Silky Sadie serem descendentes de dois dos grandes vencedores de puros-sangues do século passado — Matchem e Eclipse — os tornava um par de reprodutores e éguas muito desejado.

"Responda a Coningsby", instruiu Celia. "Diga a ele que um depósito de boa-fé é necessário. Cinquenta libras devem ser suficientes. Se ele estiver falando sério, não hesitará."

Haig assentiu e, sem medir palavras, começou sua tarefa.

Pela primeira vez desde que decidira usar seus estábulos

como haras, Celia permitiu que um vislumbre de esperança se firmasse. Talvez...

Talvez ela pudesse ter sucesso.

E se conseguisse, talvez não precisasse de um marido para sustentá-la ao final de seu acordo de três anos com Acaster.

Talvez ela pudesse ser uma mulher independente e abastada.

No instante em que se permitiu pensar nisso, afastou a ideia. Era brilhante demais para se olhar diretamente. Quem era ela para pensar que poderia empreender com sucesso tal empreendimento quando a realidade era que nunca havia tido sucesso em nada na vida?

Por enquanto, ela tinha um vislumbre ao qual se agarrar.

Isso bastava.

E ela supôs que tinha que agradecer ao duque.

Oh, o duque...

Ela havia evitado pensar nele nos últimos cinco dias.

E lá estava ela — pensando no duque.

Alguém pigarreou atrás dela. Celia se virou e encontrou uma criada parada com as mãos entrelaçadas à frente do corpo, o olhar recatadamente voltado para os pés.

"Sim?" Celia perguntou, suavemente, para não assustar a moça. Duquesas eram, aparentemente, criaturas assustadoras.

"A cozinheira mandou avisar que o jantar está pronto." Então a moça fez uma reverência e saiu com as pernas bambas.

Celia só então percebeu que o céu estava ficando cinza com o crepúsculo que se aproximava. Embora cedo para o jantar pelos padrões de Londres, ela tendia a perder a noção do tempo ali.

Não era maravilhoso?

Com um sorriso distante nos lábios, seus pés viraram à direita em direção à Casa da Viúva, em vez da esquerda em direção à mansão.

Ao chegar cinco dias antes, sua primeira tarefa fora levar seus pertences da mansão de Ashcote para uma pequena casa da propriedade, reivindicando-a como a Casa da Viúva.

Se uma casa pudesse ter personalidade, ela seria caracterizada como iluminada e alegre, com o sol brilhando através das janelas gradeadas e pássaros cantando nas árvores ao redor.

Além disso, era impossível para ela permanecer na mansão.

Não com a chance de o duque ocupá-la a qualquer momento que tivesse vontade.

Na verdade, esse foi um dos motivos pelos quais ela teve que deixar Londres.

Porque ele morava — não apenas na mansão de St. James's Square, mas em Londres.

A cidade simplesmente não era grande o suficiente para os dois.

Não, isso não era exatamente verdade.

Londres não era grande o suficiente para o seu desejo.

Não depois daquele beijo.

Celia já beijara alguns homens.

Ou, mais precisamente, recebera beijos de homens. Um jovem em um baile certa vez, com sua boca inexperiente e babada. Um velho — seu falecido marido, na verdade — com seus lábios finos e secos da consistência de papel pergaminho. Beijos que ela tivera que suportar, fosse por vergonha ou por obrigação.

Mas nunca um beijo como o que experimentara cinco noites atrás.

Um beijo dado livremente.

Um beijo que acendeu desejo em lugares dentro dela.

Lugares que ela entendera que estavam faltando.

Lugares que, mesmo naquele exato momento, pareciam muito vivos.

Desejo, foi aceso.

E ela aprendera algo mais.

Embora tivesse tentado, repetidas vezes, colocar o duque em seu devido lugar usando sua idade como arma, ela tinha um fato a encarar.

Ele não era um rapazinho, era?

O duque era um homem.

Jovem, sim, mas seguro e capaz.

Quando Celia entrou na casa, jogou o chapéu em um banquinho e chamou a Sra. Davies. "Vou subir para me refrescar um pouco." Ela subiu as escadas em um passo rápido, com o estômago roncando impacientemente. O jantar havia enchido a casa com um aroma delicioso. "Preciso tirar o cheiro de cavalo de mim."

A verdade era que ela preferia estar ali do que na mansão. Esta casa não guardava lembranças ruins — apenas boas a serem criadas.

Ela gostava da sensação que aquela ideia lhe causava. Pensar otimista era um hábito que ela talvez conseguisse adotar.

No quarto, ela tomou cuidado para não fechar a porta completamente. Se o fizesse, teria que chamar um criado para abri-la pelo corredor. Um homem viria consertar a fechadura no dia seguinte.

Com a eficiência de uma duquesa acostumada a se vestir sozinha, ela tirou o vestido de lã sem graça que usava nos dias passados nos estábulos e colocou o vestido que a Sra. Davies havia preparado para ela.

A governanta não ficou nada satisfeita com a insistência de Celia em ir para a Casa da Viúva. Não era apropriado para a posição de uma duquesa — palavras da Sra. Davies. Mas, nos últimos cinco dias, Celia conseguira respirar de um jeito que não conseguia há uma década.

E isso resolveu a questão.

Ela ficou.

Vestida para o jantar, ouviu um som de vozes vindas do térreo e hesitou no patamar no topo da escada. Uma voz feminina. Sra. Davies. A outra masculina... com a consistência de veludo amassado... Uma voz segura...

O coração de Celia ameaçou parar no peito.

A voz dele.

Aqui.

Com leves passos de gato, ela desceu os degraus, os ouvidos atentos a qualquer trecho de conversa que pudesse captar.

"Posso levar seu casaco e chapéu, Vossa Graça?" disse a Sra. Davies, como se ele fosse esperado.

"Acho que não vou —"

"Sim, Sra. Davies", disse Celia de seu lugar no meio da escada. "Obrigada."

Ambos os pares de olhos se voltaram para ela.

Mal desviando o olhar de Celia, o duque entregou o casaco e o chapéu à governanta.

"E, Sra. Davies", disse Celia, "por favor, reserve um lugar extra à mesa para o duque."

* * *

GABRIEL NÃO PRETENDIA FICAR.

Mas já haviam se passado cinco dias desde, bem, desde aquela noite.

A Sra. Fairfax lhe garantiu que tudo estava bem, que não se podia esperar que a duquesa ficasse longe dos estábulos por semanas a fio.

Ele tentara ouvir. Tentara. Mas precisava ver com os próprios olhos.

Ver com os próprios olhos que tudo estava bem com Celia.

É claro que ele não estava ali para vê-la por nenhum outro motivo.

Então, chegou a Ashcote Hall e foi informado de que a duquesa não estava lá.

"Como assim, ela não está aqui?" ele perguntou, com uma miríade de cenários passando por sua mente. Teria ela encontrado algum infortúnio na estrada? Assaltantes? Teria sido sequestrada?

"Claro que ela está aqui", ele disse precisando que fosse verdade. Nenhuma duquesa se perderia sob sua supervisão.

O mordomo, no entanto, permaneceu imperturbável. "Ela se mudou para a Casa da Viúva."

Gabriel franziu a testa. "Por que ela —"

Mas ele sabia.

Primeiro, como duquesa viúva, era seu direito.

Embora esse não fosse o verdadeiro motivo.

O verdadeiro motivo brilhava em seus olhos agora.

E nenhum dos dois precisava falar em voz alta.

O beijo.

A Sra. Davies saiu da sala com o casaco e o chapéu dele, e Celia terminou de descer as escadas. Ela era uma visão em musselina cor de marfim. Ele a vira em trajes mais finos, mas era assim que ele mais gostava dela — sua beleza sem adornos.

"Se você me seguir."

Ela não diminuiu o passo, conduzindo-o a uma pequena e modesta sala de jantar.

Antes que ele pudesse puxar a cadeira para ela, ela levantou a mão para impedi-lo. "Não há necessidade de formalidades aqui."

Gabriel entendeu o que ela estava realmente dizendo.

Ele não deveria se aproximar a menos de um metro e meio dela.

Se for porque ela não confiava nele ou em si mesma, ele não sabia.

Ainda assim, ele atendeu aos desejos dela e sentou-se à sua frente. Embora a luz quente e bruxuleante das velas imbuísse o ambiente de intimidade, ele não conseguia se sentir à vontade. A duquesa não estava satisfeita com ele. O desprazer transparecia no intangível. O estalar rápido do guardanapo antes de colocá-lo no colo. A forma como ela evitava o olhar dele enquanto se concentrava em seu primeiro prato — uma sopa fria de algum tipo.

Na verdade, ele não conseguia sentir o gosto.

O que a duquesa estava lhe dizendo, sem realmente falar, era que, embora fosse obrigada a jantar com ele, não tinha obrigação de conversar.

O que deixava Gabriel sem outra escolha a não ser observá-la comer com os olhos semicerrados. Fazer uma refeição nunca fora um processo sensual para ele. Ele considerava a comida uma necessidade, alguns alimentos sendo melhores que outros, mas nada além disso. Mas a mulher sentada à sua frente parecia ter uma visão diferente de uma refeição, além do mero sustento.

Seus olhos se viram acompanhando cada colherada de sopa até a boca dela. A abertura dos lábios cor de cereja... a inserção da colher... o deslizar da colher para fora... o movimento da língua para pegar um pedaço rebelde...

Sua boca ficou seca e seu corpo esquentou — o calor percorrendo suas veias, incendiando as terminações nervosas, concentrando-se em um só lugar.

Seu pênis.

Que havia endurecido como pedra.

Observar aquela mulher saborear uma refeição incitou nele sensações que ele não sabia serem possíveis. Certamente, ele havia experimentado um pênis duro. Todas as manhãs ao acordar, na verdade.

Mas aquele pênis duro continha uma exigência.

E um apelo.

Para ser satisfeito.

Por ela.

Seus lábios cor de cereja, mais especificamente.

Certo.

Ele não podia continuar assim, olhando para ela como um libidinoso.

Seu pênis não aguentaria.

Ele pigarreou com mais força do que o necessário, e ela ergueu o olhar questionador.

Fora ele quem a rastreara, diziam aqueles olhos luminosos e âmbar, então, desabafou.

O que se passava em sua mente, ele não conseguia dizer. Então, contentou-se com... "Você não deveria estar em Londres com minhas irmãs?"

Mesmo enquanto fazia a pergunta, sentiu-se um idiota.

A duquesa pousou a colher, limpou cuidadosamente a boca, e um sorriso condescendente se curvou em seus lábios. "As suas irmãs estão prosperando. Vossa Graça—"

"Gabriel", ele disse sem pensar. "Quero que me chame de Gabriel."

Irritação brilhou em seus olhos, e ele não pôde evitar uma leve sensação de triunfo. Ela queria se distanciar daquele Vossa Graça superior, e ele não a permitia.

"Gabriel", ela disse, prolongando deliberadamente cada sílaba. "Tudo está acontecendo de acordo com nosso plano e acordo. Meus estábulos precisavam de mim, o que também faz parte do nosso acordo."

Ela o tinha conquistado, e o olhar dela dizia que sabia disso.

O que o deixou com o outro assunto que o incomodava desde o Dia do Derby. Algo sobre o qual ele não tinha o direito de perguntar, mas já que estava ali e eles já haviam ultrapassado os limites do que era apropriado e impróprio...

"Você tem alguma história com o Duque de Rakesley?"

Lá estava.

A pergunta que ele não tinha o direito de fazer.

Mas a ideia havia se tornado intolerável.

Sua colher de sopa parou a meio caminho da boca. "Não exatamente."

"Então, de forma imprecisa?"

Ela exalou um suspiro profundo. "Se quer saber, eu tinha a impressão de que Rakesley e eu tínhamos um acordo, mas..." Ela balançou a cabeça e deu de ombros, como se isso dissesse tudo.

Não dizia nada.

"*Mas?*"

"Mas ele fugiu com o jóquei."

"Isso é bastante... ousado."

Mesmo para um duque.

"E se casou com ela."

"*Ela?*"

"O jóquei dele era... é... uma mulher."

"Ah." Isso fazia um pouco mais de sentido. "*Gemma.*"

Celia assentiu.

"E você ficou com o coração partido, eu acho." Ele tentou dizer as palavras de forma displicente, mas temeu que elas revelassem o oposto.

"Dificilmente", ela zombou. "Teria sido um casamento de entendimento mútuo."

"Um entendimento de...?" Ele não estava entendendo.

"Nós dois amamos nossos estábulos", ela disse com a voz firme.

E Gabriel entendeu. "Era Rakesley quem deveria salvar seus estábulos."

Ela assentiu e tomou um gole de vinho.

"E, em vez disso, você me pegou."

Ela piscou e encontrou o olhar dele. "Algo assim."

Gabriel deveria deixar para lá.

Ele sabia que deveria deixar para lá, mas... "Eis o que eu não entendo."

A cautela a envolveu. "Sim?"

"Por que procurar outro casamento se o seu primeiro foi tão terrível?"

As sobrancelhas dela se franziram, como uma nuvem de tempestade.

"Quer dizer", ele continuou incapaz de interpretar a repentina mudança de humor dela, "você tem todos os elementos em Ashcote para administrar um haras e uma operação de corrida bem-sucedida."

"Eu tenho os cavalos, sim, mas nunca tive dinheiro até..." Seus lábios se apertaram em uma linha firme.

Ele sabia como a frase terminava. "Até eu aparecer."

Era simplesmente a verdade.

No entanto, a tempestade em seu rosto não diminuiu nem um pouco. "O que você sabe sobre o meu casamento terrível?"

Maldição. Ele tinha metido os pés pelas mãos.

"Foi minha prima?" ela insistiu.

Gabriel escolheu as palavras com cuidado. "A Sra. Fairfax apenas relatou que foi seu pai quem arranjou seu casamento com o falecido duque, deixando-lhe sem escolha. O resto estava implícito."

Aquele casamento não foi algo fácil de suportar.

Foram exatamente essas as palavras da Sra. Fairfax.

Inconcebível.

Outra palavra usada pela Sra. Fairfax.

"Você estava —" O medo da resposta o invadiu. "Você foi maltratada?"

A resposta brilhou claramente nos olhos de Celia. "Às vezes", ela começou, como se medisse o peso das palavras ainda não ditas, "eu ficava com hematomas."

As mãos de Gabriel se fecharam reflexivamente em punhos. Mãos que nunca haviam se fechado em punhos em toda a sua vida.

"Escoriações também", ela continuou. "Nos meus pulsos." Ela engoliu em seco. "No meu pescoço."

O choque percorreu Gabriel. "Já ouvi falar dessas inclinações."

Olhos que já tinham visto muito do lado desagradável da vida encontraram os dele. "Existe um grande abismo entre as inclinações e o crime." Ela não disse as palavras com raiva, mas sim como um esclarecimento. "A palavra *consentimento* é a única que pode fazer a ponte."

"Você poderia ter procurado as autoridades?"

As sobrancelhas dela se franziram. "Quem tem autoridade sobre um duque? Você já sabe a resposta para essa pergunta."

Ninguém.

"Dez anos podem parecer mais longos do que uma vida inteira e mais próximos de uma eternidade. Encontrei consolo em um lugar."

"Seus cavalos."

Ela exalou, como se estivesse prendendo a respiração, e pegou seu vinho. "Se não se importa, prefiro não passar o resto da noite falando sobre meus fracassos."

Gabriel permitiria que ela mudasse de assunto se quisesse, mas não podia deixar suas palavras passarem sem questionamento. "Nada do seu passado foi seu fracasso. Foi o fracasso daqueles que deveriam tê-la protegido. Sua juventude e alegria foram roubadas de você."

"Não é assim que a sociedade vê", ela disse tentando ser indiferente.

O eco da dor do passado em seus olhos contava uma história diferente.

"É assim que eu *vejo*."

CAPÍTULO CATORZE

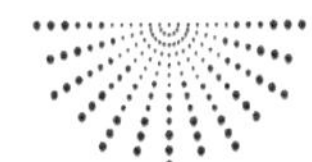

A garganta de Celia se apertou com uma emoção que ela não conseguia nomear.

É assim que eu vejo.

Os olhos de Gabriel, tão sinceros e sérios... eles a viam.

Ela precisava mudar de assunto.

Ela precisava.

Era possível que ela estivesse começando a gostar daquele duque.

"Como você se tornou dono de um cassino?" Os homens geralmente gostavam de falar sobre si mesmos. "Afinal, você é um —" Uma hesitação repentina interrompeu as palavras em sua boca. "Homem *honesto*."

Ótimo. Ela quase o chamara de bom homem.

Mas não podia ir tão longe.

Ela não estava totalmente convencida de que existissem bons homens.

A boca dele se contraiu, como se ele pudesse sorrir. Sorrisos eram raros e esparsos naquele homem sério. O tremor cessou e o sorriso não se materializou — e Celia se viu olhando para a boca dele.

Ela havia beijado aquela boca.

Com toda a paixão que havia dentro dela.

E ela descobriu que queria beijá-lo novamente.

Fora o primeiro beijo dele.

Mas fora o primeiro beijo dela *de verdade*.

E ela queria um segundo.

Desesperadamente.

Ele pigarreou, fazendo-a olhar para cima. Ela encontrou uma pergunta em seus olhos — uma que ela não queria responder.

"Eu tinha uma família para sustentar!" ele disse com naturalidade.

"Pardon?" *Uma família para sustentar?* "Há algo que eu não saiba sobre você?"

Dessa vez, um sorriso surgiu. Um sorriso reservado. Mas um sorriso, ainda assim. Ela não se importava que fosse às suas custas. Não era um sorriso maldoso.

Na verdade, ela entendia algo fundamental sobre aquele homem sério e sincero.

Ele não tinha um pingo de maldade.

Talvez fosse sua qualidade mais atraente — o que já dizia alguma coisa.

"Meu pai morreu quando eu tinha oito anos."

"Ah."

Ele disse que *eu* tinha uma família para sustentar. Celia quase não quis fazer a próxima pergunta... "E sua mãe?"

"Ela morreu de uma febre fulminante seis meses depois. Saskia e Viveca também contraíram a doença, mas elas mal apresentaram sintomas." Ele olhou para a taça de vinho intocada à sua frente. "Mesmo antes de mamãe falecer, já tínhamos esgotado a maior parte das economias do nosso pai, e não estávamos conseguindo pagar nossas contas."

Isso não combinava com o pouco que ela sabia sobre o passado dele. "Como foi que você conseguiu uma bolsa de estudos para cursar o Eton College?"

"Um golpe de consciência." Olhos límpidos como o mar azul se ergueram e encontraram os dela. "Meu pai era escriturário de um advogado em Gray's Inn e foi atropelado por um cavalo de tração enquanto cuidava de seus negócios. O Sr. Ainsworth, o chefe do escritório, se sentiu mal com a reviravolta da família e providenciou para que eu tivesse uma bolsa de estudos para sua alma mater [1], o Eton College.

Suas sobrancelhas se ergueram. "Você foi para um internato aos oito anos?"

"Nove", ele disse. "E fiquei até me formar, aos dezesseis."

"Você deve ter se sentido incrivelmente solitário."

Uma emoção opaca brilhou em seus olhos. "Senti muita falta da minha irmã Tessa, já que ela é apenas um ano mais velha que eu. Na verdade, deveria ter sido ela quem deveria ter ido. Ela tem uma cabeça para números ainda melhor do que a minha."

"Deve ter sido difícil para vocês dois."

Uma risada distante escapou dele. "Ela exigia que eu lhe escrevesse duas vezes por semana e lhe passasse tudo o que aprendíamos em matemática. Quando eu voltava para casa durante as férias, passávamos a maior parte do tempo revisando as aulas. Embora jovem, ela estava determinada a manter a família unida em Londres durante meus anos de estudo. Milagrosamente, ela conseguiu."

"E aposto que você nunca derramou uma única lágrima que devia entupir sua garganta enquanto você estava deitado na cama à noite."

Celia conhecia a solidão — e sabia algo sobre aquele homem e talvez sobre o garoto que ele fora.

"Posso te contar, caso você não tenha percebido", ele disse. "Os becos escuros e as vielas do East End não se comparam a Eton, seus salões sagrados repletos de gangues de fidalgos órfãos,

---

1. Alma mater" é uma expressão em latim que significa "mãe nutriz" e se refere à instituição educacional onde uma pessoa estudou ou se formou.

reunidos para se defenderem sozinhos. Ninguém deve demonstrar fraqueza — ou será abatido."

Pelo que Celia observara das versões adultas daqueles fidalgos, ela diria que não mudou muito com o passar do tempo.

"Então tudo mudou."

"Como assim?"

"Um dia eu era um bolsista insignificante, e no outro minha aptidão para números se revelou. Eu sempre soube que ela existia, é claro, mas a notícia começou a se espalhar e, assim, aqueles fidalgos reservados começaram a me chamar de *companheiro* e *camarada*."

"Eles queriam que você os ajudasse."

Ele assentiu. "Mas eu não me importava em me tornar camarada ou progredir socialmente. Eu me importava com uma coisa."

"Suas irmãs."

"E a capacidade delas terem um teto sobre suas cabeças e comida na mesa." Ele deu de ombros. "Então, comecei a cobrar uma taxa."

"Que falta de tato da sua parte", disse Celia com uma boa dose de ironia.

Na verdade, ela estava impressionada.

Pelo garoto empreendedor que ele era.

Pelo homem que ele era hoje.

Esse homem era uma força.

Estranhamente, ela sentiu um pouco de inveja das irmãs dele — da grande sorte que tinham de estar sob seus cuidados. Celia nunca havia sido cuidada daquela maneira — por um homem assim.

Ele abriu bem os braços. "E minha reputação cresceu, assim como meus interesses comerciais."

"Você *é* um bom homem, não é?" perguntou Celia sem pensar.

Sua cabeça se inclinou. "Isso é uma surpresa?"

Celia ficou imediatamente vermelha de vergonha. Como responder a uma pergunta dessas?

Sim.

Essa havia sido sua resposta instintiva.

Mas, no caso dele, não parecia certo — nem verdadeiro.

Ela tinha um acordo comercial com esse homem — que era tudo o que existiria entre eles.

Então por que parecia que queria ser algo mais?

Certo.

Ela se levantou, sua cadeira raspando ruidosamente contra o assoalho de pinho com a rapidez do movimento. "Acredito que o jantar chegou ao fim."

* * *

Em vez de se retirar para a mansão, como Celia tão claramente sugeria, Gabriel recostou-se na cadeira e observou.

Suas bochechas coradas.

Seus olhos assustados.

Sua necessidade de estar ocupada e fora daquele cômodo.

Ela queria se livrar dele.

Por quê?

A refeição tinha sido civilizada, e a conversa também. Aliás, tinha sido a conversa mais civilizada até então.

E, no entanto, ela parecia mais do que um pouco nervosa.

Ele desejou que ela se sentasse.

Em vez disso, a mulher começou a empilhar os pratos.

"Você não tem criados para fazer isso?"

Ela continuou acrescentando à pilha até que uma pilha trêmula e barulhenta de porcelana, de pratos a pires e xícaras de chá, pousou sobre seus braços estendidos. Certamente cairia a qualquer segundo. Obviamente, a duquesa era novata em limpar uma mesa.

Gabriel não se conteve. Levantou-se e quase pegou uma xícara de chá ao cair no chão. "Aqui", disse ele, pegando a metade superior dos pratos.

"Você não precisa..." O protesto se dissipou. Como se poderia argumentar contra o pragmatismo da assistência dele?

"Depois de você", ele disse.

Ela hesitou. Não queria que ele a seguisse até a cozinha, isso estava claro. Mas também não podia recusar a ajuda dele. Ele não só estava oferecendo ajuda, como também era o duque — e não se recusava nada a um duque.

Gabriel podia ver como alguém poderia se acostumar a sempre ter as coisas à sua maneira — e como isso inevitavelmente o corromperia.

Ele a seguiu pela casa até chegarem ao final de um corredor escuro e estreito que dava para a cozinha, o local vazio de criados.

"Você ainda pode viver como uma duquesa, sabia?"

Ele tinha que dizer.

Ela parou diante de uma bacia larga com cerca de quinze centímetros de água parada. Cuidadosamente, pousou os pratos e deu um passo para o lado, indicando que ele fizesse o mesmo. "Depois que Edwin morreu, comecei a viver menos como uma duquesa e mais como eu mesma, eu acho. Prefiro limpar a bagunça e manter meus próprios horários." Ela deu de ombros. "Além disso, não gosto de me impor aos outros."

"É literalmente o trabalho de eles servir você."

"Não depois que o jantar estiver servido."

E esse assunto foi resolvido.

A cada conversa e dia que passava, essa duquesa se mostrava uma duquesa completamente diferente daquela que ele esperava.

No instante seguinte, ela o contornou e disse por cima do ombro: "Você pode encontrar a saída."

E ela se foi.

Mas os pés de Gabriel não apontavam para a porta que o levaria para fora, para a mansão. Em vez disso, apontavam para o corredor por onde ela havia desaparecido — e ele a seguia em seu rastro de jasmim e bergamota, subindo as escadas que ela havia subido. A luz projetava um retângulo laranja ao redor de uma porta entreaberta.

A porta dela — a porta do *quarto* dela.

Ele não deveria ir para onde seus pés agora apontavam.

Ele deveria apontá-los na direção oposta.

E, no entanto, não conseguia.

Passo a passo, ele se moveu em direção à porta dela... abrindo-a...

Do outro lado do quarto, iluminada por uma única vela, ela estava diante da penteadeira. O espelho estava inclinado para o lado oposto, então ela não o via em seu reflexo. Ela não estava no estado de nudez em que a encontrara na casa da modista, mas sim começara a remover grampos do cabelo.

Gabriel ficou parado, paralisado.

Grampo por grampo, a espessa cabeleira da nuca se soltou, até que o último grampo foi puxado e a massa negra se derramou como uma cachoeira de seda até a parte inferior das costas.

De alguma forma, embora estivesse completamente vestida, essa visão parecia mais íntima do que tê-la visto de chemise e espartilho.

E quanto mais tempo ele ficava ali sem revelar sua presença, mais errado parecia.

Quando ela estendeu a mão para os botões laterais do vestido, ele soube que não podia esperar mais. Pigarreou.

Em um suspiro, ela se assustou. Então, seus grandes olhos âmbar registraram sua presença, e ela ofegou novamente, com as bochechas coradas de um vermelho vivo, os olhos brilhantes e o cabelo desgrenhado sobre os ombros.

Ele já tinha visto mulheres bonitas.

Ele se sentia atraído por mulheres bonitas.

Elas o excitavam e até mesmo o deixavam invadir seus sonhos.

Mas nunca vira uma mulher bonita como *essa* — em completa desordem.

Mas lá estava ela.

E lá estava ele, cativado.

Abriu a boca para falar, mas as palavras se recusavam a fluir.

"Você perdeu o senso de direção?"

"Pardon?"

"Ao sair da minha casa."

Ah. Bem... "Na verdade", ele começou, mas ela o silenciou. Presumivelmente para que ele não acordasse os criados.

Então, ele tomou a única atitude lógica e entrou no quarto, fechando a porta atrás de si. Quando a tranca fez um clique, ela correu para frente com um inútil "Não!" enquanto tentava segurar a porta antes que ela se fechasse.

Agora, ela o encarava com uma tempestade no rosto.

"Posso garantir que você está segura comigo." Ele não pôde deixar de se sentir um pouco ofendido com a reação dela.

Ela soltou um suspiro profundo e resignado. "Estamos presos aqui até amanhã de manhã."

As sobrancelhas de Gabriel se franziram em sua testa. "Claro que não."

Ele estendeu a mão para a maçaneta e puxou. A porta permaneceu resolutamente no lugar. Ele balançou a maçaneta. Ela não se moveu. Colocou a mão livre sobre a outra e puxou com mais força, colocando todo o seu peso nela.

Nada.

Ele olhou por cima do ombro e encontrou Celia de braços cruzados, observando-o fazer papel de bobo. "Há uma trava do lado de fora da porta que tranca quando a porta está totalmente fechada."

"Do lado *de fora* da porta?" Isso não fazia sentido.

"Obra de um ex-Duque de Acaster." O maxilar de Celia se apertou e relaxou. "Quanto ao motivo de ele ter instalado desse jeito, não pode ter sido nada bom."

Gabriel não entendia o que estava acontecendo ali. Ele

entendia uma fechadura defeituosa, mas não a situação em si. "Toque a campainha e chame um criado."

"Não."

"Não?"

"Não vou incomodar meus criados à noite."

"Certamente, há exceções a serem feitas", ele disse tentando encontrar lógica.

Ela balançou a cabeça.

Ele apontou para o outro lado da sala. "Eu poderia descer por aquela janela. Não pode ter mais de seis metros", ele disse com toda a sinceridade. Nunca havia saltado de uma janela na vida, mas supunha que havia uma primeira vez para tudo.

Com as sobrancelhas franzidas, ela o encarou. Então aconteceu — uma risada repentina irrompeu dela. "Você prefere pular de uma janela do que ficar sozinho comigo?"

Gabriel sentiu as pontas das orelhas esquentarem. "Isso não é bem verdade."

Ou de todo verdade.

Sua cabeça se inclinou. "Então o que é?"

"Uma atitude cavalheiresca, eu diria."

"Ah", ela disse. O riso dela ainda não havia terminado.

"*Ah,* o quê?" Ele estava ficando seriamente irritado, mesmo com a certeza de que não gostaria do que estava prestes a ouvir.

"Ninguém lhe contou o segredo de ser um cavalheiro."

"Eu sei mais do que alguns dos segredos deles, posso lhe garantir", ele falou, interpretando mal as palavras dela de propósito.

Com os cabelos caídos em desordem sobre os ombros, ela deu um passo, como se fosse revelar o segredo a ele. Ele duvidava que ela percebesse que ela tinha se aproximado. "Uma vez cavalheiro, nunca mais um cavalheiro."

"Pardon?"

Ela ergueu as mãos como se não tivesse a menor ideia dos

fatos. "Um cavalheiro não tem obrigação de se comportar como um cavalheiro — ou de *ser* um, aliás."

Outra risada escapou dela, dura como aço. Uma risada forjada no fogo. Uma risada em completo desacordo com sua aparência exuberante e convidativa.

A risada finalmente ecoou, e ficaram apenas os dois se olhando nos olhos. "Você não tem uma opinião elevada sobre os homens, tem?"

Se ela estava inclinada a rir novamente, o impulso desapareceu com o sorriso. Uma vulnerabilidade inesperada brilhou nas profundezas luminosas de seus olhos. "Talvez eu seja uma velha amarga, e minha opinião não importe nem um pouco."

"Você não é nada disso."

Gabriel não tinha certeza da veracidade factual de suas palavras, mas sentia que eram verdadeiras — o que era uma experiência totalmente nova para ele. Em suas relações cotidianas, ele confiava no concreto — fatos e números. A fé não era um fator. Ele não precisava de fé. Mas lá estava ele, depositando fé em uma mulher — seguindo a intuição e sabendo, em seu íntimo, que aquele sentimento era verdadeiro.

Em sua vida, essa duquesa havia desempenhado muitos papéis para muitas pessoas, mas, ali, os dois sozinhos em seu quarto, ela podia ser...

Ela mesma.

Apenas alguns metros os separavam. Se quisesse, poderia estender a mão e entrelaçar os dedos em seus cabelos e sentir sua textura sedosa.

Na verdade, ele poderia estar à beira de tal ação, quando os lábios cor de cereja dela se abriram e ela disse: "Você pode dormir no chão."

A intenção desapareceu de sua mão.

O que seria necessário para fazer você perder todo o controle?

Cada vez menos e menos.

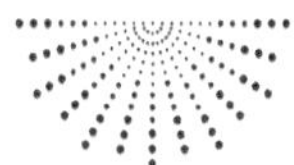

CAPÍTULO QUINZE

*E*le estava prestes a tocá-la.

A pele de Celia se inflamou com a certeza.

Ela não tinha escolha a não ser dar um basta nisso.

Deu dois passos necessários para trás, voltou para a penteadeira e começou a se ocupar com... nada de importante. Movendo uma escova de um lado para o outro da mesa. Reunindo grampos de cabelo em uma pilha organizada.

Ela não podia deixar outro toque acontecer — *não de novo*.

Pois ela não podia ser responsabilizada pelo que viria a seguir.

"Se você abrir a gaveta de baixo do guarda-roupa", gritou por cima do ombro, "encontrará um cobertor."

Atrás dela, passos pesados cruzaram o quarto e uma gaveta abriu e fechou seguida por um suave som de silêncio quando uma pesada manta caiu no chão.

"E preciso que você se vire enquanto eu, *hã*..." Soaria sugestivo de qualquer maneira que ela dissesse. "Me-dispo."

Mais passos arrastados. "Estou de costas para você."

Enquanto Celia desabotoava o vestido e o deixava cair aos seus pés, não precisou verificar se ele estava cumprindo sua palavra.

De alguma forma, nessas últimas semanas, aquele duque havia se tornado um homem em quem ela podia confiar.

Só de pensar nisso, seus nervos se agitavam.

Pois, ao confiar nele, ela descobriu que podia confiar menos em si mesma.

Era a maneira como ela reagia a ele. Agora, por exemplo. Ela desejava com todo o seu ser beijá-lo novamente.

Com alguns puxões nas fitas, seu espartilho se soltou. Ela dobrou o vestido e o colocou sobre um banquinho. Descartando as meias e guardando-as, vestiu o robe por cima da chemise. Quando se virou, descobriu que ele também havia se tornado mais confortável, tendo tirado seu casaco, o colete, gravata e botas.

"Espero que não se importe", ele disse retornando à formalidade.

"De maneira alguma", ela respondeu igualmente formal, reconhecendo que a formalidade era a melhor esperança para a longa noite que estava por vir.

Ali estavam eles.

Duas pessoas trancadas em um quarto.

Um quarto.

Uma única vela acesa, sua luz bruxuleante, quente e convidativa.

Duas pessoas que conheciam intimidades umas com as outras.

Duas pessoas que poderiam gostar uma da outra.

Duas pessoas que haviam se beijado.

Duas pessoas que queriam fazer aquilo de novo.

Seu olhar caiu sobre o V aberto da camisa dele. Uma penugem de cabelo claro... a sombra de músculos. E mais abaixo... a camisa dele enfiada no cós da calça, sem nenhum excesso na cintura. Claro que não haveria excesso. E mais abaixo ainda, bem... *suas coxas.*

Na tentativa de afastar todos os pensamentos sobre as coxas

dele, ela se ocupou novamente, desta vez pegando o castiçal e atravessando o quarto até sua...

Ah.

Cama.

Ela colocou o castiçal cuidadosamente na mesa ao lado da cama e considerou a cama diante dela.

Ela deveria ficar deitada ali e... *dormir?*

Com ele a poucos metros de distância, no chão?

Ela se virou. Não conseguia olhar para a cama.

Claro, isso a fez olhar para ele.

O que era pior.

Ele havia se sentado em uma poltrona, com as pernas esticadas à sua frente para acomodar suas...

Coxas.

Coxas que certamente assombrariam seus sonhos.

Antes que ela pudesse perguntar, ele disse: "Isso serve para mim."

Formal. Honrado. Confiável.

Ela estava começando a apreciar todas essas qualidades naquele homem. Mas...

O corpo dela desejava que ele fosse um pouco menos cavalheiro.

De uma coisa ela sabia com certeza, no entanto. De jeito nenhum ela dormiria em sua cama com ele sentado naquela cadeira e sua camisa revelando aquele V de peito levemente peludo, pernas preguiçosamente estendidas, parecendo um homem esperando para ser arrebatado.

Parecendo como se não tivesse a menor ideia.

Oh, como ela sobreviveria a essa noite?

Ela se sentou na poltrona que combinava com a dele.

Isso era um começo.

Depois de evitar o olhar fixo dele o máximo que pôde, ela olhou para cima e percebeu que ainda tinha uma pergunta para aquele homem.

Uma pergunta que ela não deveria fazer.

Uma pergunta que ela não tinha o direito de fazer.

Uma pergunta que ela não podia deixar de fazer.

A noite seria longa, e ela precisava saber. "Sobre suas irmãs", ela começou hesitante, "e seu apoio a elas nos últimos anos."

O que ela estava pensando? Definitivamente não podia fazer a pergunta.

"Sim?"

Ela tinha sua atenção total e fixa.

"É por isso que..." Ela engoliu em seco. "É por isso que você se abstém —"

Não, essa não era a maneira correta de perguntar.

"Por que você é —"

Essa também não era.

Ah, ela não podia perguntar, afinal.

"Virgem?" ele terminou por ela, olhos azuis inabaláveis procurando os dela.

Ela assentiu com a cabeça por causa do nó na garganta.

Ele continuou, despreocupado. "Eu não podia arriscar a família que já tenho começando uma nova."

Celia compreendeu seu raciocínio, mas... "É tão lógico." Outro pensamento lhe ocorreu a ela. "E você agora é um duque. O único risco que você terá pelo resto da sua vida é o que você permitir que entre nela." Ela deveria parar por aí. Já tinha dito o suficiente. Mas... ela não conseguia. "Você nunca quis simplesmente —" Ela procurou a palavra correta. "Deixar os sentimentos te levarem aonde quisessem?"

Uma emoção indecifrável passou por trás dos olhos dele. Como ela, ele parecia prestes a dizer algo que não deveria.

Como ela desejava que ele dissesse.

"Você e eu somos parecidos, sabia?" emergiu de sua garganta com um estrondo aveludado.

A surpresa a percorreu. "Somos?"

Ele assentiu lentamente. "Sua paixão vai para os seus estábulos. A minha, para os meus investimentos."

Quando ele disse isso daquela forma...

Uma clareza repentina atingiu Celia.

Toda aquela paixão...

Nada disso indo para outra pessoa.

E ela sabia.

Só com esse homem ela poderia experimentar isso.

Desde o início, ela o vira como uma tentação.

Mas ele era mais do que tentação.

Ele era a paixão personificada.

Sua paixão personificada.

Com as pernas tremendo não de hesitação, mas de expectativa, ela se levantou.

Ele se recostou na cadeira e observou. *Avaliando... cauteloso.* Ele tinha todos os motivos para ser, ela supôs.

Ela deu um passo que reduziu pela metade a curta distância entre eles.

"Eu quero você."

"Você não deveria."

"Você me quer."

Mais palavras impetuosas ditas. Outro passo dado.

Sua boca se torceu. "Eu não deveria."

"Você não deveria?"

Ela agora estava acima dele. Sua cabeça inclinada para trás, para que ele pudesse sustentar seu olhar, sua garganta exposta. Sem hesitar, ela se inclinou para frente e deslizou os dedos delicados pela coluna espessa, a pulsação forte dele visível, descendo pelo V aberto da camisa, os pelos macios do peito fazendo cócegas nas pontas dos dedos, os músculos por baixo, duros e inflexíveis... mais abaixo, até o cós da calça. Ela não precisava passar os dedos sobre a masculinidade intumescida para provar sua existência. Era fácil de ver.

No entanto, seus dedos hesitaram. Ela não o tocaria sem permissão.

Seu joelho cutucou as coxas dele, abrindo-as o suficiente para que ela se colocasse entre elas e pressionasse a boca contra o ouvido dele. "Toda essa paixão reprimida e uma solução tão fácil para ela."

"Qual?"

"Satisfazer um ao outro."

Se ele dissesse *não*, ela explodiria em chamas.

A ereção dele — tão dura, longa e *pronta* — pressionando o tecido da calça e que precisava estar dentro dela.

Agora.

"E então ficaremos, *hum*, satisfeitos."

Era mentira.

Depois que tivesse esse homem, ela nunca mais ficaria satisfeita.

"Porque você está insatisfeita agora?"

"Muito."

"E você acha que eu poderia te satisfazer?"

"Sim." *Sem dúvida.* "Poderíamos nos satisfazer." A incerteza se instalou. "A menos que..."

Ele se virou para encará-la. "*A menos que?*"

"A menos que você ache que eu sou o tipo de mulher que não conseguiria te satisfazer?"

* * *

A MULHER ESTAVA TENTANDO MATÁ-LO.

Instintivamente, Gabriel cobriu a mão dela com a sua e a puxou para baixo, prendendo seus olhos e sua respiração enquanto pressionava a palma da mão contra seu membro inchado. "Isso responde à sua pergunta?"

Dedos finos se contraíram ao redor dele, e Gabriel respirou fundo.

Ele estava perdido.

Como se tivesse tido alguma chance.

Ele estendeu a mão e segurou a nuca dela, puxando seu rosto em direção ao dele, os cabelos dela caindo ao redor deles como uma cortina densa, criando um espaço íntimo apenas para eles dois. Sua boca encontrou a dela.

Doce.

Como ele se lembrava.

Profundamente, irrevogavelmente, ele se deixou levar pelo beijo, todos os seus sentidos envolvidos por aquela mulher que agora estava empoleirada em seu colo, com os joelhos sobre ele, os dedos desabotoando freneticamente a calça dele.

A urgência o fez entrelaçar a língua com a dela, penetrando sua boca, uma mão agora segurando o peso de seu seio. Através da chemise fina como uma teia de aranha, apareciam mamilos duros e rosados. Ele inclinou a cabeça para sugar um mamilo e o último botão de sua calça se soltou. Pontas trêmulas de dedos acariciaram a pele nua de seu pênis inchado.

Um gemido de dor escapou dele e ele ergueu o olhar. Olhos vidrados de luxúria encontraram os seus. "Eu quero você dentro de mim. Mas..."

"Mas?"

"Mas não se não for o que você realmente quer."

Ele não hesitou. "O que mais um homem poderia querer?"

Nada havia sido mais verdadeiro em sua vida. Todo o seu ser se sentia destinado a esse ato — unir seu corpo ao dela.

Ele empurrou a chemise dela até os quadris, saboreando sua sensação cremosa, seu olhar paralisado por cada novo centímetro de pele revelado.

Esse ato era tudo o que ele nunca se permitira imaginar.

E lá estava — sua vagina, exposta ao seu olhar. Uma fenda rosa e brilhante sob cachos negros.

Seu pênis latejou ao vê-la. O que lhe faltava em experiência, compensava com instinto.

Sabia que precisava estar dentro dela.

"Celia", ele rosnou... *implorou.*

"Você é tão grande", ela disse como se estivesse maravilhada... como se estivesse em adoração.

Adoração... Isso desempenhava um papel nesse ato.

Uma mão envolveu seu membro, e com a outra mão ela alcançou seu ombro e levantou-se. As mãos dele deslizaram sob o tecido de sua chemise, sua boca úmida e quente contra a curva de sua orelha, sua respiração irregular causando arrepios por toda a sua pele.

O tempo parou de importar quando ela posicionou seu membro abaixo dela, a coroa pressionada contra sua vagina úmida.

Ele certamente entraria em combustão.

Lentamente, deliberadamente, ela se abaixou sobre ele, seu sexo impossivelmente apertado em torno de seu membro. Um longo gemido escapou de sua boca entreaberta e sua cabeça inclinou-se para trás.

O prazer o percorria a cada batida do coração — correndo pelas veias até as terminações nervosas se acenderem. O prazer do físico — e um prazer de outro tipo. Prazer no prazer que ele estava lhe proporcionando, apenas confirmando que não se tratava de um mero ato físico.

Esse ato possuía camadas mais profundas — e por mais que ele se esforçasse, nunca alcançaria o clímax.

Mas ele podia tentar.

Com a pessoa certa.

Com *ela.*

A cabeça dela se arqueou para trás, enquanto ele pressionava a boca em seu pescoço, provando-a, a pulsação forte de seu pulso sob sua língua, sentindo-a... agarrada em suas mãos... envolvida em seu pênis.

Seu pênis... De alguma forma, doía e experimentava o prazer mais requintado imaginável.

E outra sensação também.

Urgência.

As mãos dele apertaram seus quadris exuberantes e, com lenta intenção, a moveram para cima e depois — *ah* — para baixo sobre ele.

A respiração dela prendeu, seguida por um grito agudo.

O alarme o percorreu. "Eu te machuquei?"

Os olhos dela se abriram e encontraram os dele.

"Nunca", ela sussurrou. "Meu corpo e o seu corpo..." Ela girou os quadris, esfregando-se contra ele. "Eles foram feitos para isso. Você é tão grande e duro e, *ah*, eu preciso que você faça isso de novo."

Mais uma vez, ele a puxou para baixo, e mais uma vez, ela gritou e uma sensação... *um impulso*... surgiu do nada e o dominou.

Embora nunca tivesse estado com uma mulher, ele conhecia essa sensação.

Ele queria impedir isso, de alguma forma.

Mas ela estava tão linda sendo arrebatada por seu pênis... e ela se sentia tão bem sendo arrebatada por seu pênis... Não havia como escapar da inevitabilidade que o perseguia implacavelmente.

"Você está prestes a gozar?" ela perguntou.

"Sim", ele exalou em seu pescoço.

No momento seguinte, ela se levantou completamente dele e envolveu sua ereção com a mão. Bastou alguns puxões para que sua cabeça se inclinasse para trás e ele gritasse sua libertação para o teto, com estrelas literalmente brilhando atrás de seus olhos.

Alguns segundos, minutos ou horas depois, suas pálpebras se abriram e a encontraram usando o roupão para limpá-lo.

"Você..." Ele não conseguiu terminar a pergunta.

Ela balançou a cabeça.

O constrangimento o invadiu.

Ele tinha...

E ela não tinha...

Isso não estava certo.

E ela não parecia nem um pouco chateada com isso — pelo contrário... aceitava.

Isso também não estava certo.

Na verdade, era intolerável.

Ele segurou seu traseiro perfeito e generoso com as duas mãos e disse: "Espere", enquanto se levantava e as pernas dela envolviam sua cintura, uma risada escapando dela.

Mas ele não riu. Estava determinado a fazer algo sobre esse desequilíbrio de orgasmos.

Ocorreu-lhe que essa folha de contagem em particular nunca havia sido equilibrada para ela.

E ele era o homem para consertar isso.

Ele a deitou na superfície macia da cama.

Ela se apoiou nos cotovelos e o observou levantar a camisa pela cabeça e jogá-la no chão. Então, tirou a camisa e a calça. Nu, ele ficou diante dela, com o pênis já a meio mastro.

Seu olhar baixou e ela mordeu o lábio inferior entre os dentes.

Agora, não havia meio termo.

"De novo?" Ela piscou incrédula. "Tão cedo?"

O olhar dele percorreu seu corpo, suas curvas, enquanto ela o observava com um olhar tão faminto quanto uma mulher jamais daria a um homem. Suas pernas estavam dobradas, mas encostadas nos joelhos, obscurecendo sua visão de sua doce vagina.

Guiado pelo instinto, ele pegou uma perna em cada mão e as abriu, beijando a pele cremosa interna de uma coxa, depois a outra. Seu perfume não era mais apenas jasmim e bergamota, mas também de *mulher*. Ele seguiu o instinto mais alto. Ele precisava provar...

Ela.

"O que você está—"

Ele deu uma longa e lenta carícia em sua vulva, à pele delicada e escorregadia sob sua língua, e interrompeu a pergunta em sua boca.

O que ele estava fazendo era evidente.

Sua língua estava fazendo o que queria com ela.

Ele se mantinha longe de cartas, dados e cavalos. Nunca bebia mais do que um gole de uísque por questões de sociabilidade. Mas essa mulher... Ele não tinha resistência a ela. Ela havia entrado por suas veias, e agora ele estaria sempre a desejando.

Os braços dela se esticaram sobre a cabeça, as mãos agarrando o cobertor, as costas arqueadas, as pernas abertas, enquanto ela se esforçava em direção à língua dele.

"Há um lugar", disse ela, sem fôlego. "Onde eu..."

Ele ergueu a cabeça e encontrou o olhar dela. "Onde você...?"

O olhar dela mudou, ficando repentinamente tímido. Ele esperou. Os olhos dela encontraram os dele novamente. "Onde eu me toco."

E ele pensou que seu pênis não poderia ficar mais duro.

"Mostre-me."

Ele não tinha escrúpulos em ser instruído. Era assim que se adquiria conhecimento.

E dar prazer a essa mulher era um conhecimento sem o qual ele não conseguiria viver.

Ele detectou vulnerabilidade em seus olhos. Dar a outra pessoa esse poder sobre os próprios segredos — o poder do prazer — exigia confiança.

Uma mão deslizou por sua barriga, em direção ao monte púbico e mais abaixo. Seus olhos vidraram quando ela encontrou sua vagina rosada e começou a se esfregar levemente. Gabriel observou, com a boca seca.

Ele se inclinou para frente, não mais satisfeito em ficar sentado e assistir. Precisava colocar esse novo conhecimento em prática. "Posso?"

Ela engoliu em seco e assentiu.

Ele levantou a mão dela e substituiu os dedos dela pela língua. Lá estava, ele sabia instintivamente — *o lugar*. Uma pequena protuberância firme, fácil de não notar se não se soubesse para onde olhar.

O que ele não sabia.

Até agora.

Ele tocou a protuberância, e ela ofegou.

Ele fez isso de novo, e os dedos dela se enroscaram no cabelo dele.

Era para isso que a educação importava.

Instintivamente, enquanto a língua dele trabalhava em sua vagina, um dedo deslizou para baixo e pressionou dentro dela. Com um grito, sua cabeça se arqueou para trás e ela começou a ofegar, gemer e se esforçar em direção a ele. Não porque não estivesse recebendo o que precisava, mas sim porque ela queria... precisava ter... *mais* do que ele estava oferecendo.

Sua respiração ficou presa entre a inspiração e a expiração, então um gemido longo e irregular escapou de sua garganta e seu sexo pulsou contra a língua dele, em volta do dedo. Uma mistura de emoções percorreu Gabriel enquanto ele a observava chegar ao clímax — *triunfo... desejo... dor...*

Olhos saciados encontraram os dele por todo o corpo dela. "Isso foi..."

A frase não precisava ser completada, pois ele também sentia. Nenhum adjetivo poderia chegar perto de descrever o que era aquilo.

"Gabriel," sussurrou em sua garganta.

Ele se levantou. Os olhos dela se arregalaram ao ver seu pênis em fúria. "De novo?"

A pergunta foi feita não com medo, mas como se ela não conseguisse acreditar na sua sorte.

"De novo."

Ele segurou uma coxa cremosa em cada mão e a puxou para a

beira da cama. Tinha esperança de que, dessa vez, levaria mais do que três golpes para atingir o orgasmo.

Com o pênis posicionado em seu sexo, ele a penetrou com um golpe suave e controlado. Cada terminação nervosa de seu corpo se iluminou enquanto ela se esticava ao redor dele. Ele ficou parado por um momento. Tempo suficiente para que os olhos dela encontrassem os dele, uma pergunta dentro dele.

Em resposta, ele começou a se mover, uma coxa em cada mão, com cuidado para não machucá-la, pois ela estava tão deliciosamente *apertada* em volta dele.

E com cuidado consigo mesmo para que não chegasse ao orgasmo muito rápido.

Essa intimidade de dois corpos se unindo... Não, não apenas corpos, mas algo mais...

O algo mais que ele via refletido nos olhos dela.

O algo mais que ele sentia até a medula dos ossos.

Ele deslizou um joelho sob a coxa dela e se inclinou para frente, para que sua boca pudesse tocá-la. Uma mão em concha sob seu traseiro enquanto a penetrava, profunda e intensamente... lenta e implacavelmente. Seus lábios encontraram a pele sensível de sua garganta exposta, saborearam a gota de suor que escorria, então se arrastaram mais para baixo para tomar um mamilo entre os dentes e passar a língua pela ponta.

"Oh, sim", ela gritou. "Isso é... tão... *bom*."

Por vontade própria, os quadris dele se moveram com uma intenção mais profunda, e ela encontrou o ritmo, suas pernas envolvendo firmemente sua cintura, recebendo cada centímetro dele, ambos ganhando impulso, cambaleando em direção ao esquecimento.

"Gabriel", ela gritou e se despedaçou sob ele, sua vulva pulsando em seu êxtase. Ele não conseguiu mais se segurar enquanto atingia o clímax com ela. Mais uma vez, estrelas brilharam brancas atrás de seus olhos — galáxias inteiras se formando — enquanto ele se afastava dela no último momento para derramar sua semente na cama.

Sensações e emoções o invadiram, novas e inesperadas enquanto ele desabava ao lado dela, ambos os corpos cobertos por uma camada de suor, os pulmões buscando ar, os corações batendo forte contra o peito. Ele estendeu o braço e o deslizou sob a cabeça dela. Embora o ato tivesse terminado, ele ainda precisava tocá-la. Ele não estava pronto para romper a conexão, embora pudesse sentir sua intensidade diminuindo à medida que sua respiração se tornava regular e as batidas de seu coração desaceleravam.

Assim como ele não tinha experiência com o ato sexual em si, também não tinha experiência com isso.

O depois.

Com os rostos a poucos centímetros um do outro, ela virou a cabeça e encontrou seus olhos. Ele detectou saciedade interior e mais ainda. Uma pergunta... e um pouco de confusão.

"Essa foi a primeira vez", disse ela.

As sobrancelhas dele se franziram. "Achei que você não fosse uma—"

"Virgem?" ela completou por ele. "Eu não era. Mas..." Ela mordeu o lábio inferior. "Essa foi a primeira vez que senti prazer no ato."

Um sentimento percorreu Gabriel, diferente de qualquer outro que ele poderia ter previsto.

Proteção.

Mas isso não explicava a emoção abrasadora que fazia suas mãos quererem se fechar em punhos.

Ferocidade.

Aquilo era novo.

Ele queria fazer um buraco em alguma coisa com um soco.

Em vez disso, ele a puxou para mais perto.

Outro sentimento o percorreu. Esse também era novo. Um

sentimento que ele não conseguia identificar, mas que sentia, apesar de tudo.

Enquanto mergulhava no éter do sono saciado, ele se perguntou se ela sentia isso.

Não deveria importar.

Mas importava.

CAPÍTULO DEZESSEIS

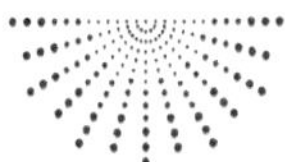

NO DIA SEGUINTE

o fim, Gabriel pulou pela janela.

Ao amanhecer, ele começou a falar sem parar sobre criados e decoro.

Sinceramente, Celia não tinha prestado atenção aos detalhes.

Tudo o que ela conseguiu ouvir foi que ele estava indo embora e que ela seria privada de fazer amor com ele pela quarta vez.

O que ela queria... muito.

Ela nunca havia sofrido uma dor como quando ele saiu e a deixou na cama sozinha.

Na verdade, ele não pulou pela janela. Ele desceu com muito mais habilidade do que ela esperava. Assim que seus pés tocaram o chão, ele olhou para cima. Sua garganta se apertou. Era a ardência em seus olhos — e um lampejo de algo mais também.

Incerteza.

A mesma que a estava invadindo enquanto o amanhecer nebuloso se esgueirava pelo horizonte. Quem sabia o que o dia reservava, dizia aquela incerteza.

Mas eles tiveram a noite.

Talvez tivesse que ser o suficiente.

Suficiente?

Agora, terminando uma cavalgada matinal tranquila em seu cavalo favorito, Hyacinth, Celia considerou a palavra — *suficiente.*

Sugeria saciedade.

Depois de, de alguma forma, ter adormecido por mais algumas horas, acordou com uma fome aguda e voraz. Chegou a pedir um segundo scone e uma fatia de bacon. A Sra. Davies arqueou uma sobrancelha, mas atendeu aos desejos de sua senhora.

No entanto, comida não era tudo o que o corpo de Celia ansiava — nem era mesmo o principal.

Ele.

Queria-o com uma dor feroz. Três vezes não tinham sido suficientes. Talvez a quarta tivesse sido...

Isso também não teria sido suficiente.

Suficiente.

Não havia o suficiente.

Apenas um apetite aguçado.

Pois aqui estava a questão.

Não tinha sido sua primeira vez transando com um homem.

Tinha sido sua primeira vez transando com um homem que ela desejava. Nenhuma obrigação ou força — apenas vontade e necessidade absoluta por outra pessoa... uma necessidade à qual ela se sentia irrestritamente impotente.

Na verdade, a força dessa necessidade a assustava bastante.

Então, depois de terminar de se empanturrar com o café da manhã, vestiu-se e mandou selar Hyacinth. Ela precisava de uma cavalgada, esperando que um tempo sozinha no ar fresco da manhã sobre o cavalo, lhe proporcionasse uma visão tranquila para que sua mente pudesse se desanuviar.

Mas, quando ela e Hyacinth passaram pelo portão do estábulo, Celia não se sentiu mais esclarecida sobre o assunto do que uma hora antes. Como se atraída por um ímã interno, seu olhar se encontrou com uma figura imóvel do outro lado da estrada, afastada da confusão matinal de rapazes e cavalariços que corriam de um lado para o outro cumprindo suas obrigações.

Gabriel.

Ombros apoiados no batente de uma janela, braços cruzados sobre o peito, cabelo com mechas douradas despenteadas pela brisa da manhã, barba brilhando um pouco avermelhada em um feixe de luz solar.

Ele tinha um jeito especial.

Queria ser digna de uma pessoa tão inteligente e capaz — mesmo sabendo que ela não era.

"Duque", ela gritou. Ela sentiu um sorriso surgir em seus lábios enquanto seus olhares se encontravam, e um conhecimento secreto passava entre eles.

"Duquesa", ele respondeu.

Ela permitiu que um rapaz pegasse as rédeas de Hyacinth e o conduzisse até o bloco de montaria. Como ela cavalgava de lado, desmontar era um processo um pouco complicado. Ela tinha que desencaixar o joelho direito e deslizar o pé esquerdo do estribo, e então subir no bloco de montaria.

Uma mão apareceu para ajudá-la a descer.

Não a mão do rapaz do estábulo, mas uma mão que ela conhecia — *intimamente.*

Ou seria mais justo dizer que esta mão *a* conhecia... *intimamente.*

Um arrepio a percorreu enquanto dedos longos e hábeis a apertavam e a ajudavam a descer os três degraus até o chão.

Embora estivessem em um estábulo com dez cavalariços, e três puros-sangues sendo levados ao paddock para seus passeios, ela e Gabriel estavam sozinhos.

O nervosismo a percorreu. Pelo que fizera com ele na noite anterior — poucas horas atrás.

Pelo que queria fazer com ele novamente.

"Sua manhã foi..." Ela não tinha planos para completar a pergunta. *"Boa?"*

Ele assentiu. "E a sua?"

Ela assentiu.

Parecia que eles tinham ficado sem assunto para dizer.

Certo.

"Você vai dar uma volta?" ela perguntou. "Está uma manhã linda para isso."

Ele pareceu ponderar a resposta. Por fim, disse: "Eu não ando a cavalo."

Celia franziu a testa. "Como assim, não anda a cavalo?"

Ele deu de ombros. "Nunca foi uma prioridade." Uma risada irônica escapou dele. "Ou uma opção."

Claro. Ele tinha sido bolsista. Ele não andava a cavalo.

"Você não pode ser um duque e não saber andar a cavalo." As palavras saíram de sua boca antes que ela pudesse considerá-las.

Ele inclinou a cabeça e um sorriso surgiu em seus lábios. "Isso é comprovadamente mentira", ele disse no tom de voz que usava quando estava sendo completamente razoável. "Sou um duque e não sei montar."

Celia o deixou terminar e então disse, com a mesma sensatez: "Bem, há fatos, e há fatos."

Ele não pareceu convencido.

Que pena.

Ela o convenceria. "Você vai aprender a montar hoje."

Suas sobrancelhas se ergueram em direção ao céu, que ficava mais azul a cada minuto. "Vou?"

Celia não hesitou. Ela chamou um cavalariço que passava. "Deixe Hyacinth selado e traga Bishop." O cavalo não teria problemas em lidar com o tamanho de Gabriel.

"Acho que eu deveria ter perguntado se você queria montar", ela disse como se estivesse conciliatória. Ela não queria perguntar. O homem precisava saber montar.

"Sou indiferente a isso."

"Ah, mas você não vai ser, não depois que pegar o jeito", ela disse incapaz de se conter. "A liberdade vai tomar conta de você.

Com um cavalo, você pode ir a lugares inacessíveis de carruagem ou a pé. Só você e sua montaria."

Gabriel não pareceu convencido, mas pareceu interessado. "Cavalos são realmente sua paixão."

Celia abriu a boca para dizer sim, mas a palavra se recusou a sair de seus lábios.

Ela poderia ter encontrado uma paixão adicional.

Mas ela não podia dizer isso.

Conduzido pelo cavalariço, Bishop apareceu na entrada do pátio do estábulo. Celia apontou. "Ali está sua montaria."

A sobrancelha de Gabriel se ergueu quando o cavalo e o cavalariço se aproximaram do bloco de montaria. "Ele é um animal de tamanho considerável."

"Ele é", concordou Celia. "Mas ele também é de temperamento dócil e paciente."

"Tem certeza?" A expressão e o tom de Gabriel indicavam que ele ainda nutria dúvidas.

"Tenho certeza", ela falou. "Eu conheço meus cavalos."

Gabriel não hesitou. "Eu acredito em você."

Uma sensação calorosa percorreu Celia. Ele confiava em seu julgamento. Era a mesma coisa quando um cavalo teimoso finalmente desistia e a deixava liderar o caminho.

Ela tirou um pedaço de maçã do bolso e o estendeu. "Primeiro, dê um petisco à sua montaria."

Gabriel pegou a maçã da mão estendida dela e se virou para Bishop. Quando ele começou a estender o petisco entre o indicador e o polegar, Celia se apressou em dizer: "Ofereça a maçã na palma da sua mão."

Gabriel fez o que Celia instruiu, e Bishop pegou a maçã com lábios gentis.

"Agora", ela disse, "faça algumas carícias no nariz dele."

Um sorriso surgiu na boca de Gabriel enquanto ele novamente seguia as instruções.

"Quando estiver pronto, Vossa Graça", disse o cavalariço, afastando-se.

Em uníssono, Celia e Gabriel disseram: "Obrigado".

Em uníssono, eles sorriram. "Suponho que ambos somos *Vossas Graças*", disse Celia.

Ela pegou as rédeas e dispensou o rapaz para que ele pudesse continuar com suas tarefas matinais. "Seria mais fácil se você montasse do bloco, em vez de do estribo", ela disse. "Causa uma boa quantidade de tensão no dorso de um cavalo ser montado repetidamente do chão." Ela continuou sem pensar: "Principalmente porque você é tão grande."

Sua boca se fechou de repente e um calor a percorreu.

Você é tão grande.

Palavras que ela havia dito a esse homem — *na noite anterior.*

Palavras que fizeram seu olhar querer percorrer o corpo dele — para confirmar que ele era, de fato, tão grande quanto ela se lembrava.

Claro que ela não podia.

Em vez disso, ela manteve os olhos, impossivelmente, fixos nos dele.

* * *

Gabriel entendeu que tinha opções ali.

Ele poderia levantar uma sobrancelha atrevida.

Era o que a maioria dos homens faria naquela situação.

Ou como um cavalheiro — o que aparentemente não era mais necessário agora que era duque — ele poderia desviar o olhar dela.

E foi o que ele fez.

Ele não tinha certeza se conseguiria abandonar o hábito de ser um cavalheiro.

Sem dizer mais nada, ele subiu no bloco de montaria e, desajeitadamente, passou a perna por cima do dorso de Bishop. Soltou uma risada aliviada quando o cavalo permaneceu completamente imóvel. "Isso não foi o que eu chamaria de suave."

"Como era de se esperar da primeira vez."

A primeira vez.

E, novamente, lá estava entre eles — *a noite passada.*

O mesmo conhecimento brilhou nos olhos dela.

Ele se perguntou se ela, assim como ele, superaria aquilo.

Se o corpo dela ainda estaria queimando, aguardando ser aceso por ele.

"Agora", ela começou. Ele detectou uma leve hesitação na palavra. "Segure a rédea firme enquanto eu te guio pelo pátio do estábulo."

"Não preciso saber de mais nada?"

Cada músculo do corpo dele se contraiu de tensão. A lição pareceu... repentina.

Ela balançou a cabeça, dispensando-a. "Recomendo não apertar demais os joelhos, pois Bishop interpretará isso como um sinal para aumentar a velocidade."

"Tranquilizador."

Uma risada escapou de Celia. "Prepare-se. Os primeiros passos serão chocantes."

Um eufemismo, Gabriel rapidamente percebeu enquanto cada osso do seu corpo chacoalhava a cada *clip-clop* dos cascos de Bishop contra os paralelepípedos implacáveis.

Mas ele não podia dizer *não.*

Não quando era Celia quem perguntava.

Não.

Ela não estava pedindo; ela estava dando ordens.

Bem, ele também não podia dizer *não* naquela hora.

Ela olhou por cima do ombro, lançando-lhe uma expressão esperançosa. Ele tentou oferecer um sorriso confiante, mas suspeitou que se tratasse mais de uma careta.

Depois de várias voltas pelo pátio do estábulo, eles finalmente pararam perto do bloco de montaria. Gabriel exalou um lento suspiro de alívio. Ele nunca seria um cavaleiro. Era um fato. Na melhor das hipóteses, ele poderia atingir a competência básica.

E a alegria que ela descrevera com um brilho beirando a beatitude?

Nunca.

Só que ela não o conduziu de volta ao bloco de montaria. Em vez disso, entregou as rédeas a um cavalariço e subiu no bloco de montaria ela mesma, enquanto seu cavalo lhe era devolvido. "O que você está fazendo?"

Ele teve que perguntar, porque tinha suas suspeitas.

"Vamos dar uma volta", ela disse alegre.

"E você acha que estou pronto para isso?"

Outra pergunta que Gabriel teve que fazer.

"Ah, não tem nada demais. Você parece ter compreendido o básico. Vamos com calma, conforme necessário."

Um pouco tarde para isso. Essa aula estava acontecendo na velocidade da luz.

Então o rapaz do estábulo entregou as rédeas para Gabriel — como se ele tivesse a mínima ideia do que fazer com elas. Ele sentou-se e observou, impotente, Celia passar pelo portão do estábulo sem olhar para trás, como a rainha de tudo o que observava. Enquanto isso, o rapaz do estábulo olhou para cima com um sorriso atrevido, e Gabriel teve apenas uma fração de segundo para se preparar quando o rapaz deu um leve tapa na parte traseira de Bishop. O cavalo se moveu com um solavanco, quase derrubando Gabriel. No entanto, de alguma forma, ele conseguiu se manter no dorso do cavalo.

Uma vez atravessado o portão, ele gritou: "Para onde estamos indo?"

"Você verá", ela disse para Gabriel. Então, ela conduziu sua montaria para fora da estrada de cascalho e para uma trilha bem desgastada.

Gabriel só pôde fazer uma pequena prece para que sua montaria a seguisse, o que o firme Bishop fez — *abençoadamente.*

Seu olhar se fixou na linha elegante do dorso de Celia, seu balanço fácil e natural com o andar do cavalo. Ela não estava com vontade de falar, e ele ficou calado. Ele começava a entender o ponto de vista dela enquanto se aventuravam mais adentro na floresta, a copa alta proporcionando sombra salpicada de sol... os únicos sons eram o baque abafado dos cascos dos cavalos... o vento sussurrando através da copa verde com folhas de verão... pássaros cantando... o latido distante de um cachorro. *Natureza.* Era fácil se sentir como uma das criaturas escolhidas por Deus ali.

Ele sabia que a encontraria nos estábulos esta manhã — e depois da noite anterior, não conseguira se manter afastado.

Para seu crédito, ele pretendia tentar. Aventurou-se no escritório, decidido a organizar os papéis do falecido duque — mais contas não pagas, ele rapidamente supôs —, mas pela primeira vez na vida, sua mente não conseguiu se concentrar nos números. Em vez disso, foram as lembranças da noite passada que se infiltraram em seu cérebro e o assaltaram de todos os ângulos — *o suspiro feminino dela em seu ouvido... a umidade de sua pele nua... o peso voluptuoso de seus seios... o gosto dela—*

Não havia como evitar.

Ele precisava sair de Ashcote Hall.

Mas não saiu.

Em vez disso, virou os pés em direção aos estábulos — onde sabia que a encontraria.

E agora estava pagando por sua fraqueza.

Ainda assim, supôs que Bishop não fosse um sujeito ruim — para um cavalo.

"Você está bem aí atrás?" ela perguntou por cima do ombro. Não parecia tão preocupada.

"Ainda estou inteiro, se é isso que está perguntando." Ele se sentiu alfinetado, irracionalmente. "Mas não pela falta de resistência dos meus ossos em se desfazerem."

Uma risada pairou no ar. "Espere até você chegar a um galope completo."

"Isso não vai acontecer", ele disse com certeza. "Pelo menos, não por escolha própria." De repente, ele sentiu-se menos seguro do Bishop supostamente bem-humorado.

Outra risada a seguiu.

"Fico feliz que minha dor te divirta tanto."

Sua risada parou por tempo suficiente para ela dizer: "Ah, não é isso. É apenas revigorante que você não seja *o melhor* em tudo o que faz."

"Ah?" Uma pergunta que ele não deveria fazer lhe ocorreu. "E no que, precisamente, eu sou o melhor?"

A pergunta foi recebida com um silêncio ardente. Se estivessem se encarando, ele suspeitava que estaria observando um rubor subindo pela coluna do pescoço dela, tingindo as pontas das orelhas. Ele supôs que poderia deixá-la escapar.

Por enquanto.

Ele não tinha terminado de provar a ela exatamente o quão capaz ele era.

"O Bishop corre?"

O que teria sido uma informação útil antes de montar na fera.

Isso provocou outra risada, mas desta vez ela olhou por cima do ombro. "Não."

"Qual é o trabalho dele, então?"

Mesmo com sua ignorância sobre cavalos, isso era algo que ele sabia. Todos os cavalos têm trabalho a fazer.

"Uma maneira interessante de dizer." Ela diminuiu a velocidade da montaria para que pudesse cavalgar ao lado dele.

Se o que Gabriel estava fazendo pudesse ser chamado de cavalgada. Mais como uma situação de se agarrar com unhas e dentes.

"O Bishop e o Hyacinth são caçadores."

"Então, não são puro-sangue?"

"Um puro-sangue é uma raça de cavalo, e um caçador é um

tipo", ela explicou. "Tanto o Bishop quanto o Hyacinth têm sangue puro-sangue correndo em suas veias, mas não foram feitos para corrida."

Gabriel assentiu, surpreendentemente interessado no assunto. "Então, o que faz alguém decidir que um cavalo é um caçador?"

"Algumas qualidades físicas. Suas pernas não são tão longas, o que as torna melhores para se aventurar em descidas íngremes e dar saltos a galope quando há uma árvore atravessada no caminho. Eles também têm bons pés para cavalgar um dia inteiro seguindo os cães. Quanto à personalidade, precisam ser calmos. No geral, um caçador oferece uma cavalgada confortável."

"Isso é confortável?"

Outro sorriso irrompeu dela. "Sim."

Gabriel teve a nítida sensação de que ela o estava provocando — e não se importou nem um pouco.

Um lago isolado surgiu a uns doze metros da trilha. "Vamos descansar?" Ele tentou não parecer muito ansioso.

"Vamos", ela disse guiando sua montaria.

Por sorte, Bishop seguiu Celia e Hyacinth. Ele tinha poucas dúvidas de que o caçador era um bom cavalo, mas Gabriel não sabia como fazê-lo fazer qualquer coisa.

Isolado e tranquilo, o lago era um corpo d'água tão pitoresco quanto alguém poderia encontrar — salgueiros elegantemente inclinados sobre a superfície, juncos balançando na margem e libélulas zunindo no ar.

Gabriel passou uma perna por cima da sela e deixou a gravidade levá-lo ao chão, aliviado por sentir a *terra firme* sob seus pés novamente. Ele olhou para trás e encontrou Celia ainda montada. "Precisa de ajuda?"

Ela hesitou — afinal, ela era a amazona talentosa — e então assentiu.

Deixando Bishop mastigando grama satisfeito, Gabriel foi até Celia. Vestida com um traje de montaria de lã rosa-claro, ela o encarava de sua sela, como um pássaro extravagante de lugares exóticos.

"Você precisa se aproximar", ela disse.

Imediatamente, ele viu a logística necessária da manobra. Sem um bloco de montaria, seria necessária uma proximidade.

Talvez esta cavalgada tivesse sido uma boa ideia, afinal.

O aroma de jasmim e bergamota dela se misturou ao de cavalo quando ele estendeu a mão e segurou sua cintura. Embora seus quadris fossem voluptuosos em proporção aos seus seios, sua cintura era naturalmente, de modo que suas mãos quase podiam abraçá-la.

"Eu te seguro."

Ela assentiu e se moveu para poder apoiar as mãos nos ombros dele, inclinando-se para frente. Enquanto ele a sustentava com todo o peso, manteve-se firme e ela deslizou da montaria... e sem pressa por todo o comprimento de seu corpo.

Curvas femininas suavemente contra ele, ele ficou duro.

Sob camadas de lã e musselina, ele conhecia essas curvas — *intimamente* — seu dar e receber... seu gosto...

Levou um instante para registrar que seus pés tocavam o chão, e ainda assim, ela se pressionou contra ele, a cabeça inclinada para trás de modo que seu olhar âmbar mel prendesse o dele, sua boca se abriu um pouco... uma fenda larga o suficiente para que sua língua deslizasse para dentro e a saboreasse novamente...

CAPÍTULO DEZESSETE

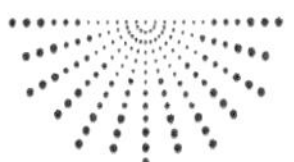

$\mathcal{P}$ois era isso que Gabriel desejava com cada fibra do seu ser.

Continuar o que ele e Celia haviam começado na noite anterior.

O que ele estava começando a entender sobre o ato físico da cópula era que era apenas o começo. Uma porta de entrada para algo mais... algo *mais...*

Mas o ato físico em si...

Ele queria mais daquilo também.

Muito mais.

E embora ela parecesse receptiva a um beijo e possivelmente mais, ele deu um passo para trás, guiado por um conhecimento intuitivo.

Era tudo o que ele tinha.

Pois — *aqui... agora... com ela* — ele estava perdido.

Nada do que aconteceu antes o havia preparado para Celia.

Ela piscou e pareceu recobrar a consciência.

Ele deu outro passo. Este pareceu mais deliberado, desajeitado e necessário — uma solidificação de intenção.

Ele apontou o queixo em direção ao lago. "Esse é um lugar que você visita com frequência em seus passeios?"

Ela balançou a cabeça. "Não especialmente. Criados e alguns moradores locais o usam como piscina, eu acho."

"Perfeito para isso, imagino."

"Tenho que acreditar em você."

"Como assim?" Ele detectou um tom na voz dela.

Uma risada nervosa escapou dela. "Eu não nado."

"*Não nada?*", perguntou ele. "Ou *não sabe* nadar?"

Havia uma distinção, e ele a tinha.

A hesitação se transformou em uma longa pausa. "Não sei nadar", ela admitiu.

Gabriel franziu a testa. "Ninguém te ensinou quando criança?"

"Não era considerado uma parte necessária da minha educação." Seu jeito era indiferente, mas sua boca se contraiu. "Presumo que você tenha aprendido a nadar em Eton?"

Gabriel abriu a boca para responder que *sim*, mas então viu o que ela estava fazendo. Ela estava desviando a atenção. Bem, ele não ia aceitar. "O que era uma parte necessária da sua educação?" insistiu.

Mesmo quando a pergunta surgiu, ele teve a sensação de que não gostaria da resposta.

Então ela fez algo totalmente inesperado. Ela inclinou a cabeça em um ângulo que só poderia ser descrito como atrevido e sorriu.

Ele já tinha visto aquele sorriso antes.

No Derby.

E ele viu o que o sorriso realmente representava — o sorriso que ela mostrava ao mundo.

A apresentação daquele sorriso fora parte essencial de sua educação.

A ponta da língua dela se projetou e roçou o lábio inferior em um movimento lento e deliberado.

A boca de Gabriel ficou seca.

Quando seu olhar se ergueu novamente para encontrar o dela, ele entendeu.

"Isso", ela disse.

Ele reagiu tão previsivelmente quanto qualquer outro homem, dizia o olhar dela.

Bem, ele era apenas um homem.

Mas ele entendia algo importante sobre ela. "Você foi criada para se casar com um nobre."

"Meu pai era... é um homem terrivelmente rico, e eu era..." Uma risada totalmente sem humor escapou dela. "*Sou* uma beldade."

Seu pai... Ela não queria nada com o homem, mesmo que isso significasse a ruína. Isso dizia algo sobre ela.

Algo que Gabriel só podia respeitar.

Ela não gostava de falar sobre essa parte de sua vida. Ele conseguia ver isso. Mas isso havia definido a trajetória de sua vida.

"Há vantagens em ser uma beldade, eu diria."

As sobrancelhas dela se ergueram, como se o convidassem a continuar.

"As pessoas sorriem para você", ele disse estendendo a mão. Por que ele disse uma coisa tão estúpida, afinal? "As pessoas abrem caminho para pessoas bonitas."

"Verdade, mas..."

Mas...

Ela não precisava completar a frase em voz alta para que ambos soubessem.

Mas sua beleza não lhe proporcionara uma vida agradável.

Muito pelo contrário, na verdade.

Melhor ter nascido com o tipo de aparência que não chamava atenção. Uma vida mais feliz poderia ter sido buscada e assegurada.

"Sua beleza foi usada desde criança?"

Ela assentiu relutantemente. "A beleza é muitas coisas. As

pessoas gostam de olhar para ela. Se cercar dela. Pessoas com dinheiro e recursos gostam de adquirir beleza para si mesmas."

"Como uma posse." Sua testa franziu. "Você foi ensinada a ser uma posse."

Um conceito perturbador e completamente estranho para ele. Em sua casa, o valor principal de uma pessoa era atribuído à sua mente.

"Eu fui."

E ele entendeu... "Você foi ensinada a ser um ornamento, um adorno."

Outro aceno de cabeça.

Uma raiva inexplicável tomou conta de Gabriel.

"Mas, Gabriel", ela disse. Em seus olhos não brilhava derrota ou raiva, mas algo diferente: *vontade.*

Ela havia suportado.

"A beleza pode ser controlada", ela continuou. "Ela pode proporcionar a alguém uma medida de poder se a pessoa se vê presa em uma situação de impotência."

"Como dez anos em um casamento terrível."

A própria ideia fez o estômago de Gabriel se revirar.

Seu olhar se tornou avaliador. "Certamente, não estou lhe contando nada que você já não saiba."

Isso o pegou de surpresa. "Como assim?"

"Bem, Duque, caso não tenha notado, você também é bonito."

Gabriel abriu a boca para responder, mas as palavras se recusaram a se formar.

E o sorriso que se formava em sua boca... Bem, era um sorriso dela que ele gostava. Atrevido e sábio, era um sorriso que o fazia querer apenas beijar aqueles lábios de cereja.

Num impulso, ele tirou o casaco e começou a desabotoar o colete.

Com os olhos arregalados de alarme, o sorriso dela desapareceu. "O que você está fazendo?"

Ele jogou o colete de lado e pegou sua gravata. "Algo que deveria ter sido feito anos atrás."

Quando ele começou a pular em um pé para tirar uma bota, depois no outro, ela riu, divertida e confusa ao mesmo tempo. "E o que é?"

Ele tirou a camisa da calça e a puxou pela cabeça. Mesmo enquanto ela ofegava, seu olhar o percorreu, com pura apreciação nos olhos. "Vou te ensinar a nadar."

Ela deu um passo para trás, acenando com as mãos à frente. "Oh, não, não, não."

Reduzido a nada além das calças, seus dedos hesitaram nas quedas d'água. "Oh, sim."

Ela ficou tão séria quanto ele jamais a vira. "Não."

Ele desabotoou os botões. "Venha comigo, Celia."

* * *

Então o último botão estava desabotoado...

Ele jogou as calças para longe.

Enquanto ele estava diante dela, um raio dourado de sol incidiu sobre seu corpo nu... sua — *oh* — masculinidade parecia estar a meio mastro.

Ou seria esse o seu tamanho normal?

Oh.

Um calor a inundou.

Era possível que ele não fosse um mero homem. Os gregos não diziam que os deuses assumiam a forma humana quando o capricho os alcançava?

Seria Gabriel um deus que voltou à vida?

Adônis [1].

---

1. Adônis nas mitologias fenícia e grega, era um jovem de grande beleza que

Então ele se virou e se lançou na água em um mergulho suave, a última visão de Celia de seu corpo nu um flash de nádegas brancas e tensas. Sua respiração ficou presa até que ele emergiu, balançando a cabeça, com o cabelo molhado e desgrenhado jogado ao redor dele e pingando água.

E Celia ficou sem *palavras.*

Venha comigo, Celia.

Era como o chamado de uma sereia.

Gabriel Siren... *siren* [2].

"A água está perfeita", ele gritou.

Mesmo sabendo que não deveria — que era a pior ideia do mundo — dedos trêmulos encontraram os botões de sua peliça [3]. Ao jogar a vestimenta de lado, ela mal se deu conta.

O que ela estava fazendo? Ela não era o tipo de mulher que brincava em lagos e se... *divertia.*

E, no entanto, ali estava ela, desabotoando o vestido, prestes a fazer exatamente isso — ou algo assim. Na verdade, ela não tinha muita certeza do que estava prestes a acontecer.

Era tão simples quanto ele ter sido quem perguntou, e ela havia perdido a capacidade de por volta do seu terceiro *não*, realmente querer dizer não.

Tudo o que ela queria era dizer sim, sim e *sim.*

COM OS ESPARTILHOS jogados em desordem na grama, ela agora

---

nasceu das relações incestuosas que o rei Cíniras de Chipre manteve com a sua filha Mirra. Adónis passou a despertar o amor de Perséfone e Afrodite. Mais tarde as duas deusas passaram a disputar a companhia do menino, e tiveram que submeter-se à sentença de Zeus.

2. Siren tradução = sereia

3. Uma peliça era originalmente uma jaqueta curta de pele que geralmente era usada solta sobre o ombro esquerdo dos soldados de cavalaria leve hussardos, aparentemente para evitar cortes de espada. O nome também foi aplicado a um estilo moderno de casaco feminino usado no início do século XIX, durante a moda da Regência.

estava de chemise, meias e botas. As meias e as botas poderiam ir, mas a chemise ficaria. Uma mulher precisa manter um pouco de mistério.

Enquanto isso, ele nadava. Um braço cortando a água como uma lâmina, depois o outro. Repetidamente, como uma máquina, os movimentos perfeitamente calibrados e aparentemente inevitáveis. E, embora ela admirasse sua habilidade na água, também era inevitável que admirasse o homem — cabelos castanhos com mechas douradas tocando seus ombros largos e musculosos, a água escorrendo por suas costas largas em riachos, estreitando-se até os quadris e a cintura, e aquele traseiro firme e branco dele...

Ah.

E ela estava preocupada que ele a estivesse observando e olhando de soslaio?

Quem era o safado aqui, afinal?

Ela foi até a beira da água, com lama escorrendo pelos dedos dos pés descalços, e percebeu que ele estava de olho nela, afinal, pois parou de nadar e começou a se mover na água no centro do lago.

"Pronta para a sua aula?"

Que Deus a ajudasse, mas um arrepio de expectativa a percorreu com a pergunta, com o olhar atento em seus olhos. Toda aquela inteligência e seriedade se concentravam nela. "Como sempre estarei, suponho."

Palavras mais verdadeiras — e mais sussurradas — nunca ditas.

Ele começou a se mover em direção à margem — em direção a ela. Ela se preparou. Da aula iminente ou dele, ela não tinha certeza.

Ele só parou quando conseguiu ficar de pé, com a água batendo na cintura. O olhar dela não pôde deixar de percorrer toda aquela pele exposta, dourada e musculosa, a água pingando dele. Combinado com a barba por fazer e aquele olhar... Ele era simplesmente tão másculo.

O que a fazia se sentir a mulher mais feminina do mundo.

O que a atraía para ele.

O que a fazia querer correr para bem longe.

"Você vai conseguir ficar de pé aqui", ele disse.

Ela assentiu e deu um passo hesitante para frente. Nunca havia se aventurado em um lago, cuja beleza só podia ser admirada de longe. A água não estava tão fria quanto ela imaginava, mas era verão.

Com o coração disparado, ela deu um passo, depois outro, a água chegando aos tornozelos... joelhos... coxas... nádegas... cintura... e então abaixo dos seios, que haviam se tornado divertidamente flutuantes.

Um sorriso curvou a boca dele. "Pegue minha mão."

Ela estendeu a mão com uma risada nervosa e dedos fortes e masculinos envolveram os dela.

"Você pode confiar em mim."

As palavras saíram de sua boca antes que ela pudesse considerá-las. "Eu sei."

Ele a puxou gentilmente para frente e colocou a outra mão no meio das costas dela. "Agora, você vai flutuar."

"Vou?" Ela duvidava muito disso. Embora, se os seus seios que flutuavam fossem um indicador, ela poderia.

"Vai sim." Ele estava claramente determinado. "Incline o tronco para trás e deixe as pernas subirem em direção à superfície."

"Tem certeza?"

"Tenho."

Seus pés permaneceram plantados na lama. "Humanos foram feitos para nadar?" Ela ainda nutria dúvidas.

"Humanos foram feitos para fazer qualquer coisa que nos propusermos a fazer."

O jeito como ele disse aquelas palavras — tão certo. Ela invejava sua certeza. As incertezas da vida nunca haviam se colocado em seu caminho.

Se Gabriel dizia que ela podia flutuar, ela flutuaria.

Então, com o coração disparado na garganta, ela se deixou levar pelo momento e se inclinou para trás, permitindo que seus pés se levantassem do leito de lama do lago, com a palma da mão dele espalmada e firme em suas costas.

E... ela estava flutuando.

Uma risada confusa borbulhou em sua barriga. "Estou flutuando", ela disse com uma dose considerável de admiração.

Leve e flutuante, seu corpo parecia de alguma forma livre de si mesmo, sua visão era o céu azul infinito acima, com as nuvens brancas flutuando, emoldurado pela copa de bétulas prateadas e salgueiros. Seus cabelos flutuando livremente na água, junto com sua chemise. O som abafado de um rugido subaquático silencioso fazia parecer que, inclinar-se para trás, ela havia caído em outro mundo, um que estivera debaixo do seu nariz à vida toda.

Seu olhar se voltou para o dele acima dela. "Que presente você me deu." Ela falava sério.

Ele assentiu.

Ele sabia.

Esse homem que ela tão facilmente descartara por causa da idade sabia muito da vida.

Mais do que ela, em muitos aspectos.

A boca dele se moveu, mas ela não conseguiu entender as palavras. Ela levantou uma orelha. "O que foi isso?"

"Você está flutuando sozinha agora."

E ela percebeu que era verdade. A mão dele havia sumido... Ela estava flutuando — sozinha.

Ondas de alegria e medo a inundaram, fazendo-a vacilar. Então suas pernas começaram a chutar para compensar, fazendo-a oscilar para o outro lado, até que ela ficou submersa, um pânico repentino lhe atravessando até que...

Seus pés tocaram o fundo lamacento.

Uma mão firme a puxou para a superfície. Não mais leve, ela

era uma bagunça cuspindo enquanto esfregava a água dos olhos, com pesadas mechas de cabelo grudadas no rosto.

Então ela ouviu — um bufo.

Seus olhos se abriram de repente. Lá estava Gabriel, contendo o riso. *Indignada*, era assim que ela deveria se sentir, mas era engraçado, e lá estava o riso dela se juntando ao dele, irreprimível. Uma sensação de alegria tão leve dentro dela quanto à água que a envolvia. Os braços dele, segurando-a firme, permitiam-lhe a liberdade de rir e se divertir.

Os braços dela se entrelaçaram em volta do pescoço dele e ela se apertou contra ele... seus rostos sorridentes a centímetros um do outro... seus olhares se encontraram. Essa sensação não tinha peso, mas era visceral, também.

Ela se ergueu na ponta dos pés e seus dedos se entrelaçaram nos cachos úmidos da nuca dele, puxando sua cabeça para mais perto, a distância entre suas bocas se fechando...

E seus lábios estavam tocando os dele, sua barba um delicioso arranhão contra sua pele. Um beijo leve que não durou mais do que um ou dois segundos — mas tempo suficiente para saboreá-lo e inspirá-lo.

Tempo suficiente para querer mais.

A cabeça dele se inclinou para trás e olhos questionadores encontraram os dela, pupilas negras empurrando as íris em finos anéis azuis. "Se tivermos que parar, agora é a hora."

O alarme a percorreu. *Parar?* "E você acha que já não é tarde demais para isso?"

"Poderíamos", ele disse, mas ela detectou dúvida em seus olhos.

Para provar seu ponto, ela soltou uma das mãos do pescoço dele e a deslizou pela garganta, peito, estômago, mergulhando abaixo da superfície da água, mais abaixo...

Ah, lá estava. Seu pênis. Grosso e duro, pulsando de calor e desejo.

A simples ideia de *seu pênis* perfeito — que ele existia no mundo... para ela — fez suas coxas se apertarem com uma dor profunda.

"*Eu* poderia parar."

"Mas..." Os dedos dela deslizaram por seu comprimento aveludado. Ele respirou profundamente. "Mas eu poderia? Pois aqui está a questão, Duque. Eu preciso de você... *disso*..." Um por um, os dedos dela o envolveram e apertaram. "Dentro de mim."

"Necessidade e desejo são duas entidades separadas", ele disse como se estivesse lendo um livro didático. Mas foi sua voz rouca na garganta que o denunciou.

Bem, isso e seu pênis duro como pedra.

Ele lutava pelo controle, e era uma luta nobre, mas o fato era que ali estavam eles — *nus... em um lago* — com apenas um desejo selvagem e imprudente por companhia.

E ela não ia facilitar as coisas para ele. "Eu quero você, Duque. Sério, eu preciso ter você."

Com um grunhido baixo que pegou Celia de surpresa, Gabriel apertou seu abraço, uma mão apertando seu traseiro enquanto a pressionava contra si, seu sexo se arrastando contra seu comprimento rígido. Instintivamente, as pernas dela envolveram sua cintura, expondo sua fenda contra sua masculinidade.

Oh, a sensação carnal e masculina dele.

"Tire sua camisa."

Não era um pedido, mas uma exigência. Uma que enviou uma deliciosa onda de desejo através dela.

"Não quero nada entre nós."

Embora ele falasse de roupas, parecia que estava falando de mais.

Enquanto ele a segurava firmemente contra si, ela conseguiu deslizar a musselina úmida e grudenta sobre a cabeça e arremessá-la em direção à praia, onde se prendeu em um galho de salgueiro.

Mais uma vez, ele rosnou. Com uma das mãos, segurou um seio e levou o mamilo à boca, a língua provocando a ponta enquanto o chupava. Uma sensação brilhante percorreu Celia enquanto ela arqueava as costas. "Oh, sim."

Com a boca dele sobre ela, ela começou a deslizar a vulva contra o comprimento longo e duro dele...

Oh, era prazeroso, e o prazer aumentava — prazer retardado.

Os braços dela se apertaram em volta do pescoço dele. Ele poderia sufocar em seu seio, mas ela tinha a sensação de que ele morreria feliz. As pernas dela em volta da cintura dele se afrouxaram o suficiente para que ela pudesse alcançar entre seus corpos e segurar sua enorme circunferência. Então, ela o guiou até a entrada de seu sexo.

A cabeça dele se ergueu enquanto suas mãos agarravam seu traseiro com firmeza. Então, ela se abaixou sobre ele, um centímetro de cada vez, deliberadamente. Enquanto ele a preenchia, era como se um raio percorresse suas veias, queimando cada terminação nervosa ao longo do caminho.

Não era apenas que ele se esticava e preenchia onde havia um vazio.

Era uma completude.

Uma completude que levava o prazer além dos limites.

Uma ideia que poderia assustá-la em outro momento — mas não naquele.

Os músculos definidos dos braços dele flexionaram e relaxaram quando ele começou a movê-la sobre ele, para cima e para baixo, lentamente, deixando-a se ajustar à sua... *grossura*. Sua boca encontrou seu pescoço, seus dentes mordiscando levemente enquanto ele penetrava nela ainda mais. Aparentemente, havia mais dele para ter.

"Oh", ela gritou, girando os quadris, encontrando um ritmo com ele.

Tão escorregadios e leves eram seus corpos um contra o outro.

Era mágico — *oh... tão... bom...*

De repente, eles cambalearam. Seus olhares se focaram assustados. "Meu pé", ele começou no momento em que a água afundava completamente, e eles flutuavam sob a água. Subindo com dificuldade, emergiram, cuspindo e rindo.

"Precisamos fazer isso mais vezes", ele disse sempre a voz da razão.

Algum dia?

Quando ela descobrira isso sobre ele e tivera tanta certeza da verdade?

"Segure firme", ele disse, e começou a caminhar pela água em direção à margem.

Seus corpos unidos, expostos aos elementos, pareciam ligeiramente transgressivos e estranhamente... *revigorantes*. Ela nunca havia experimentado o brilho quente da luz do sol em seu traseiro.

Com as pernas apertadas em volta da cintura dele, ele a levou até o casaco descartado. "Acho que teremos que fazer isso, hã", ele começou e Celia entendeu o que ele queria dizer.

Ela desenganchou as pernas da cintura dele e relutantemente deslizou para fora de seu membro rígido, os pés tocando o chão. Ele se sentou na jaqueta, uma das mãos apoiada atrás do corpo, o corpo aberto para ela, novamente evocando um deus grego, enquanto a outra mão se estendia. Os dedos dela se entrelaçaram nos dele e ele a puxou, de modo que ela não teve escolha a não ser se curvar e pairar sobre ele. Ela pressionou a boca sorridente contra a dele enquanto o resto do corpo a seguia, as pernas sobre as coxas dele, a fenda separada dele por meros centímetros, pulsando com dor intensa. Ele segurou seu pênis, e ela se abaixou sobre ele, centímetro a centímetro, lenta e deliberadamente, arrancando dele um gemido delicioso.

Embora a mais animalesca das atividades, a cópula também era a mais humana. Uma mistura das duas. Um encontro de corpos...

Um encontro de almas.

À medida que seus corpos e almas encontravam um ritmo,

uma brisa leve refrescando as gotas de água que escorriam por sua pele quente, a luz do sol caindo em sombras salpicadas sobre eles, Celia pensou que aquilo devia ser uma forma de Elísio [4].

Um prazer terreno, mas também ligado ao celestial.

Para que haviam sido colocados na Terra, se não fosse por isso?

A mesma sensação da última vez começou a se acumular dentro dela. Uma sensação de prazer e promessa — que não deixava outra escolha a não ser lutar por ela.

Os quadris dela aumentaram o ritmo, descendo sobre ele com mais força.

"Celia", ele sussurrou na curva do pescoço dela, o veludo áspero de sua voz ressoando através dela. "Sim, assim", ele acrescentou enquanto ela o cavalgava.

O fato de ela estar levando-o à beira do abismo só a levou a gozar muito mais rápido.

A promessa se tornou certeza, e o alívio a atingiu, e ela gritou seu sexo de alguma forma se contraindo para dentro antes de se expandir e explodir em faíscas douradas e efêmeras disparando por suas veias. Mãos agarraram seus quadris, ele mergulhou e penetrou nela, implacável. Então ele gritou em alívio, caindo no abismo com ela.

Com o corpo escorregadio de água e suor, Celia flutuava em um éter de saciedade. Eram só ele e ela aqui. Era o esquecimento... Era maravilha...

Era o nada — e tudo.

"Celia", ela ouviu como se estivesse distante.

Ela resistiu à intrusão. Ela não queria que esse sentimento

---

4. Elísio refere-se a um paraíso eterno na mitologia grega antiga, originalmente destinado aos heróis e àqueles a quem os deuses concederam a imortalidade. Mais tarde, tornou-se um lugar para os mortos abençoados e aqueles que viveram vidas justas. Elísio é frequentemente associado à felicidade ideal e também é conhecido como Campos Elísios ou Reino Elísio.

acabasse nunca. Enquanto seus olhos permanecessem fechados, não precisaria acabar.

Ele beijou seu pescoço. Como ela amava o roçar da barba dele contra ela.

Amor.

Seus olhos se abriram de repente.

Era apenas o roçar da barba dele que ela amava.

Era só isso que tinha que ser.

"Celia", ele murmurou contra sua pele. "Você também sente."

"Sente o quê?"

"A magia."

A maneira como a *magia* emergia, como se fosse composta de elementos estranhos, sugeria que ele nunca havia pronunciado a palavra na vida.

Amor... magia...

O que eram essas palavras?

O que tinham a ver com ela?

Nada.

Elas nunca tiveram.

"Acho que precisamos voltar", ela disse, colocando a palma da mão no ombro dele. Até ela conseguia ouvir a falta de convicção em sua voz.

"Precisamos?"

"Provavelmente."

"*Preciso* fazer alguma coisa?" Um sorriso malicioso surgiu em seus lábios. "Eu sou o duque."

Uma risada irrompeu dela. "Você nasceu para ser um duque."

"Como foi descoberto tão recentemente."

Isso a fez rir novamente. *"Duques."*

"É só que..." As mãos dele apertaram seus quadris, prendendo-a contra ele, e ela sentiu — *ele... impossivelmente...* crescendo dentro dela.

"Mas nós..." ela começou o protesto instintivo.

Um mau instinto, ela decidiu.

A língua dele percorreu sua garganta. "Será que precisamos de mais um tempo para alcançar a satisfação?"

Oh, a sensação dele dentro dela — quente... denso... duro — oh, ela precisava disso de novo.

E enquanto ele a tomava novamente, ela não conseguia parar de pensar que talvez nunca parasse de precisar daquilo... disso... do que ele oferecia... do seu corpo... do seu pênis... da sua paixão...

No entanto, isso não era tudo o que havia nele.

E ela pensou que talvez precisasse das outras partes dele também.

O que não era a mesma coisa que poder tê-las como suas.

Ela suspeitava que a satisfação nunca fosse alcançada.

Apenas esse apetite aguçado para sempre.

Mas, por enquanto, a magia.

A vida real e essa insatisfação eterna poderiam esperar.

CAPÍTULO DEZOITO

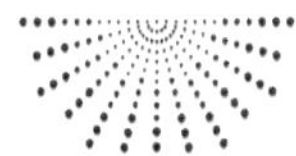

HIPÓDROMO DE GREAT YARMOUTH, NORFOLK, QUATRO DIAS DEPOIS

Gabriel não sabia que era possível desejar alguém tanto quanto desejava Celia.

A cada hora... a cada minuto... a cada segundo... de cada dia.

Era esse desejo — tão visceral que o consumia até as fibras do seu ser.

Mesmo agora, com o braço dela entrelaçado ao dele, enquanto caminhavam pela multidão de outros espectadores da corrida em um passeio no Hipódromo de Great Yarmouth. Eram as camadas de roupa entre eles — e o fato de estarem em um lugar muito público — que ele achava intolerável após cinco dias em que a roupa não tinha sido um grande obstáculo.

Mas Celia queria participar dessa corrida — *"Os pequenas, locais, são mais divertidos. Você verá"* — e, cada vez mais, Gabriel não conseguia negar nada a ela.

"Claro", ela disse, mordendo o pãozinho de canela, "Great Yarmouth tem uma grande corrida no final do verão. As hordas comparecem, mas não para ver os potros de três anos, já que os melhores estão correndo em Newmarket, Epsom e Doncaster. Na verdade, eles vêm pelos potros e potrancas de dois anos."

"Por quê?"

Embora estivesse começando a conhecer Celia em suas várias formas — duquesa, adversária, parceira... *amante* — ele ainda não tinha visto essa versão dela, solta e generosa com seu sorriso em público.

"Os potros de dois anos que correrem melhor em Great Yarmouth nesse verão competirão nas principais corridas no próximo verão. É uma prévia dos concorrentes do ano que vem."

"Suponho que você terá um potro ou potranca nessa corrida?"

"Certamente." Ela lhe lançou um sorriso brincalhão. "*Teremos.*"

O calor se espalhou por Gabriel.

Nós.

Eles eram sócios; é claro, éramos *nós*.

Mas uma parte dele queria interpretar esse *"nós"* de forma diferente.

Cada vez mais, ele queria que esse *"nós"* fosse mais.

A pergunta que ele vinha reprimindo nos últimos dias chegou à ponta da língua, exigindo ser feita. Mas, ao contrário dos outros dias, hoje ele não conseguia resistir à sua atração. "Tenho uma pergunta para você."

Melhor começar casualmente.

"Sim?" Com uma risada despreocupada, ela segurou o chapéu com a mão enquanto a brisa ameaçava levá-lo. O mar estava a apenas alguns quilômetros a leste.

A resposta que ele queria ouvir, exceto pela pergunta ainda não feita. Ele pigarreou para se livrar do nervosismo e foi direto ao ponto. "Você planeja se casar de novo?"

Pronto.

Essa era a pergunta.

Seu sorriso jovial tornou-se um eco de si mesmo quando uma linha superficial se formou entre suas sobrancelhas. *"Casar?"* ela perguntou. *"De novo?"*

Ele assentiu com a cabeça, mesmo desejando com todo o seu ser poder voltar no tempo e deixar a pergunta sem ser feita.

Um complexo emaranhado de emoções percorreu o rosto dela. "Se eu tivesse escolha, nunca mais seria esposa de novo."

Não.

A resposta dela foi *não*.

Um soco no estômago, aquela resposta.

Ela não seria sua esposa.

Mas ele entendeu algo: não precisava que ela fosse sua esposa.

Ele precisava que ela fosse dele.

Uma distinção vital.

Gabriel notou um floco de pão no canto da boca dela e instintivamente o afastou com o polegar. Seu olhar encontrou o dela e o manteve. Como ele caiu facilmente naquelas profundezas cor de âmbar mel. "Talvez já tenhamos visto o suficiente por hoje?"

O olhar dela entendeu o que ele queria dizer.

Eles poderiam ir embora.

Na carruagem.

E eles poderiam fazer o que ele prometera que fariam na viagem de volta a Ashcote — quando não importaria se a duquesa chegasse desgrenhada e apaixonada.

Só de pensar nisso, seu membro ficou meio duro.

Um sorriso cúmplice flertou em seus lábios e afastou os últimos resquícios de sua pergunta imprudente. "Não estamos aqui nem há meia hora."

Era só isso?

"Duquesa!" disse uma voz feminina e aristocrática.

Gabriel se virou um pouco e viu uma jovem esbelta se aproximando deles. Sua aparência era um tanto indefinida, e ninguém lhe daria a mínima atenção — até que encontrasse seus olhos, que ardiam com um fervor inesperado.

Celia enrijeceu ao lado dele. Ela conhecia aquela mulher — e não estava nada feliz em vê-la.

Discretamente, ela desvencilhou-se do braço dele e deu um passo sutil para trás.

A testa de Gabriel franziu. Quem diabos era essa mulher, afinal?

"Achei que fosse você", disse a jovem, levemente ofegante, como se tivesse corrido para alcançá-los.

"Lady Beatrix." Celia cumprimentou sem um pingo de entusiasmo.

O olhar da dama passou rapidamente entre Gabriel e Celia, como se estivesse escrevendo notas em sua mente para lembrar mais tarde.

"Vocês dois se conhecem?" Apenas um leve verniz de civilidade cobria a pergunta de Celia.

"Não formalmente." Os olhos de Lady Beatrix brilharam com malícia. "Mas todos sabem da existência do novo Duque de Acaster."

Gabriel fez uma leve reverência. "Receio que você me tenha em desvantagem."

Lady Beatrix riu como se estivesse se divertindo.

Ela era a única.

"Vossa Graça não me conhece", ela disse. "Mas tenho certeza de que conhece meu pai, o Marquês de Lydon."

Ah. As inclinações perdulárias do Marquês de Lydon só eram rivalizadas pelas do falecido Sexto Duque de Acaster. O homem tinha uma dívida enorme em todas as casas de jogo de Londres — incluindo o The Archangel.

"Vossa Graça", disse Celia, muito apropriadamente, "posso apresentar-lhe Lady Beatrix St. Vincent?"

"Um prazer." Ele disse as palavras não porque as quisesse dizer, mas porque era o que se dizia.

Na verdade, ele só recentemente aprendera o significado da palavra prazer, e não tinha nada a ver com Lady Beatrix, mas sim com a mulher ao seu lado que não o olhava mais nos olhos.

A dama fixou sua atenção em Celia. "Tem algum cavalo correndo hoje?"

Embora apresentada como uma pergunta irrelevante, Gabriel

não achava que fosse. Lady Beatrix não era o tipo de pessoa que fazia perguntas sem sentido.

Celia balançou a cabeça. "Simplesmente curtindo um pouco de Norfolk."

A trajetória do olhar de Lady Beatrix mudou e se estreitou em Gabriel, avaliando-o. "Ah, é verdade. Ashcote Hall não fica muito longe daqui. Como é a sensação de possuir um dos melhores estábulos de corrida do país?"

"É de Cel —" Ele parou antes de pronunciar o nome dela em um lugar público. Ele teve a sensação de que Lady Beatrix já o tinha ouvido, de qualquer forma. "Esse é o empreendimento da duquesa."

Lady Beatrix inclinou a cabeça, curiosa. "Mas o boato é verdadeiro?"

"Que boato?" perguntou Celia, rapidamente — rápido demais.

A atenção de Lady Beatrix permaneceu fixa em Gabriel. "O boato de que você está querendo vender Ashcote Hall e várias outras propriedades pertencentes ao falecido duque."

O que estava acontecendo ali? Embora disfarçado como uma conversa parecia claramente um interrogatório.

Antes que Gabriel pudesse responder, Lady Beatrix conti-nuou. "Você vê Ashcote Hall como um conflito de interesses?"

"Pardon?"

"Você é um dos financiadores da Corrida do Século, certo?"

"Sou."

"E Ashcote produziu um cavalo qualificado para a Corrida do Século com a vitória de Light Skirt na One Thousand Guineas. Alguns podem ver isso como um conflito de interesses."

"*Alguns* estariam errados." Sobre isso e todas as questões rela-cionadas a negócios, Gabriel era claro. Ainda assim, a defensiva o permeava, e ele não sabia exatamente por quê. "O estábulo de cavalos de Ashcote pertence à duquesa, não a mim. São as mãos capazes dela que o fazem ser um sucesso."

Ele não devia explicações a Lady Beatrix St. Vincent. Mesmo

assim, continuou falando. Era à mulher ao seu lado que ele devia algo.

Uma defesa.

Quando alguém já havia defendido Celia?

"Eu apenas financio as operações por enquanto. É graças à habilidade e ao talento dela que o estábulo vale alguma coisa."

Lady Beatrix ergueu a sobrancelha. "É mesmo?"

Gabriel suspeitou que tivesse cometido um erro.

"O que quer dizer com *por enquanto?*"

Celia deu um passo à frente. Ela exibia o sorriso — aquele que Gabriel não gostava. "Lady Beatrix, foi ótimo vê-la, mas fiz uma aposta na próxima corrida e gostaria de assistir."

A expressão maliciosa de Lady Beatrix não se alterou nem um pouco. "Claro."

Ela não acreditava em Celia, mas dificilmente conseguiria dizer isso.

Assim que se afastaram de Lady Beatrix, Celia disse: "Devemos ir."

Claro, Gabriel queria ir. Tinha sido ideia dele. Mas...

Ele não gostou da expressão abalada de Celia nem do jeito que ela dissera as palavras. Ele não queria ir por medo, vergonha ou reconsideração. Ele não queria fugir.

O único motivo para ir embora que ele aceitaria era que ela não suportava ficar sem as mãos... ou a boca... ou a vagina... sem ele por mais um segundo.

"Devemos manter o curso", ele afirmou.

Aonde quer que isso os levasse, ele se mantinha reservado.

Ainda não.

Ele não queria assustá-la.

Mas ele diria.

Em breve.

Ele estava determinado.

Só que manter esse rumo não significava um rumo completamente diferente e inesperado para ele?

Pois, cada vez mais, ele via o mundo de uma forma completamente nova para si.

Racionalmente, ele entendia que eles deveriam acatar a sugestão dela e, de fato, ir embora. Ele deveria retornar a Londres e retomar sua vida real. Só que...

Essa vida não existia mais.

O mundo como ele o conhecia havia mudado, irrevogavelmente.

E Celia fazia parte desse novo mundo — de qualquer maneira que ele pudesse tê-la.

Ela se enrijeceu ao lado dele. Gabriel seguiu a direção do olhar dela e avistou um casal se aproximando, suas formas apenas vagas àquela distância. Ele olhou para baixo e encontrou o rosto dela sem cor.

Um alarme soou através dele. "Quem são eles?" ele perguntou.

"O Duque e a Duquesa de Rakesley", ela disse baixinho.

A testa de Gabriel se franziu. "O duque que —"

"Sim", ela disse, interrompendo-o. "O duque que fugiu com o jóquei e se casou com ela."

Maldição.

Gabriel observou com uma sensação próxima ao horror enquanto o sorriso habitual de Celia se espalhava por seu rosto. "Nosso mundo da *alta sociedade* não é pequeno?" ela perguntou com uma voz agradável que o fez ranger os dentes. "Suponho que era inevitável que nos encontrássemos. E, se devemos encontrá-los, melhor em uma corrida de cavalos do que diante dos olhares curiosos da sociedade."

Uma tensão defensiva tomou conta do corpo de Gabriel.

Ele estava pronto.

Para quê, ele não tinha certeza, mas estava pronto para o que Celia precisasse dele.

Ao se aproximar, ele avaliou seu adversário e sua esposa. A duquesa era alta e magra para uma mulher com uma profusão de cachos ruivos que se recusavam a ser domados pelo coque frouxo que tentava contê-los. Ela era bonita, ele supôs — uma beleza delicada, alguns diriam —, mas Gabriel não estava com disposição para pensar bem da mulher que havia prejudicado Celia. Quanto ao duque, ele era alto, moreno e tinha uma postura séria.

Com um leve sobressalto de choque, Gabriel percebeu que não conhecia nem sequer o duque, já que o homem nunca fora frequentador do The Archangel. Um Gabriel benevolente poderia pensar bem do duque por isso — mas Gabriel não estava se sentindo caridoso.

Ele captou o momento exato em que Rakesley e sua duquesa notaram Celia — e aceitou que não conseguiriam evitar cumprimentá-la.

Eles se encontrariam e conversariam como os senhores e damas civilizados que eram.

Ou algo assim.

"Duque", disse Celia com seu sorriso que brilhava o suficiente para rivalizar com o sol.

Ninguém mais estava sorrindo.

Rakesley assentiu e disse um "Duquesa" sem graça antes de lançar um olhar avaliador para Gabriel.

Gabriel se esforçou para que suas mãos não se fechassem em punhos.

"Duquesa", disse a Duquesa de Rakesley, amigavelmente. A duquesa tinha olhos calorosos.

Apesar dos olhos calorosos da duquesa, Gabriel se viu com vontade de encarar o duque e dar-lhe uma cara feia ou desafiá-lo para um duelo — nenhuma das duas coisas que ele jamais se sentira compelido a fazer na vida. Na verdade, porém, era como se o homem estivesse esfregando no rosto de Celia sua felicidade conjugal.

"Rakesley", disse Celia, como convinha ao seu papel naquele momento impossível, "posso apresentar-lhe o Duque de Acaster?"

As sobrancelhas do duque se ergueram em surpresa, e os olhos calorosos da duquesa se tornaram avaliadores.

"Rakesley", disse Gabriel, dando apenas o que lhe era exigido.

"Acaster", respondeu o duque com a mesma dose de generosidade.

Com um súbito lampejo de percepção, Gabriel entendeu a fonte de sua animosidade em relação à Rakesley.

Diante dele estava mais um homem que havia decepcionado Celia.

Determinação fortalecida como aço.

Nunca mais.

Nunca mais ela seria decepcionada por um homem.

Não enquanto ele tivesse fôlego no corpo.

CAPÍTULO DEZENOVE

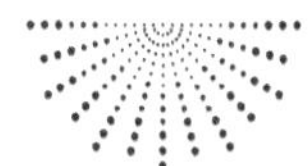

Esse dia tinha sido um erro.

A certeza se aprofundou em Celia.

O Duque de Rakesley...

Aqui.

E ele não estava sozinho.

Claro que não estava.

Sua esposa estava ao seu lado.

Cavalariço... virou jóquei... virou Duquesa de Rakesley.

Como parecia que ninguém mais iria interromper a conversa educada, ela supôs que a decisão cabia a ela. "Um lindo dia para as corridas."

Pronto.

A conversa educada começou.

O alívio iluminou os olhos da nova Duquesa de Rakesley. "Sim, é verdade. Meu irmão está correndo hoje com o Dandy's Cravat para Lorde Westcott."

Ah. Celia se lembrou de que o irmão também era jóquei. "Que família talentosa."

A duquesa piscou. Celia supôs que as palavras poderiam ter

sido interpretadas como uma brincadeira, mas não era essa a intenção.

Até mesmo conversas triviais não eram isentas de atritos.

"Você joga?" perguntou a duquesa.

Celia balançou a cabeça, mesmo lembrando-se de sua noite imprudente no The Archangel. "Não é um prazer que eu participo com frequência."

"Se jogasse", interrompeu Gabriel, encarando Rakesley, "ela venceria, é claro."

Um momento de horror se passou.

Celia mordeu o lábio inferior com força, mas não por angústia.

Uma risada repentina e desenfreada quis brotar.

Era a maneira como ele havia dito as palavras e a atitude defensiva dele, como se ela pudesse e fosse sair vitoriosa em qualquer campo de batalha.

Era divertido — era doce.

Ela queria abraçá-lo e nunca mais soltá-lo.

E por mais bobo que fosse se sentir assim, isso a fazia se sentir valorizada — como se fosse importante para alguém.

Um sentimento ao qual ela não estava acostumada.

Um sentimento que ela poderia gostar.

Nos últimos cinco dias, ela e Gabriel haviam revelado lados novos e inesperados um ao outro — e aqui estava mais um.

Um que fez com que seu interior se tornasse leve e se revirasse.

Ela se contentou com uma risada casual, uma que quebrasse a tensão. Os duques, no entanto, continuaram se avaliando como dois galos em um galinheiro, mas a duquesa sorriu em agradecimento. Ex-cavalariça e jóquei, essa Duquesa de Rakesley era uma mulher de coração caloroso. Isso era evidente.

E Celia viu.

O amor que Rakesley e sua duquesa tinham um pelo outro era

tão claro e brilhante que podia cegar. Eles estavam completamente apaixonados um pelo outro.

O casamento que Celia estivera disposta a fazer com Rakesley — um casamento de conveniência e objetivos mútuos — teria sido uma sombra pálida diante do amor intenso que se lançava em seu rosto.

Uma pontada de inveja a atingiu. Ela estava tão obcecada pela segurança de si mesma e de seus cavalos que nunca havia considerado isso — o amor — como uma possibilidade para seu futuro. Ela poderia se engasgar com a sensação que nunca tivera o luxo de experimentar.

"Você tem algum cavalo na corrida hoje?" perguntou Rakesley. "Talvez um de dois anos?"

Ele faria essa pergunta. Como Somerton Manor desse e Ashcote Hall eram os dois melhores estábulos de corrida de cavalos da Inglaterra, ele estaria ansioso para vislumbrar futuras competições.

"Hoje não", ela disse. "E você?"

Ele não era o único de olho.

Ele balançou a cabeça.

"Celia queria me mostrar como era um pequeno encontro local de corrida", disse Gabriel.

As palavras caíram como uma bala de canhão.

Não. Não palavras no plural — embora sua combinação específica implicasse um nível de, *hum*, intimidade —, mas a única palavra.

Celia.

Gabriel praticamente declarara que ele e ela eram amantes.

Rakesley ergueu uma sobrancelha, e a duquesa inclinou a cabeça. Nenhum dos dois deixara de notar a palavra *Celia* — e nenhum dos dois comentou sobre isso.

Celia lançou um olhar rápido para Gabriel. Se ele soubesse o que tinha feito, não estava demonstrando.

Ou estaria?

Ele parecia, em todos os aspectos, o duque que faria o que quisesse e condenaria qualquer um que ousasse questioná-lo.

Então... a palavra *Celia* foi um passo em falso, ou...

Foi uma *reivindicação?*

A própria ideia... Chocou-a profundamente.

Inflamou-a de desejo.

Isso a fez querer levantar a saia e começar a correr e não parar até chegar ao Mar do Norte.

"Na verdade, prefiro esses locais de corrida", disse a esposa de Rakesley, salvando o momento. Abençoada seja a mulher. "São mais divertidos."

Celia assentiu em concordância e percebeu algo. Ela teria gostado daquela duquesa em circunstâncias diferentes. E talvez gostasse nessas circunstâncias, mas não as via se tornando amigas íntimas. Ela simplesmente não era forte o suficiente para estar na presença de tanta felicidade.

Mais uma falha dela para adicionar à lista de muitas.

"Duquesa!" veio um gritou da multidão.

A Duquesa de Rakesley não se virou — ainda não estava acostumada ao novo título —, mas Celia estava e o fez. Ela piscou. O homem que acenava e sorria ao se aproximar era...

O Conde de Wrexford?

"O que diabos *ele* está fazendo aqui?" rosnou Gabriel.

Rakesley e sua duquesa aproveitaram o momento para se desculpar, e Celia se viu desejando que eles ficassem, preferindo o constrangimento com eles ao constrangimento que viria com Wrexford.

Ela arriscou um olhar rápido para Gabriel. Seu rosto havia ficado tempestuoso. "Vamos embora", ele ordenou.

"Wrexford está a menos de seis metros de distância. Não podemos fazer o corte diretamente." Alguém tinha que ser a voz da razão. Surpreendentemente, era ela.

"Ah, eu garanto que podemos."

A declaração saiu com tanta certeza que Celia soltou uma risada assustada. "Você não pode estar falando sério."

"Eu posso, e estou."

Gabriel pode ter recebido o título de duque recentemente, mas agiu como um duque a vida toda.

"Duquesa", repetiu Wrexford assim que se aventurou a se aproximar o suficiente para conversar. Cansado da corrida leve, o conde apoiou as mãos nos joelhos durante algumas inspirações profundas enquanto recuperava o fôlego.

Celia lançou a Gabriel um olhar divertido — que ele não retribuiu.

O duque não achou graça.

Celia teve pena de Wrexford, que estava com a cor de rabanete de sempre devido ao esforço. "Você vai passar o dia nas corridas?" Uma pergunta bastante inofensiva.

Wrexford abriu a boca para responder, mas Gabriel se adiantou. "Você está bem longe de Londres." Seus olhos se estreitaram, como se suspeitasse que o conde estivesse fazendo algo errado.

O que era bobagem, exceto que as bochechas de Wrexford, de alguma forma, ficaram mais vermelhas que rabanete. "Sim, bem, *erm*, a duquesa não estava em Ashcote Hall quando eu visitei esta manhã." Ele se virou para Celia. "Fui informado que você estava aqui hoje."

"Ah?" A pergunta saiu de forma bem mais ofegante do que Celia gostaria. Mas... o que Gabriel suspeitava e ela não?

Claro.

"Você tem um estábulo de puros-sangues, Lorde Wrexford?"

"Erm, não", ele disse. Um instante depois, acrescentou: "Ainda não."

Ah... "Então, você está pensando em abrir um estábulo e viu meu anúncio."

"Erm, sim."

Gabriel bufou.

Celia estava ficando seriamente irritada com o duque. Ali

estava um negócio em potencial. Como seu parceiro, ele, entre todas as pessoas, deveria entender. "Nos estábulos de Ashcote, todas as três linhagens de Puro-Sangue são contabilizadas com nossos garanhões. Nossas éguas também", ela disse na esperança de atrair Wrexford para a conversa. Seus olhos, no entanto, pareciam ter ficado vidrados, embora o sorriso afável permanecesse. Ela continuou. "Então, tudo se resume a quais características físicas e de personalidade você deseja reproduzir."

Wrexford assentiu, pensativo. "Ah, sim", ele falou, mas não disse mais nada.

"Você tem alguma ideia?"

"Ah, conte-nos", disse Gabriel, com sarcasmo em cada sílaba.

Celia não queria nada mais do que dar um chute rápido em sua canela.

Wrexford piscou, como se só agora tivesse registrado a presença do Duque de Acaster. "*Erm...*" Seu sorriso vacilou e seus olhos se desviaram.

O homem parecia querer que o chão o engolisse inteiro, e Celia sabia. Ele não a perseguira para discutir sua operação de criação. Ele a procurara por... ela.

A irritação a percorreu. *Homens.* Tão previsíveis.

E Gabriel tinha percebido isso desde o início.

O que só aumentou a irritação dela, pois Gabriel achava que tinha o direito de se comportar como um bruto. Ele achava que tinha o direito de...

Reivindicá-la.

E o idílio de cinco dias em Ashcote era o motivo.

Oh... não, não, não...

Wrexford pigarreou longa e profundamente. "Duquesa." Parecia que o suor lhe ardia nas palmas das mãos. "Você se importaria... isto é, se estiver na cidade..., você se importaria de se juntar a mim para um passeio à tarde em Rotten Row [1] nesta quinta-feira?"

Celia se conteve antes de emitir uma recusa instintiva, enquanto ambos os homens esperavam uma resposta dela — um não e um sim. Ela reprimiu o não.

Os últimos cinco dias...

Talvez não fosse tarde demais para retificá-los.

Pelo menos, era o que sua mente insistia.

Mas outras partes dela se sentiam menos seguras.

As outras partes dela que nunca superariam o homem ao seu lado — e ela entendia algo.

Teriam que superar.

Os últimos cinco dias não tinham sido nada mais que um sonho.

E, agora, ela estava acordada; O sonho havia acabado.

A pontada da perda a percorreu.

Uma pontada que ela havia experimentado muitas vezes em seus trinta anos.

Diante dela, a realidade personificada na figura ansiosa do Conde de Wrexford.

Ela sabia exatamente o que o momento exigia que ela dissesse... "Seria um prazer cavalgar com você nesta quinta-feira."

Wrexford sorriu como se não pudesse acreditar em sua boa sorte, com a expressão "estou muito surpreso?" estampada em seu rosto.

Em vez disso, foi Gabriel quem falou. "Você teria prazer?" ele perguntou perplexo. "Você não estará em Ashcote Hall?"

"Na verdade", ela começou com o sorriso e as palavras que

---

1. Rotten Row é uma pista larga com 1.384 metros ao longo do lado sul do Hyde Park, em Londres. Ela vai do Hyde Park Corner até a Serpentine Road. Durante os séculos XVIII e XIX, Rotten Row era um local elegante para a classe alta londrina andar a cavalo. Hoje, é mantida como um local para passeios a cavalo no centro de Londres, mas é pouco utilizada como tal.

tinham gosto de poeira em sua boca, "estou voltando para Londres hoje."

"Hoje?"

"Sim, Vossa Graça."

Uma ruga se formou entre as sobrancelhas de Gabriel e sua boca se fechou.

Ela precisava continuar falando. Somente expressando sua intenção em voz alta ela a concretizaria, pois não desejava nada mais do que retornar a Ashcote com Gabriel em um futuro próximo — para... *sempre.*

Não.

Esse era o sonho.

Essa era realidade.

Ela manteve o olhar fixo em Wrexford. "Devo me encontrar com você às três horas na quinta-feira?"

"De fato", disse Wrexford. Se ele tivesse um rabo, estaria abanando.

"Agora", ela disse toda profissional, "se os cavalheiros me derem licença, vou embora."

Com isso, ela se virou e deixou os homens — um sorrindo por sua grande sorte, o outro com um olhar furioso de desgosto ducal.

Em questão de segundos, a terra às suas costas tremeu com passos determinados. O que não era nenhuma surpresa. Quando Gabriel se aproximou dela, ela sibilou: "Aqui não. Na carruagem."

Ele não gostou, mas concordou mesmo assim.

Sentados frente a frente na carruagem, ele perguntou: "O que foi tudo isso?"

"O que você quer dizer?"

"O baile de estreia das suas irmãs é em menos de duas semanas." Como desculpa, era, pelo menos, uma desculpa sincera.

"E daí?"

"Está na hora de eu voltar para Londres."

"Você não pode estar falando sério."

"Estou falando sério."

"Mas e os últimos cinco dias?"

E Celia proferiu as três palavras mais difíceis de sua vida... "E o que tem eles?"

Uma série de emoções percorreu o rosto de Gabriel em rápida sucessão. *Descrença... raiva... mágoa...* Foi essa última emoção que penetrou Celia mais profundamente.

Ele era jovem.

Faltava-lhe experiência em assuntos do sexo oposto.

Como ela se permitiu esquecer?

Ela, no entanto, não era nem tão jovem nem tão inexperiente — o que era o cerne da questão.

Gabriel merecia algo melhor do que ela.

Ele merecia o amor puro e intenso que tinham acabado de testemunhar entre Rakesley e sua nova esposa.

Ele merecia experimentar esse amor com alguém com um passado irrepreensível — não com alguém que carregava consigo um baú de danos e traumas emocionais aonde quer que fosse.

Ela estendeu a mão e girou a maçaneta da porta, abrindo-a. "Já vou, se não se importar, Vossa Graça."

Sobrancelhas incrédulas se ergueram. "Pretende me deixar aqui?"

Ela acenou com a mão, indicando os estábulos além. "Vá comprar um cavalo", disse ela, inabalável. "Agora você monta."

Ele bufou. Ambos sabiam que aquilo era um exagero.

"Ou compre uma carruagem", ela disse com indiferença estudada. "Você é rico o suficiente."

"Mas, Celia..." A exasperação permeava cada sílaba. "*Essa* carruagem é minha."

Um fato, sem dúvida. Mesmo assim... "Tenho certeza de que não se importará em emprestá-la a uma amiga."

"É isso que somos? *Amigos?*" ele quase rosnou.

Sem ser convidada, a lembrança daquela manhã passou pela mente dela.

Ele havia trazido chá para ela na cama.

"Você andou falando com Eloise?" ela perguntou.

Ele a olhou com curiosidade. "Desde o Derby?"

"Ah, deixa pra lá."

Chá na cama... Um gesto ao mesmo tempo pequeno e grandioso.

Um no qual ela não conseguia pensar agora.

Ela ergueu o queixo incansavelmente. "Somos sócios."

Ele manteve o olhar dela cativo por alguns segundos, então saiu da carruagem, afastando-se sem olhar para trás.

O arrependimento a dominou — pelo que poderia ter sido.

Não.

Aquela maneira de pensar era uma armadilha.

Claro, *nunca poderia ter sido* com Gabriel.

Com um propósito lento e determinado, uma solução a percorreu e se insinuou em sua mente.

Era terrivelmente, terrivelmente, terrivelmente simples.

Ela encontraria uma noiva para ele — uma que fosse digna dele.

E, ao fazer isso, o colocaria firmemente fora do alcance da tentação.

Claro, havia uma medida adicional de proteção que ela poderia tomar. Ela mesma poderia se casar. Sério...

Ela precisava se casar.

Se eu tivesse escolha, nunca mais seria esposa de novo.

Essas foram as palavras exatas que ela disse a ele apenas uma hora atrás.

E ela não tinha escolha, tinha?

Os motivos desabaram sobre ela como uma avalanche — o principal era que ela nunca tinha conseguido ter sucesso em nada na vida. Seu casamento... Sua incapacidade de ter filhos... O haras Ashcote parecia promissor, mas ela certamente encontraria uma maneira de estragar isso também.

E então havia Gabriel.

Ela não via como poderia ter negócios com ele pelos próximos três anos e não desejá-lo a cada minuto de cada dia... como ela queria naquele exato minuto.

Não.

Ela e Gabriel deviam se casar — e não um com o outro.

CAPÍTULO VINTE

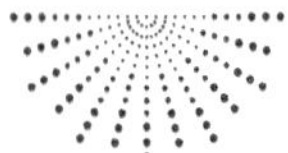

LONDRES, QUINTA-FEIRA

O dia não amanheceu perfeito — nem perto disso.

Na verdade, Londres era uma enorme bagunça cinzenta e encharcada nos últimos três dias.

Parecia que Celia havia trazido seu humor de Norfolk.

No entanto, na *alta sociedade* londrina, quando se pretendia fazer um passeio pela Rotten Row, não se permitia que um pouco de tempo chuvoso atrapalhasse, por mais que a elegante pena de avestruz no chapéu se pendurasse em um tufo murcho e encharcado. E, na verdade, as sedas coloridas, as joias brilhantes e os sorrisos radiantes que povoavam a Row eram quase suficientes para fazer esquecer que o céu acima ameaçava desencadear mais uma rodada de chuva implacável.

Ladies Saskia e Viveca cavalgando na elegante carruagem de seu irmão, com um par de cavalos cinza combinando, embora um pouco impressionadas com o desfile de dândis e damas sobre os quais só liam em jornais de fofocas, a alegria delas era evidente na vivacidade de seus sorrisos. Até Lady Saskia não conseguiu conter uma risadinha quando um belo e jovem lorde tirou o chapéu para ela. Nunca tinha ocorrido a Celia, até agora, que

Lady Saskia poderia precisar que alguém mantivesse um olho atento sobre ela.

Ainda assim, ela sentia um alívio considerável ao ver que as irmãs estavam se acostumando com sua nova posição na sociedade. A aceitação tornaria a vida mais fácil para elas.

Claro, esse era o destino de uma mulher, não era?

Aceite docilmente o que a vida lhe reservasse, para que fosse mais fácil para você.

Ela fechou os olhos com força contra as lembranças que tal pensamento evocava — de seu casamento... de seu leito conjugal. Do que ela teve que aceitar — ou a vida seria mais difícil para ela.

Ela tentou afastar a imagem, mas era uma imagem teimosa — de mãos amarradas aos postes da cama, cordas cortando os pulsos, aceitando e suportando — e o horror a invadia em momentos de descuido. Sentia um prazer especial em invadir sua mente em momentos de felicidade, como se ela tivesse lhe dado permissão.

Ela não tinha dado permissão.

Uma intrusão, era o que era.

E embora se ressentisse disso com cada fibra do seu ser, era impotente contra sua vontade.

Como desejava que aquelas memórias e aquele passado acabassem com ela, mas temia que isso nunca acontecesse.

Uma rajada de vento soprou pela Row, prometendo que a tarde encharcada se transformaria em uma noite tempestuosa. Celia olhou para Eloise, cavalgando ao seu lado e cumprimentando todos que passavam com genuíno prazer. Instintivamente, Celia acariciou a crina negra de seu cavalo Truffle, o ato reconfortante a afastando da escuridão que ameaçava invadir.

Ela se virou um pouco para Eloise. "Devo agradecer por me deixar ficar com você nas últimas noites."

Celia não pôde retornar à mansão de St. James's Square e correr o risco de se encontrar... *com ele.*

"Você é sempre bem-vinda em minha casa."

"Com o baile a pouco mais de uma semana", continuou Celia, "acho que seria melhor se eu voltasse para St. James's Square, assim posso estar por perto."

"Tem certeza?" perguntou Eloise, preocupada, mas Celia detectou um brilho de alívio nos olhos da prima.

Celia assentiu. "E acho que o Sr. Lancaster talvez não se importe."

Um leve rubor subiu pelas bochechas de Eloise, mas ela não negou.

O Sr. Lancaster chegava à casa de Eloise em Mayfair todas as noites às seis em ponto e compartilhava a refeição com elas. Então, depois de serem consumidos os conhaques, ele se retirava como um perfeito cavalheiro.

Era hora de Celia ir embora, para que o Sr. Lancaster pudesse ficar.

Discretamente, ela mudou de assunto. "Você fez um trabalho maravilhoso com Lady Saskia e Lady Viveca nessas últimas semanas. Elas estão lindas em todos os sentidos."

Eloise sorriu com satisfação, mesmo hesitando. "É por causa dos talentos delas. Elas são um par de irmãs que se complementam. Onde uma tem interesse, a outra não, e ainda assim são confidentes íntimas e harmoniosas. A vida será maravilhosa para elas."

"Acho que você está sendo modesta demais, prima", disse Celia. "Lady Saskia está sorrindo, e isso certamente se deve a você. Elas devem estar causando uma boa impressão na *alta sociedade* por onde passam."

"Elas são adoráveis, nobres e ricas", disse Eloise com um sorriso. "Juntas, as três qualidades contribuem muito para a popularidade em nosso pequeno mundo. Você não notou a cesta de correspondência transbordando de convites e os buquês de flores espalhados pela casa?"

"Não parei de espirrar desde que voltei para a cidade", brincou Celia.

Um olhar calculista surgiu nos olhos de Eloise. "Venha, prima, vamos cavalgar em direção ao Serpentine. As jovens estarão seguras sem nós."

"Espero que sim", disse Celia com outra risada. Nada menos que três jovens cavalheiros haviam se aproximado da carruagem, todos competindo pelo menor segundo de atenção das irmãs.

Com uma mão solta nas rédeas de Truffle e a outra recolocando seu chapéu contra o vento que estava definitivamente aumentando, Celia cavalgava ao lado de Eloise.

Uma conversa estava chegando.

Os minutos e segundos estavam passando até que Eloise perguntou... "Você esteve em Ashcote Hall por... *quanto tempo?...* quase duas semanas?"

Embora a pergunta tentasse parecer indiferente, Celia a entendeu. A ponta fina de um pé de cabra destinada a abrir Celia e extrair informações.

"Sim." Ela não ia facilitar para Eloise.

"E o duque ficou em Ashcote o tempo todo?" Eloise estava falando sério.

"Não totalmente."

Era a verdade — ou quase. Ela *tinha* passado as primeiras noites, sozinha.

Assim que chegaram ao Serpentine, reduziram a velocidade das montarias até parar na margem do rio. Eloise encarou Celia diretamente. "O que vocês dois poderiam ter aprontado com todo esse tempo... *sozinhos?*"

"Entre a casa e os estábulos, Ashcote tem uma equipe de quase trinta pessoas", respondeu Celia, interpretando mal as palavras da prima — por mais certeiras que fossem. "Não estávamos *sozinhos.*"

Eloise bufou.

"O que, por favor, você está insinuando, prima?"

Eloise ergueu uma sobrancelha. "*Diga-me... prima.*"

"Você sabe que eu tenho minha operação de corridas, e agora

com o haras começando a ganhar força, fico bastante ocupada quando estou em Ashcote."

"Ah, sim, dia e *noite*, tenho certeza." Eloise parecia estar se divertindo.

Celia decidiu ignorar a ênfase dada à noite. "E Gabriel também tem muito com que se ocupar."

Eloise estudou Celia com uma expressão que comunicava puro triunfo. *"Gabriel?"*

Ah, que chatice.

Com esse *Gabriel*, Celia se entregou. Mas quando houve alguém que conseguia se esconder de Eloise? Se houvesse uma verdade, ela a descobriria.

O que Celia precisava fazer era levar a conversa adiante, pois ela realmente precisava da ajuda da prima. "De qualquer forma, o duque vai se casar."

O sorriso malicioso e cúmplice de Eloise se transformou instantaneamente em uma abundância de alegria. "Celia!" ela exclamou. "Devo lhe dar os parabéns?"

Celia engoliu uma súbita onda de emoção. "A noiva ainda não foi encontrada."

Uma carranca instantânea repuxou os cantos da boca de Eloise. "Então como você pode saber de uma coisa dessas?" Seus olhos castanhos luminosos, que trabalhavam a mente, se estreitaram. "O duque sabe de seu plano de se casar?"

Celia olhou determinadamente para as águas turvas do Serpentine. "Isso não vem ao caso."

"Então qual é o problema, Celia?"

Incapaz de encontrar o olhar da prima, ela virou Truffle em direção ao parque. Embora o dia estivesse cinzento, estava lindo ali, ao lado do Serpentine, com um gramado verdejante que se estendia até Rotten Row e um parque do outro lado do rio. Não tão selvagem quanto o que se desfrutava no campo, mas, ainda assim, um agradável refúgio da agitação londrina.

Seu olhar se fixou em uma figura feminina sentada em um

banco. Mesmo àquela distância, a dama transmitia familiaridade, embora apenas sua silhueta curvada sobre um diário, a mão rabiscando loucamente, fosse visível.

Lady Beatrix.

A mulher parecia estar em todos os lugares. Sempre fora assim? Ou será que Celia nunca a havia notado? Ela não conseguia deixar de suspeitar que fosse intenção da dama.

Celia empinou o queixo. "O que você sabe sobre Lady Beatrix St. Vincent?"

Eloise deu de ombros, indiferente. "Ela é filha única do Marquês de Lydon."

Celia sabia disso.

"Sei pouco sobre ela", continuou Eloise. "Ela é amiga íntima de Lady Artemis Keating, o que você talvez já saiba. Acho que ela é louca por corridas de cavalo, pois está sempre nas pistas. Ela pode ser uma jogadora tão perdulária quanto o pai. Dizem que esse tipo de coisa entra no sangue das famílias."

Celia balançou a cabeça, decidida. "Eu não acredito nesse tipo de fofoca. As pessoas se tornam aquilo que são." Uma crença que Celia carregava em seu íntimo.

Além disso, Lady Beatrix parecia um tipo diferente de pessoa.

Sério, ela poderia ser a pessoa perfeita...

A *noiva* perfeita.

Sua mente voltou à corrida em Great Yarmouth. Lady Beatrix era uma mulher inteligente. E, ao que parecia, obstinada. Além do primeiro lampejo de feminilidade, ela não possuía uma beleza ostentosa, mas sim uma beleza discreta, se observada com atenção.

E, no entanto, ela permanecia solteira.

"Sabe por que ela não se casou?"

"Por sua própria preferência? Ela é filha de um marquês, talvez tenha decidido que a felicidade conjugal não valia a pena fazê-la perder sua independência."

"Talvez", admitiu Celia. Sua boca se curvou para baixo em concentração enquanto sua mente fervilhava de possibilidades...

Poderia valer a pena tentar.

Embora fosse um duque, Gabriel também era dono de um antro de jogos. Ele precisaria de uma esposa nada convencional, e Lady Beatrix — filha de um marquês e uma mulher que não tinha escrúpulos em vagar sozinha pelos hipódromos em todas as corridas de cavalos disponíveis — não era uma dama convencional.

Na verdade, ela poderia ser a dama perfeita.

Celia só percebeu que suas unhas haviam cravado em suas palmas.

Encontrar uma esposa para Gabriel era o caminho certo.

Realmente, era.

Um movimento galopante capturou sua visão periférica. Wrexford, com o braço acenando freneticamente, o sorriso largo visível à luz da lua, avançava em sua direção e de Eloise.

"O conde certamente parece, hã..." Uma Eloise confusa procurou uma palavra. "*Ansioso.*"

"*Ansioso* certamente deve ser o nome do meio dele."

A cabeça de Eloise se inclinou. "Ele parece um cachorrinho superexcitado em forma de homem."

Por alguma razão inexplicável, Celia sentiu a compulsão de defendê-lo. "Posso pensar em qualidades piores em um homem."

Eloise fixou seu olhar sábio em Celia. "Você tem razão, prima."

Celia não precisou dizer mais nada para que seu ponto de vista fosse ouvido. Ela já havia experimentado *qualidades piores* em um homem, e ambas sabiam disso.

"Agora", disse Eloise, puxando as rédeas e virando seu cavalo. "Vou deixá-la com o que quer que você vá fazer com o conde."

"É um passeio inocente, prima. Só isso."

Eloise ergueu uma sobrancelha. "Melhor você avisá-lo."

Se possível, o sorriso de Wrexford só aumentava de brilho.

E Eloise foi embora.

E Celia ficou sozinha com seu sorriso de sempre como companhia.

Mas não por muito tempo.

"Duquesa", chamou Wrexford, todo sorrisos — *ansiosos.* "Você veio." Ele parecia igualmente surpreso e encantado.

Celia achou doce o alívio dele. "Eu vim." Ela procurou em sua mente algo para dizer àquele jovem conde a quem não tinha nada a dizer. "Não era o melhor momento para isso."

O clima inglês sempre era confiável em momentos de aperto de conversa.

Ele olhou para o manto de nuvens baixas acima de suas cabeças com completa surpresa. "Eu não tinha notado."

De repente, Celia entendeu algo sobre aquele jovem conde de Wrexford. Ele não teria notado. Um dia cinzento não teria efeito sobre ele, pois ele sempre carregava um pouco de sol dentro de si.

Celia não conseguiu evitar se aproximar dele. "Você costuma passear pela Rotten Row?"

"Eu tento passear três tardes por semana, mas pode ser difícil com todos os outros convites e outras coisas." Ele disse as palavras com uma seriedade absoluta e sem ironia.

É claro que socializar era a ocupação do conde, e assim era para a maior parte da *alta sociedade* — e tudo com a única intenção de se exibirem em diversos locais, fosse em Rotten Row, no Almack's Assembly Rooms, em um musical ou em um baile. Era tudo a mesma coisa.

E como tudo era exaustivamente tedioso.

"O que mais ocupa seu tempo?" Ela sinceramente queria saber. Suspeitava que uma boa meia hora por dia fosse gasta no intrincado nó da gravata dele.

"Ah, as atividades de sempre", ele disse, descontraído e despreocupado.

Embora Celia estivesse inclinada a gostar de Wrexford até certo ponto, ele não parecia ter muita substância para ele enquanto cavalgaram lado a lado, despreocupados, até a reta principal de Rotten Row, onde seriam vistos cavalgando juntos — um sinal claro para a sociedade de que um possível namoro poderia estar em andamento.

Como viúva, a reputação de Celia não corria perigo se nada acontecesse — o que, claro, não aconteceria. A reputação de Wrexford, no entanto, só aumentaria como um jovem bonitão ao ser visto com a Duquesa Viúva de Acaster, ela compreendeu com fria clareza. Afinal, esse era seu principal valor para o sexo oposto.

Sem ser convidada, uma lembrança lhe veio à mente...

De cavalgar ao lado de um homem diferente...

Gabriel.

Aquela cavalgada não fora para se exibir.

Aqueles cinco dias em Ashcote foram apenas para eles.

Gabriel não era o tipo de homem interessado em provar seu status à sociedade.

Uma dor reprimida a percorreu, instalando-se como um nó pesado no centro do peito.

Ela respirou fundo uma vez, depois outra, na tentativa de soltá-la.

Como sempre, sem sucesso.

Ela concentrou sua atenção no homem ao seu lado — *Wrexford.*

Ele não era um sujeito ruim.

Além disso, existia a possibilidade de o próprio conde considerar aquele passeio como parte de um namoro. Ela poderia não ser simplesmente o capricho de um homem mais jovem, a sinceridade dos olhos dele dizia isso.

Ela teria que ter cuidado com ele.

À distância, uma figura a cavalo apareceu na trilha — uma figura familiar.

O coração de Celia saltou em seu peito, mesmo enquanto ela tentava afastar a aparição com um piscar de olhos.

No entanto, a figura permaneceu — aproximou-se, na verdade.

Um leve brilho de suor percorreu seu corpo e as pontas de suas orelhas ficaram quentes. Ela não teria imaginado encontrar essa figura cavalgando em Rotten Row nem em uma eternidade de anos.

Gabriel.

Como se seus pensamentos e dores tivessem o poder de conjurá-lo.

Honestamente, ele era um péssimo cavaleiro. Não conseguia se sentar de outra forma que não fosse extremamente todo torto na sela.

Uma sensação se expandiu em seu peito.

O sentimento que ela vinha reprimindo desde que o perdera de vista em Great Yarmouth, agora escapava de seus limites.

Gabriel, com sua aversão instintiva a cavalgar, estava escolhendo montar um cavalo — *de um modo terrível* — um homem acostumado a ser o melhor em tudo o que se propusesse a fazer.

No entanto, ele estava aqui.

E Celia não conseguia deixar de pensar que ele estava aqui por ela.

Uma emoção repentina a percorreu, mesmo enquanto um sorriso de alegria se contorcia em seus lábios.

Ela se conteve imediatamente. Sorrisos emocionados não serviriam nas circunstâncias atuais.

Então, ela tomou a única atitude lógica e colocou uma carranca em seu rosto.

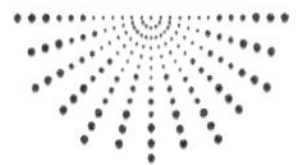

CAPÍTULO VINTE E UM

Gabriel se sentia um completo idiota.

Ele... aqui... em Rotten Row... numa hora da moda...

No entanto, ele não conseguira se conter.

Ah, isso foi um grande autoengano, não foi?

Na verdade, *ele... aqui... em Rotten Row... numa hora da moda...* era um ato premeditado.

Com pleno conhecimento do passeio de Celia com Wrexford na quinta-feira, Gabriel havia conseguido aulas de equitação para si mesmo nas últimas três manhãs. E elas funcionaram — até certo ponto. Ele ainda não gostava, mas era, pelo menos, competente o suficiente para se manter sentado e dar instruções ao cavalo. O mais surpreendente era que o cavalo obedecia.

Ainda assim, levara uma eternidade para viajar de seu estábulo até Hyde Park, já que ele fizera o cavalo andar por toda essa distância. Não foram poucos carroceiros que expressaram sua frustração com o ritmo lento de Gabriel, como o de uma tartaruga.

À frente, Celia e Wrexford o observavam se aproximar. Wrexford parecia o mesmo de sempre, sorridente e terrivelmente alegre.

Quanto a Celia... Bem, ela estava linda como sempre, com um traje de montaria cinza com detalhes em rosa-claro. Celia sempre tinha um toque de rosa em seu corpo.

Mas, à medida que Gabriel se aproximava, suportando os olhares de outros membros da *alta sociedade* que só agora estavam avistando o novo Duque de Acaster, ele notou uma leve linha vertical entre as sobrancelhas de Celia. Ela se perguntava o que diabos ele estaria fazendo ali... a cavalo... naquele dia... naquele exato momento — o mesmo dia e hora que ele ouvira ela e Wrexford combinarem.

É claro que Gabriel sabia que o motivo que ele repetira para si mesmo — que estava ali apenas para ver como Saskia e Viveca se saíam — não resistiria a um exame mais atento.

Nem mesmo o seu próprio.

Não quando ele não demonstrava o mínimo interesse em trazer suas irmãs para a sociedade — sua principal preocupação era o fim, não os meios.

"Acaster", gritou Wrexford, seu sorriso saudável e caloroso não vacilando nem um pouco. O homem realmente tinha um ar de bondade.

Era uma pena que Gabriel não suportasse vê-lo.

Celia, por outro lado, havia deixado de sorrir. *Ótimo.* Se ela não ia lhe dar seu sorriso genuíno — aquele que ele lhe arrancara inúmeras vezes e de diversas maneiras durante seu idílio de cinco dias em Ashcote Hall — ele preferia suportar sua carranca irritada. "Duque" foi tudo o que ela lhe concedeu como forma de saudação — mesmo enquanto ele a incentivava com seu olhar firme a lhe conceder mais

"Vamos tomar o ar da tarde", ofereceu-se Wrexford.

Gabriel desviou o olhar do perfil teimoso de Celia e o fixou em Wrexford, um substituto medíocre. "E como você acha o ar?" ele perguntou. "Respirável?" Ele sempre achara o termo *"tomar o ar"* bobo.

Wrexford riu, desviando facilmente qualquer indício de insulto. "Extremamente."

"E o que *você* está fazendo aqui, Vossa Graça?" Não havia como negar a irritação de Celia. "Pelo que eu entendi você não gosta de cavalgar."

"Estou começando a me importar com isso." Uma mentira descarada, e ambos sabiam disso. "Estou começando a me importar com muitas coisas."

Não era mentira.

Ela piscou.

Ele a pegou de surpresa.

Excelente.

"Que bom ouvir isso, Acaster", exclamou Wrexford. "Afinal, você é um de nós agora."

Um de nós.

Gabriel não se importava com essas bobagens, exceto por um motivo: tornar-se um de nós o levara até Celia.

Wrexford e todos os outros podiam se danar.

Gabriel, no entanto, estava apenas começando com o conde. "Em Great Yarmouth", ele disse, "você mencionou interesse em adquirir um cavalo do haras de Ashcote."

O olhar de Wrexford mudou, e ele pareceu nitidamente... inquieto. "É, verdade", ele disse, "por assim dizer." As pontas das orelhas do homem estavam vermelhas.

"Agora que você teve alguns dias para refletir, já decidiu quais características físicas e de personalidade deseja selecionar?" Após um momento de hesitação, Gabriel sentiu pena do homem. "Quatro patas, suponho."

Uma risada aliviada escapou de Wrexford. "Com certeza quatro."

"E a cor?"

"Eu não tinha —"

"Deixe-me ajudá-lo", disse Gabriel. "As cores predominantes

para puro-sangue inglês são baio, marrom, preto, castanho e cinza."

Wrexford assentiu com uma decisão hesitante. "A última." Ele ofereceu a Celia um sorriso trêmulo. "Cinza."

"Ah, mas aí você não vai ter sorte nos estábulos de Ashcote", disse Gabriel, desculpando-se — de jeito nenhum.

"Não vou?"

"De fato."

Essa era a outra maneira que Gabriel ocupara seu tempo nos últimos três dias: ele estivera estudando a história dos puros-sangues e as práticas de criação de um haras. Era realmente fascinante — e estava claro que Wrexford permanecia lamentavelmente ignorante sobre tudo relacionado a *cavalos.*

"A tonalidade cinza vem do Árabe Alcock, e o estábulo de Ashcote não tem nada dessa linhagem única."

"Ah, claro, claro", disse Wrexford, parecendo um homem boiando na água.

Quanto a Celia, ela observou a conversa em silêncio, seu rosto não revelando nenhum de seus pensamentos, exceto pela leve contração da boca.

"Falando em linhagem", continuou Gabriel por algum maldito motivo.

Ele havia provado seu ponto. Wrexford não sabia nada sobre cavalos, e Gabriel o havia denunciado como uma fraude. O homem havia sido derrotado em uma conversa.

Mas, para algo dentro de Gabriel, não era o suficiente para derrotá-lo.

Ele precisava vencê-lo.

"Você sabe de qual linhagem paterna você gostaria que seu puro-sangue descendesse?" Uma pergunta simples... enganosamente.

"Bem, com tantas para escolher..." começou Wrexford.

"São três", afirmou Gabriel.

Um ritmo desconfortável de tempo passou.

"Certo", disse Wrexford, lentamente.

"Se você está interessado na linhagem mais antiga, então o Byerley Turk será o macho que você está procurando."

Wrexford engoliu em seco. "Você tem razão."

"Se você está procurando a linhagem que gerou Flying Childers e Eclipse, então será o Darley Arabian."

"Ah, sim." Wrexford assentiu com alguma decisão. "Quem não gostaria de ter descendentes desses ilustres antepassados?"

"Quem, mesmo? Mas, como um esportista, uma linhagem com uma boa história pode chamar sua atenção — que seria o Godolphin Arabian. Parido no Iêmen em 1724, ele foi enviado para Túnis." Gabriel estava começando a soar como um livro de história que ganhou vida, mas ele não conseguia se conter. "Ele foi dado como presente do Bey [1] ao Rei Luís XV da França. Então, sua história se torna um pouco nebulosa. Ninguém sabe como ele chegou às mãos de um certo Sr. Edward Coke, de Derbyshire. Ou ele foi vendido, ou, de uma forma mais pitoresca, encontrado pelo Sr. Coke entre os eixos de uma carroça de água em Paris. Ambas as histórias são difíceis de comprovar."

"*Certo.*" Por um momento, Wrexford pareceu não saber mais o que dizer. "É, bem, tudo parece bom para mim", concluiu com sua boa vontade de sempre.

Uma consideração fez Gabriel franzir a testa. De fato, ele estava superando Wrexford para Celia ver, mas...

Possivelmente, era ele quem não estava se saindo bem.

O franzir irritado das sobrancelhas de Celia lhe dizia isso.

Wrexford podia ser exposto como o idiota vazio que era, mas — e a ironia não passou despercebida por Gabriel, dada a situação em questão — poderia ser ele quem parecesse o imbecil.

E, no entanto, sabendo disso, ele não conseguia parar... "Você já pensou na linhagem das éguas?"

---

1. Bey : era um título nobiliárquico usado por governantes em territórios do antigo Império Otomano.

"Não." O pânico retornou aos olhos de Wrexford. "Eu devo?"

"Só importa se você exigir que as éguas sejam árabes. Nesse caso, você vai querer um cavalo da linhagem Darley e a decisão já está tomada por você."

"Bem, aí está." O sorriso radiante de Wrexford demonstrava um alívio considerável. "Esse será o puro-sangue para mim."

"Uma palavra interessante — *puro-sangue*", disse Gabriel. "Foi cunhada por Lorde Bristol em 1713 para cavalos que —"

"Vossa Graça", interrompeu Celia, suave e abruptamente.

Em vez de ficar impressionado com todo o conhecimento recém-adquirido, Gabriel suspeitou que ela... *não estivesse*.

"Não gostaria de se juntar às suas irmãs para o resto do passeio?" ela continuou. "Acredito que elas ficariam muito felizes em vê-lo."

E foi isso que desanimou Gabriel.

A implicação era, é claro, que ele não era fonte de prazer para a companhia presente.

Certo.

Não havia nada a fazer.

Ele havia sido dispensado.

"Claro", ele disse direcionando uma breve inclinação do chapéu para Celia. Ele se virou. "Wrexford."

O conde respondeu timidamente: "Adeus, meu velho", embora não tivesse nada do que se desculpar, e os dois estavam a caminho.

Gabriel não conseguia deixar de olhar para as costas deles enquanto cavalgavam. Embora sentada de lado em sua montaria, Celia parecia completamente à vontade, uma elegância nas curvas de seu corpo. Assim como Wrexford parecia ter total controle sobre seu animal. Claro que sim. O homem era um conde. Ele gostaria de ter aprendido a cavalgar antes de aprender a andar.

E lá estava Gabriel, abandonado com uma mente que só pensava em fumegar e ferver. De que modo idiota ele havia agido. Em vez de progredir com Celia, ele havia recuado vários passos.

"Siren!"

Gabriel se virou e viu uma figura cavalgando em sua direção. Blake Deverill. Um homem tão deslocado na sociedade quanto ele. Mas enquanto Gabriel teve seu status elevado imposto a ele, Deverill estava usando todos os recursos à sua disposição para impor seu caminho.

Gabriel não entendia aquele impulso particular naquele homem. Ambição, ele entendia. Deverill havia feito de seu negócio um sucesso. Além dos seus sonhos mais loucos, Gabriel teria imaginado. No entanto, ele estava tentando se tornar parte da *alta sociedade,* um mundo que nunca o aceitaria de verdade — tudo porque ele tinha o sangue errado correndo em suas veias e o sotaque errado saindo de sua boca.

E Gabriel, por mais improvável que fosse, tinha o sangue certo.

No entanto, ele atendia pelo nome de *Siren*. Ainda parecia seu nome verdadeiro.

Como o verdadeiro ele.

"Deverill", disse Gabriel assim que estavam a uma distância que permitisse conversar — uma distância superada por Deverill, que parecia um cavaleiro bastante habilidoso.

Será que todos na Inglaterra sabiam cavalgar, exceto ele?

"Não imaginei que o encontraria aqui", disse Deverill com seu forte sotaque de Yorkshire, com um toque de irlandês. "Pensando bem, eu já o vi fora do The Archangel?"

"Duvido."

"E agora você é um duque e está aqui em Rotten Row como qualquer outro dândi elegante."

Como se Gabriel já não estivesse desconfortável em seu assento, ele se contorceu. "Algo assim."

Deverill olhou ao redor e assobiou baixinho. "Conseguimos subir na vida, nós dois." Seu olhar se estreitou. "Trabalho duro para alguns e um acidente de nascença para outros." Ele balançou a cabeça, maravilhado. "E agora você é um deles. Não é mesmo, Acaster?"

O impulso de explicar tomou conta de Gabriel, embora ele não devesse nada a Deverill. Interesses comerciais mútuos os uniam, só isso. "Ser um duque dá muito mais trabalho do que se imagina, se alguém decide se envolver nisso."

"O que a maioria não faz", zombou Deverill. "Você bem sabe disso, considerando os clientes do The Archangel."

Gabriel assentiu em concordância.

Um sorriso se abriu no rosto de Deverill. "Eles me chamam de Lorde Diabo."

Com os cabelos negros de Deverill, os olhos azuis penetrantes e a intensidade de seu propósito, eles o fariam. "Eles gostam dos apelidos."

Deverill soltou uma risadinha. "Eles começaram a te chamar de Duque do Vício."

"Eu não tinha ouvido essa."

"Bem, eles não diriam isso na sua cara, diriam?" Ele inclinou a cabeça. "Mas você, Siren, ainda é só negócios, certo?"

Embora disfarçada como uma brincadeira leve, era uma pergunta extremamente séria vinda de um sócio. Deverill estava começando a se identificar com o novo Duque de Acaster.

Gabriel quase falou por reflexo, *é claro*, e algumas semanas atrás, ele teria falado, mas agora não podia. Os últimos dias de sua vida não tinham sido sobre negócios, de forma alguma. Mas sim sobre...

Celia.

Certamente, ele havia lidado com negócios — entre cavalgadas e aulas de história dos puros-sangues —, mas esse não era o motivo para ele sair da cama de manhã. O primeiro pensamento em sua mente ao acordar não eram mais números e como ele usaria o dia para aumentá-los na forma de libras.

Era uma forma diferente que preenchia sua mente.

Celia.

E nada disso podia ser dito ao homem à sua frente.

Então, eles falariam sobre negócios. Ali, eles poderiam mergulhar em uma conversa e falar como iguais em uma língua que ambos entendiam.

"Os motores estão prontos para exportação?"

Deverill assentiu firmemente. "Eles estão sendo transportados para as docas nesse momento e partirão para a França dentro de duas semanas."

Deverill era um exemplo do tipo de empreendimento comercial favorito de Gabriel. A visão para enxergar uma necessidade no mercado e o conhecimento para atendê-la.

No caso de Deverill, eram as máquinas a vapor. Durante décadas, as máquinas só foram úteis em minas de carvão, pois era ali que se encontrava o combustível para alimentar as enormes máquinas. Mas Deverill entendeu que, se as máquinas a vapor pudessem ser mais eficientes no consumo de carvão, poderiam ser úteis em uma miríade de indústrias, pois não precisariam estar perto de uma mina de carvão para operar. Então, ele se pôs a trabalhar no aprimoramento da engenharia e na obtenção do financiamento, que foi onde Gabriel entrou na equação — e que bela quantia seu investimento começara a render sem dar sinais de parar.

Quando dois cavaleiros se aproximaram — um lorde e sua elegante dama — não com a intenção de se encontrarem, mas de passarem, Gabriel e Deverill afastaram suas montarias da trilha. Gabriel reconheceu o lorde como o Conde de Bridgewater, um homem dado a apostas e jogos de azar em todas as suas formas, uma atividade que o mantinha dentro das quatro paredes do The Archangel algumas noites por semana, além de seus outros pontos de jogo espalhados pela cidade.

A dama montada em uma altiva montaria branca ao seu lado seria sua *nova* condessa. Sua *jovem* condessa. Com a pele permanentemente avermelhada de um homem dado à bebida e há muito passado do auge da juventude, Gabriel colocaria o conde na faixa dos cinquenta e poucos anos. Considerando que sua condessa era uns bons trinta anos mais nova, ela não teria mais do que vinte e cinco anos. Gabriel não sabia nada sobre ela, exceto o que podia ver com os próprios olhos agora. Com seus cabelos iluminados pelo sol, olhos brilhantes e sorriso vivaz, ela era uma beldade — do tipo que um conde envelhecido faria dela sua condessa.

Eles não pararam enquanto passavam a galope, o conde direcionando um aceno para Gabriel e a condessa acenando para uma dama a uns vinte metros de distância.

Gabriel olhou para Deverill, pronto para retomar a conversa, mas o comportamento do outro homem havia se alterado completamente enquanto ele encarava as costas do conde e da condessa. Deverill sempre teve uma vantagem sobre ele. Ele não era um homem com quem se pudesse relaxar, mas agora a vantagem parecia afiada como uma lâmina de barbear — e sua expressão sugeria um mau humor sombrio que poderia rivalizar com o céu acima.

Sem dizer mais nada, lançou um grunhido de despedida para Gabriel e galopou na direção oposta.

Existia uma história entre Deverill e Bridgewater, uma história que Gabriel se contentava em deixar para eles. Embora não pudesse deixar de se perguntar...

Talvez não fosse Bridgewater, de jeito nenhum.

Talvez fosse a condessa.

Tinha a ver com a rapidez e a intensidade do mau humor de Deverill.

Pois se a história recente não havia ensinado nada a Gabriel, era que nada poderia provocar um mau humor repentino e intenso em um homem como uma mulher.

Sozinho e incapaz de encarar uma tarde de mais gentilezas, Gabriel apertou levemente os joelhos e conduziu sua montaria em direção a Park Lane. Ele ia para casa.

Mas não a cavalo.

Ele desceu da montaria e pegou as rédeas, liderando o caminho a pé. Se alguns olhares questionadores e sobrancelhas erguidas o atingiram, ele não lhes deu atenção. Preferia passar a tarde com números. Eram claros e previsíveis.

Muito diferente de sua vida desde que Celia entrou nela.

Celia...

Vê-la com Wrexford...

Gabriel não conseguia entender por que ela estava permitindo o flerte.

Então, o céu escuro que prometera chuva o dia todo se abriu e encharcou Gabriel até os ossos em cinco segundos.

CAPÍTULO VINTE E DOIS

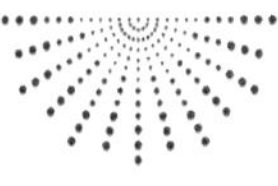

DE NOITE

Normalmente, Celia adorava uma noite chuvosa.

Mas, nessa noite chuvosa, sua cabeça se recusava a se acomodar no travesseiro para dormir, movendo-se para um lado e para o outro, sem conseguir encontrar uma posição de descanso que oferecesse o esquecimento de um sono acalmado pela chuva.

Simplesmente, sua mente estava agitada desde o passeio a Rotten Row.

Desde que vira Gabriel, tão lindo e desajeitado em sua montaria.

Seu coração possivelmente se encheu de alegria.

Ela o desejava.

Um desejo que consumia sua mente e seu corpo.

Por que ela não podia desejar Wrexford?

Ele era um candidato eminentemente melhor para o desejo — e, possivelmente, ela poderia tê-lo se fizesse o mínimo esforço. Afinal, ele era um conde, que um dia seria marquês. Ele tinha dinheiro e interesse em seu haras.

Wrexford tinha potencial.

Ele poderia ser a resposta dela para um futuro seguro.

Terminada a luta com o travesseiro em busca de conforto, Celia afastou a colcha e balançou as pernas para fora da cama. Vestindo um robe sobre a camisola de dormir, foi até a biblioteca. Quando dividia a mansão com o falecido marido, era o único cômodo que tinha certeza de que não o encontraria. Os criados sempre deixavam a lareira acesa quando ela estava em casa.

Ela nunca fora muito de ler antes do casamento, mas encontrava consolo nos livros durante as longas noites sem dormir. Sempre escolhia um livro aleatoriamente. Foi assim que acabou lendo uma peça grega aqui e um tratado sobre economia capitalista ali. Aprendera um pouco sobre botânica com o compêndio de Humboldt [1] e um pouco sobre a Inglaterra da Rainha Elizabeth com as peças de Shakespeare. Não era intelectual nem especialmente erudita, mas gostava dessas incursões noturnas na biblioteca. Era a única coisa de que gostava em Londres.

O suave brilho alaranjado ao redor das frestas da porta entreaberta não a alertou para outra presença na sala. Na verdade, foi a grande figura sentada à imponente escrivaninha de carvalho, concentrada em um livro-razão, pena na mão.

Gabriel.

Como de costume, a juventude dele a impressionava. Vinte e quatro anos. Seis anos mais jovem que ela. Tão jovem e ainda assim...

Não.

Mais uma vez, ela sentiu aquela atração — *desejo*.

Ela não deveria ter retornado à mansão em St. James Square. Sim, ela precisava deixar a casa de Eloise antes que ficasse tempo demais e abusasse de sua hospitalidade, mas poderia ter ido para

---

1. Friedrich Wilhelm Heinrich Alexander von Humboldt, o Barão de Humboldt, mais conhecido como Alexander von Humboldt, foi um geógrafo, polímata (alguém que detém um grande conhecimento em diversos assuntos) , naturalista, explorador e proponente da filosofia romântica prussiano.

um hotel. O Mivart's [2] teria sido uma opção perfeitamente adequada.

Seu retorno seguro ali fora pura ilusão... Ilusão de que ela poderia ficar alojada sob o mesmo teto que Gabriel.

Ela deveria correr de volta para o quarto antes que ele sentisse sua presença, jogar os itens essenciais em uma mala e fugir daquela mansão.

Ela não estava segura.

E ainda assim... ela pigarreou — e chamou a atenção dele.

Ele se virou na cadeira e encontrou o olhar dela — como ela sabia que faria, deixando seus pés sem escolha a não ser entrar completamente no cômodo. "Vejo que você descobriu a biblioteca", ela disse, sua mente buscando desesperadamente algo para dizer. O óbvio serviria em caso de emergência.

"É o melhor cômodo da casa."

Ele perceberia isso.

Ela deveria encontrar o caminho até as prateleiras, escolher um livro aleatoriamente e fugir sem dizer mais nada. No pouco tempo em que se conheciam, muita história havia se acumulado entre eles.

Não precisa ser história, insistiu uma voz sombria.

E foi essa parte sombria de si mesma que a fez entrar mais fundo no cômodo e dizer: "Você parece estar se esforçando."

"Notas para o baile." Ele ergueu uma folha de papel. "Vamos ter vinte dúzias de rosas cor-de-rosa e três vasos de flores?"

Celia estendeu a mão e arrancou a nota da mão dele. Ela deu uma olhada rápida para verificar se tudo estava em ordem e, em

---

2. O Claridge's tem suas origens no Mivart's Hotel, fundado em 1812 em uma casa geminada convencional de Londres e que cresceu expandindo-se para casas vizinhas. Em 1854, o hotel foi vendido para William e Marianne Claridge, que possuíam um hotel menor ao lado. Eles combinaram os dois hotéis e, depois de negociarem por um tempo como "Mivart's late Claridge's", decidiram pelo nome atual.

seguida, pousou-o, satisfeita. Ela encontrou seu olhar perplexo. "Você é um duque, e rico. Temos boas expectativas para o baile."

Ele revirou os olhos, sem se convencer.

Ela bateu o dedo indicador na mesa de carvalho maciço. "As flores não serão nada perto da conta do champanhe."

"Espero a conta ansiosamente." Ele poderia ser a resposta dela para um futuro seguro.

Um sorriso surgiu em sua boca. Não conseguiu se conter. O homem era tão... *responsável.*

Que qualidade atraente.

"É possível que você seja o único duque financeiramente solvente na história dos duques."

Ele bufou.

O livro-razão aberto mais próximo chamou sua atenção. Muitos números em fileiras verticais. Ela nunca tinha visto a letra de Gabriel antes. Claro, sua letra era elegante e meticulosa. "Isso é da sua empresa?"

Ele se recostou na cadeira. "As vendas de ingressos do ano até agora para a Corrida do Século."

Uma pergunta que a incomodava há muito tempo se apresentou. "Como você se envolveu em tal empreendimento?"

Ele deu de ombros levemente. "O Duque de Richmond me abordou com a ideia."

"Mas..." Ah, como dizer isso sem soar superior. "Você não é o tipo de pessoa que gosta muito de cavalos."

Isso provocou um leve sorriso. "Apesar da minha falta de habilidade com cavalos, eu entendo um pouco de números, e é por isso que a parceria funciona. Richmond tem todos os contatos para o local, fornecedores e coisas do tipo, e eu tenho experiência com finanças e promoção." Ele bateu no livro-razão. "E eu mesmo faço o balanço."

"Você nunca deixaria outro homem fazer o balanço dos seus negócios, deixaria?"

"Nunca."

Uma gota de suor pinicou a pele de Celia. Ela não tinha certeza se ainda estavam falando sobre negócios. Parecia haver uma conversa por trás dessa conversa — uma que a fez tremer um pouco.

Ela engoliu em seco e tentou se livrar daquele voo de fantasia. "Você não costuma fazer esse trabalho no The Archangel?"

Ele assentiu lentamente. "Sim, mas..."

"Mas?"

"Decidi me desligar do clube."

Inesperada, aquela resposta. "Por quê? Porque você é um duque agora?"

"Não e sim", disse ele após uma longa pausa. "Não é por eu ser um duque. É por conta de tudo que vem com ser um duque, particularmente o Duque de Acaster. Há muito trabalho a ser feito para reabilitar as terras e as finanças."

Ele não pareceu nem um pouco intimidado pela perspectiva. Na verdade, ela achou que era uma tarefa que ele apreciaria.

O que deixou Celia com uma pergunta que ela tinha medo de fazer —, mas uma pergunta que ela *precisava* fazer.

A ideia dessa pergunta a deixou definitivamente trêmula.

"Você não está pensando em vender todas as propriedades não vinculadas pertencentes ao ducado?"

Seu olhar permaneceu fixo no dela. "Decidi uma abordagem diferente."

O coração de Celia se tornou um cavalo de corrida em seu peito. Aqui estava outra pergunta que ela precisava fazer... "Você não vai vender Ashcote?"

Ele balançou a cabeça. "Depois de analisar todas as finanças, acredito que estará no azul em dois anos. Seu empreendimento é um bom investimento."

Celia levou um momento para assimilar aquelas palavras.

Um bom investimento...

Ela.

A ideia desafiava a credibilidade.

Ninguém havia dito ou pensado tanto sobre ela em toda a sua vida — incluindo ela mesma.

"Você se tornará o duque mais poderoso da *alta sociedade*, se não tomar cuidado."

Este jovem com sua ambição, talento e cérebro superior estava absolutamente destinado a se tornar o duque mais poderoso da Inglaterra.

Dê-lhe dez anos e ele seria uma glória.

"Para o duque que você está prestes a se tornar, você precisará de uma duquesa, é claro."

Sua cabeça se inclinou, seu olhar aumentando de intensidade. "Eu vou?"

Ela assentiu, mesmo enquanto um abismo se abria dentro dela. "Você precisará de um herdeiro."

"Eu não me importo com herdeiros."

Celia não deixaria isso passar — ela não podia. "Que tipo de noiva você está procurando?"

Ele se levantou — com seus quase dois metros de altura se elevando acima dela. Ela teve que inclinar a cabeça para trás para sustentar o olhar ardente dele. "Eu não quero uma noiva", disse ele. "Eu quero..."

A respiração de Celia congelou no peito. Ela poderia nunca mais respirar.

Eram as duas palavras que ele havia dito.

Eu... quero...

E a que ele não dissera.

Aquela que fazia seu coração disparar.

Aquela que cada fibra do seu ser ansiava por ouvir.

Você.

Uma palavra impossível.

"Você é um ingênuo, Duque."

Ela brandiu as palavras como uma arma. Não contra ele — embora ele não soubesse disso —, mas contra o próprio desejo.

"*Ingênuo*", ele repetiu, e seus olhos se estreitaram. "Isso é mais uma maneira de dizer que sou jovem? Pensei que já tivéssemos encerrado esse assunto."

Literalmente, mas ela não diria.

O que só aumentava sua determinação de não ceder um centímetro sequer. "Se você acha que a *alta sociedade* permitirá que você permaneça solteiro por muito tempo, vai ter um rude despertar."

"Não posso ser forçado a me casar."

Onde o terreno da conversa estivera instável sob seus pés apenas algum segundo antes agora se tornava mais firme. "Mas será que você não pode?" ela perguntou.

Ele permaneceu em silêncio. Esperava que ela respondesse à própria pergunta.

"Você é rico, bonito, tem um título e é honrado", ela explicou. "É essa última qualidade que usarão contra você, se não encontrar uma noiva por conta própria."

Ele ergueu uma sobrancelha cética. "Como minha honra pode ser usada contra mim?"

Ah, esse homem tinha tanto a aprender... "Você será pego em uma situação comprometedora."

"Ah, mas eu não serei."

Ele tinha uma certeza tão ingênua.

"Será meticulosamente planejado", ela continuou, como se ele não tivesse falado. "Você se verá sozinho — em algum lugar privado, em um lugar público — e uma jovem perfeitamente adorável aparecerá. Ela estará perdida e igualmente risonha e impressionada com a presença de um duque. Talvez o pé dela prenda em uma raiz, e você a segure galantemente, para que ela não caia. Naquele exato momento — com ela em seus braços — a mãe dela estará passando com uma testemunha cuidadosamente selecionada, de preferência uma fofoqueira conhecida." Celia deu de ombros. "É apenas um cenário, mas um baile seria o cenário provável."

Gabriel bufou. "Pura fantasia."

Mas Celia não tinha terminado. "E é assim que você ficará noivo, pois a mãe e o pai da jovem não vão aceitar que a filha seja desonrada pelo Duque do Vício, e se tiverem que tolerar que ele se torne parte da família, que assim seja. Eles farão isso com tolerância, enquanto secretamente vão se parabenizar um com o outro."

"Você parece saber muito sobre esses acontecimentos."

Ela deu de ombros, irônica. "*Acontecimentos* como esse acontecem o tempo todo, Vossa Graça. Não são apenas suas irmãs que precisam estar preparadas para entrar na *alta sociedade*. O senhor também. Então, vou repetir. O senhor precisa de uma noiva, duque."

Enquanto falava, ela se aproximou para ficar diante da lareira. Gabriel se juntou a ela na outra ponta, o suave brilho alaranjado da lareira entre eles.

"Então", ela começou com um propósito renovado, "que tipo de noiva o senhor está procurando?"

Ele apoiou um ombro na lareira e cruzou os braços sobre o peito. Os olhos dele tinham um brilho específico — de... *desafio*. E algo mais também — *determinação*.

Um tremor a percorreu.

"Inteligente", ele falou, finalmente.

Ela assentiu. "Eu esperava que essa fosse a primeira coisa que você dissesse."

"Atraente."

Ela bufou. "Claro. Você é um homem."

"Talentosa."

"Há muitas mulheres talentosas no mundo."

"Conhecedora de cavalos e de corridas."

Ah. Celia sentiu a boca se curvar em um sorriso que continha uma dose considerável de triunfo. Finalmente, ele havia se deixado levar. "Exatamente o que eu pensava."

Uma ruga se formou entre as sobrancelhas dele. "Era o que você pensava?"

"Eu conheço uma mulher como você descreveu."

"Você conhece?"

Celia abriu bem as mãos, como um mágico prestes a revelar seu último e mais espetacular truque de todos. "Você descreveu Lady Beatrix St. Vincent perfeitamente."

Ele piscou. "Sim?"

"De fato."

CAPÍTULO VINTE E TRÊS

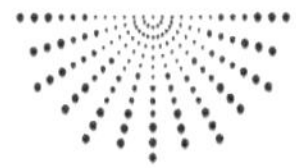

*D*ez tipos de descrença percorreram Gabriel.

De fato.

Se essa era a conclusão a que Celia havia chegado, ele tinha muito trabalho pela frente.

Mas quando ele já tinha se esquivado de um teste de vontade?

"Apaixonada."

Ele lançou a palavra como um desafio.

O sorriso dela vacilou. "Nas generalidades iniciais do início do namoro, essa poderia ser uma informação difícil de obter."

"Seu charme não seria simplesmente exterior." Ele deu um passo à frente. "Ela seria dona de uma beleza interior que só deixa alguns sortudos ver, porque a torna vulnerável demais para aqueles que a decepcionam."

"Mais uma vez", ela começou, com a voz rouca, "não sei como você pode saber disso logo de cara."

A mulher era teimosa, isso era um fato.

Chegara a hora de apagar todas as dúvidas sobre com quem ele falava... "Com olhos da cor do sol brilhando através do mel."

Ela piscou àqueles olhos âmbar mel, os lábios entreabertos, a respiração ofegante.

Então, era assim que era seduzir uma mulher.

Ele podia se acostumar.

Ele deu mais um passo para mais perto — tão perto que podia estender a mão e tocá-la.

Ainda não.

"Com cabelos negros que chegam à base das costas e roçam o topo do bumbum exuberante e perfeito quando sua cabeça se arqueia de prazer."

Celia engoliu em seco. Ele apostaria até o último centavo que a boca dela estava desesperadamente seca.

"E quando ela grita em êxtase, há um som que ela emite, preso entre um suspiro e um gemido. Meu pênis fica duro só de pensar."

"Eu... eu... eu não tenho certeza se você deveria dizer isso a uma dama que está cortejando."

O fogo crepitava na lareira. "Não deveria?"

Ele estava tão perto que ela teve que inclinar a cabeça para trás para encontrar seu olhar, expondo a elegante extensão de seu pescoço. Era tudo o que ele conseguia fazer para não pressionar a boca contra aquela carne delicada.

Ainda não.

"Essa é uma lista bem específica", ela disse quase num sussurro, tão completamente que sua respiração a abandonou.

"Sério, acho que só existe uma mulher que se encaixa."

"Ah, é?"

Incapaz de não tocar em alguma parte dela, ele estendeu a mão e roçou a ponta do polegar pelo lábio inferior entreaberto dela. *Macio... carnudo... convidativo...*

Ele inclinou a cabeça e substituiu o polegar pela boca, a umidade quente de suas respirações se misturando, sua língua deslizando por aquele lábio convidativo. Ela soltou um suspiro enquanto se inclinava para frente, os braços estendidos para cima, dedos femininos entrelaçando-se nos cabelos da nuca dele, causando arrepios em sua pele. O desejo reprimido tomou conta do momento quando a mão dele encontrou a parte inferior das costas dela e a puxou para si, o corpo dela firmemente contra o dele enquanto ele aprofundava o beijo em um ato carnal, girando-os de modo que a pressionasse contra a parede ao lado da lareira. O corpo dele contra o dela, a mão dele deslizou para baixo, para o traseiro exuberante dela, apertando-a enquanto a puxava firmemente contra si.

Uma mão soltou o pescoço dele, e dedos leves percorreram sua bochecha com a barba por fazer. Ela se afastou, o suficiente para interromper o beijo, a ponta do polegar substituindo sua boca enquanto ela o deslizava pelo lábio inferior dele. Sua outra mão encontrou a dele, dedos finos entrelaçando-se nos maiores. "Venha comigo." Então, ela deslizou para o lado ao longo da parede e o conduziu para fora da biblioteca.

Na soleira, ele fez menção de ir para a esquerda, mas encontrou resistência. Os olhos dela encontraram os dele por cima do ombro, e ela balançou a cabeça.

E ele entendeu.

Eles não iriam para o quarto dele — o quarto do duque.

O quarto que outrora pertencera ao seu falecido marido.

Em vez disso, ela o puxou na direção oposta. Por um corredor, depois outro, seu único ponto de contato com ela era o aperto de seus dedos entrelaçados, todo o seu ser centrado na pressão de sua palma contra a dela, o aroma dela deixando um rastro. *Jasmim e bergamota.*

Ele inspirou — inalando-*a* — e ocorreu-lhe que ela talvez quisesse simplesmente continuar a conversa em algum lugar mais privado. Ele não tinha muita experiência em questões de intimidade entre homens e mulheres, mas certamente suas intenções eram tão claras quanto o contorno rígido de seu pênis dentro das calças.

Enquanto ela o puxava para o quarto, ele pensou — esperava — que não havia como confundir as intenções dela.

Ela soltou a mão dele e circulou atrás dele para fechar a porta.

A chave girou na fechadura.

"Devo me preocupar?"

Ele esperava que sim.

"Depende."

"De?"

Com maldade nos olhos, ela deu um passo em sua direção, parando a uma distância bem curta, para que eles mal se tocassem.

Sua cabeça se inclinou em um ângulo desafiador, e seus olhos escuros encontraram os dele. "Se você deseja ou não ser arrebatado."

As palmas das mãos dela pressionaram o peito dele, como se para afastá-lo, depois deslizaram ao redor do pescoço dele, a pressão de suas curvas suaves e exuberantes contra ele. Ela se ergueu na ponta dos pés e sua boca encontrou o ouvido dele. "A escolha é sua."

Gabriel permaneceu muito, muito, muito imóvel, embora suas mãos se flexionassem com a necessidade de arrancar o robe dela e qualquer outra peça de roupa que estivesse por baixo. Sua boca precisava estar na pele dela.

Mas ele sentiu algo vital.

Celia estava no controle.

Ela *precisava* estar no controle.

Então, ele se levantou e ficou parado, enquanto ela desfazia o nó da gravata dele e a jogava longe, a seda branca flutuando até o chão. Então, foi o casaco dele que escorregou dos ombros, dedos ágeis abrindo rapidamente os botões do colete. Este também foi jogado de lado.

Ela se recostou e o encarou, a camisa em V aberta, expondo os pelos e os músculos do peito.

Fome.

Foi isso que ele viu nos olhos dela.

Dele.

Ele não tinha certeza de como era possível que seu pênis

endurecesse, mas endureceu, o desejo por ela era um afrodisíaco como nenhum outro.

Mais uma vez, as mãos dela encontraram o peito dele, a batida pesada do coração dele sob suas palmas. Ela se inclinou para frente e pressionou a boca contra a dele.

E, ainda assim, as mãos dele permaneceram vazias dela.

Ele só a tocaria quando ela permitisse.

Ele fechou os olhos e se concentrou na sensação. A pressão dos lábios carnudos dela. O único som no quarto era o de sua respiração entrecortada. A intimidade entre eles, total... avassaladora.

Ela podia falar sobre noivas, casamento e expectativas da sociedade até ficar roxa.

Mas ela era a única mulher para ele.

Sempre seria assim.

As mãos dela desceram, e a respiração dele congelou nos pulmões. Ela agarrou a camisa dele e começou a puxá-la, deslizando-a para fora do cós da calça, até que ele pegou as pontas e a tirou pela cabeça.

"Oh, Gabriel", ela disse, com pura apreciação nos olhos. "Você é magnífico."

Ele não era totalmente imune a tal bajulação, descobriu.

Não quando vinha dela.

Ela baixou o olhar, o calor percorrendo o contorno da masculinidade dele, pressionando contra a calça, e depois descendo até os pés. "Acho que você vai ter que se virar com as botas."

Enquanto ele começava a tarefa deselegante de tirar as botas, ela se se encostou à cabeceira da cama, observando, com um sorrisinho nos lábios.

Assim que ele finalmente completou a tarefa sem fazer papel de bobo — tirar as botas já era sinônimo de pular bastante —, ela disse: "Agora, sua calça"

Uma nota de choque o percorreu. Há quanto tempo ele ainda possuía sua, *hã... flor?* Quinze dias atrás?

Como um homem podia mudar em quinze dias.

Exceto... ele havia mudado?

Ou seria possível que ele estivesse — ah, para continuar com a terrível metáfora da flor — *florescendo?*

Um botão de cada vez, ele desabotoou a calça, o olhar dela fixo nele. Então, sua calça caiu no chão, e ele ficou diante dela, nu e pronto.

Por sua vez, Celia parecia como se estivesse se derretendo de desejo contra a cabeceira da cama, seu olhar fixo em sua ereção, que estava fazendo um espetáculo considerável.

Guiado pelo instinto, Gabriel se recompôs e acariciou seu membro com uma longa e lenta carícia. Ela mordeu o lábio inferior. A casa poderia pegar fogo e ela nem perceberia.

Mas ele rapidamente percebeu que precisava ter cuidado, porque os olhos dela nele enquanto se masturbava o incitava a aumentar o ritmo, o que só o levaria a gozar.

E ele tinha outros planos para o seu pênis.

"Você quer isso dentro de você?" A pergunta surgiu baixa e grave.

Como ele estava dizendo tais palavras?

Era como se parte dele tivesse sido liberada — uma parte que aquela mulher lhe apresentara recentemente.

Seus joelhos se apertaram e ela engoliu em seco.

Os joelhos dela se apertaram e ela engoliu em seco.

"Você *precisa* disso dentro de você?"

"Ah, sim", ela disse sem fôlego, com a voz entre um sussurro e uma súplica.

Ele diminuiu a distância entre eles, mas parou um pouco distante dela. "Posso te tocar?"

A língua dela passou pelo lábio inferior e ela assentiu.

Com alguns movimentos rápidos, ele desfez o nó do robe dela, e ele se abriu, revelando uma camisola de musselina fina, com mamilos rosa-escuros enrugados em botões duros por baixo. Encostada na cabeceira da cama, ela era uma mulher sensual implorando para ser possuída. Centímetro por centímetro, ele levantou a camisola, expondo coxas... quadris... *mons pubis* [1]... e segurou seu joelho, levantando-a, abrindo-a para ele.

Ele inclinou a cabeça e passou a língua pelo pescoço dela, saboreando sua pele salgada. "Posso seduzi-la, Duquesa?"

A cabeça dela se arqueou para trás de prazer, oferecendo-lhe mais acesso à sua garganta. "Vou morrer de luxúria não correspondida se você não fizer isso."

Com a outra mão, ele encontrou sua vagina. *Molhada... quente... inchada... pronta...*

Para ele.

Permissão concedida, ele deslizou um dedo por sua fenda, e um longo gemido jorrou dela.

Embora seu pênis precisasse estar dentro dela, ele também gostava de lhe dar prazer dessa forma. O prazer, ao que parecia, era para ser obtido de muitas formas — e ele estava apenas começando.

Mas ela também.

Certo.

Ele deslizou o dedo para dentro dela, e ela ofegou, então girou os quadris, seu sexo apertado e úmido ao redor dele, encontrando um ritmo, tornando-se selvagem contra ele. Sua mão apertou em torno do joelho dela, enquanto ela se forçava contra ele. Ele usou cada grama de força de vontade para manter seu pênis cuidadosamente afastado.

Olhos vidrados de luxúria se abriram. "Eu quero você dentro de mim quando eu gozar."

Ele não precisou que ela lhe dissesse duas vezes. Ele tirou o dedo dela e moveu os quadris para frente, pressionando seu

---

1. O *mons pubis* é uma massa arredondada de tecido adiposo formando a parte anterior e superior da vulva nas mulheres. O monte púbico desempenha um papel na atração sexual e contém glândulas que secretam feromônios. Também é sensível ao estrogênio, o que contribui para o seu desenvolvimento durante a puberdade feminina.

comprimento contra sua fenda, tão escorregadia e inchada de desejo. Ele quase se perdeu ali mesmo.

"Tire sua camisola", ele disse. O robe dela já havia caído.

Então a camisola estava sobre sua cabeça e sumiu, deixando nada além de uma gota de suor entre eles — seu corpo pressionado contra o dela... seus mamilos duros contra seu peito... a cabeça de seu pênis pronta para penetrá-la.

Com lenta deliberação, ele se pressionou dentro dela, centímetro por centímetro duro, aproveitando o tempo para senti-la ao seu redor. Tão *bom*.

As unhas dela se cravaram em seus ombros, deixando óbvio que ela queria *mais... rápido*.

"Impaciente, meu amor?"

Meu amor.

Ele nunca havia chamado ninguém de *meu amor*.

Tudo com Celia era uma novidade.

Quantos outros lados dele ela lhe apresentaria?

Uma coisa ele entendia com certeza: precisava tomá-la devagar — ou se descontrolaria imediatamente.

Mas devagar não precisava ser frustrante.

Devagar podia ser deliberado.

Muita satisfação podia ser derivada da lentidão.

Ele não sabia disso por experiência própria, mas por instinto.

Então, ele se obrigou a ir devagar e deliberadamente enquanto se movia para dentro e para fora dela, permitindo-se *sentir* de verdade.

Havia a sensação física de estar dentro dela que, na verdade, ele tentava não sentir muito. Mas a união de seus sexos não era onde a sensação física começava e terminava. A pressão da boca dela contra a dele, suave e úmida. Seu hálito úmido e doce. Sua coxa cremosa e lisa, densa e deliciosa, na palma da mão dele — a sensação daquela pele... a sensação da respiração dela chegando rápida e irregular em seu ouvido, arrepiando os pelos finos de seus braços. O cabelo dela sedoso contra o dele enquanto ele beijava seu pescoço, e o tempo todo ele se movia para dentro e para fora dela, lenta e deliberadamente.

E aqui ele chegou àquele outro lugar — *mais profundo* —... o lugar além do físico.

Aconchego.

Aconchego do corpo... da mente... da alma.

Ele nunca acreditara na alma.

Até agora.

E agora suas almas estavam entrelaçadas.

Ele era dela — e ela era dele.

Foi isso que ele entendeu quando a sensação decidiu que já havia durado o suficiente. Ele começou a penetrá-la com mais força, mais fundo, empurrando-a contra a cabeceira da cama, a cama gemendo a cada impulso.

"Ah, sim, Gabriel", ela gemeu com os braços erguidos acima da cabeça, as mãos agarrando cabeceira da cama com força enquanto ele a penetrava como um animal — não havia descrição melhor — penetrando-a, o calcanhar cravando-se em seu traseiro.

Como era íntimo e animalesco aquele ato.

A língua dele seguiu uma gota de suor que descia pelo pescoço dela — salgada e dela.

Essa mulher era viciante.

Ele nunca a deixaria ir.

Boca entreaberta, olhos fechados, ela mergulhou fundo em si mesma da maneira que ele veio a reconhecer. Ela estava perto do clímax — e ele a levaria até a esse doce limite.

As mãos dele se moveram para os quadris dela, agarrando-os, firmando-a, enquanto os movimentos dela se tornavam frenéticos. "É isso, Celia", murmurou ele. "Use-me para o que precisar."

Sua cabeça arqueou para trás, e um grito ficou engasgado em sua garganta enquanto a liberação a provocava com sua promessa retida, fora de alcance até que... até que... ela cedeu, seu clímax pulsando em torno de seu pênis, sua voz se libertando em um grito, voando em direção ao teto, *"Gabriel".*

O som do nome dele em seus lábios de cereja no momento do clímax...

Despertou um sentimento dentro dele — territorial... feroz...

Minha.

Só o nome dele passaria por aqueles lábios naquele momento.

Ele não aguentou mais enquanto se afundava nela. Então, ele estava caindo no abismo, gritando sua liberação na curva do pescoço dela, as estrelas não apenas explodindo atrás de seus olhos, mas brilhando em suas veias.

Aos poucos, seus quadris desaceleraram antes de gradualmente pararem, esgotados, seus corpos pegajosos de plenitude um contra o outro, a respiração irregular, os corações acelerados.

Ele achava que os números eram toda a sua vida.

Eles faziam sentido em sua mente. Ele era capaz de ordená-los e fazê-los crescer.

Mas agora...

Celia era a vida dele.

Ela... *eles*... faziam sentido.

E o que havia entre eles também estava crescendo.

Ele a tomou nos braços e a ergueu para a cama, seguindo-a até lá. Nus, eles ficaram deitados de lado, um de frente para o outro, seus olhares se encontrando em silêncio, mas se comunicavam.

Ainda assim, palavras também precisavam ser ditas.

"Eu quero fazer isso de novo."

Um sorriso maravilhoso surgiu em sua boca. *"Agora?"*

"Bem, eu provavelmente conseguiria." Uma risada que soou suspeitamente despreocupada surgiu — outra novidade. Ele nunca havia soltado uma risada despreocupada em sua vida. "Mas não neste momento."

A compreensão iluminou o âmbar de seus olhos.

Ótimo.

Ele estendeu a mão e entrelaçou uma mecha solta entre os dedos. Ele precisava tocar alguma parte dela.

Uma ruga superficial se formou entre suas sobrancelhas.

Gabriel havia aprendido a ser cauteloso com essa ruga.

Ela estendeu a mão para a colcha e a puxou pelo corpo, sobre as coxas, quadris e seios gloriosos. Ele sentiu uma dor física ao perdê-los de vista. Então, ela se levantou e se sentou contra a cabeceira da cama, os cabelos caindo sobre ela em longas ondas.

Relutantemente, Gabriel se sentou e puxou um lençol sobre a parte inferior do corpo.

Celia tinha algo a lhe dizer.

Algo que ele não gostaria de ouvir.

Estava lá, em seus olhos.

"Que demonstração de conhecimento você fez para Wrexford e para mim essa tarde em Rotten Row." Ela pronunciou as palavras quase como se estivessem em um diálogo — exceto pela ponta afiada que as atravessava. "Você certamente adquiriu um bom conhecimento sobre cavalos puro-sangue."

Ela não estava lhe fazendo um elogio. Na verdade, estava bastante irritada. "Conhecimento é fácil de obter", ele falou com uma neutralidade cuidadosa.

Seus olhos brilharam. "Wrexford não merecia tal tratamento."

Depois do que tinham acabado de fazer, estavam discutindo... *Wrexford?*

"Wrexford não merecia?" zombou Gabriel. "Wrexford não é uma criança." Ele não conseguia deixar passar. "Nem é um cachorrinho."

Precisava ser dito.

"Mesmo assim —"

Gabriel não ia deixar que ela se deixasse levar por ilusões sobre Wrexford. "O conde é um sujeito legal, eu admito, Celia, mas você está se esquecendo de um ponto vital sobre ele."

Uma expressão cautelosa surgiu em seus olhos. "E qual é?"

"Ele é um *homem*", afirmou Gabriel. "Um homem que quer de você o que todo homem que a conhece quer de você."

Por um instante, ela ficou boquiaberta. "Tenho quase certeza de que fui insultada."

"*Você* não é só isso." Ele a encarou firmemente. "Isso é tudo o que esses homens são. Eles são mesquinhos demais para enxergar você em toda a sua plenitude."

Os olhos dela se estreitaram. "E você me vê? Você me vê por tudo o que eu sou?" Não havia como confundir o desprezo e a descrença em sua voz.

"Você sabe que sim, Celia", disse ele com toda a sinceridade do coração. "Eu não apenas te vejo. Eu te entendo."

A emoção passou por trás dos olhos dela. Talvez ele tenha detectado vulnerabilidade nela. A esperança estava pronta para começar a brilhar. Para a continuação dessa conversa, ela precisaria ser vulnerável — e ele também.

Ele estava pronto.

Então ela piscou, e a vulnerabilidade desapareceu, dando lugar a uma opacidade que a tornava impossível de interpretar. "Você precisa entender", ela começou, "que eu não sou a noiva certa para você, não importa o quão bom *isso*" — ela apontou para a cama — "seja entre nós".

A frustração tomou conta dele, mas ele não permitiria que ela se manifestasse e se inflamasse.

"Eu sou viúva", ela continuou, "e você é um —"

"Eu sou *o quê?*"

"Você *era* virgem."

"E isso quer dizer o que?"

"Você é inexperiente com mulheres", ela disse com aquele jeito sarcástico dela. Uma duquesa condescendente com o jovem.

Seus dentes posteriores rangeram, e ele conteve a frustração.

"Como você pode saber com que tipo de mulher quer passar o resto da vida?"

Ah. Finalmente, ela havia revelado a falha em sua lógica. "Mas você não estava apenas sugerindo que seria com Lady Beatrix que eu encontraria minha futura felicidade conjugal? Não pode ser dos dois jeitos."

Sua boca se fechou de repente e seus olhos brilharam de irritação.

"Posso ser inexperiente no amor, Celia, mas até eu sei *que*" — agora era ele apontando para a pobre e desgastada cabeceira da cama — "não é apenas *bom* entre nós." Ele moderou a voz. "Até eu sei que isso não pode ser vivenciado com qualquer pessoa."

Ele sentiu uma clemência nos olhos dela e entendeu que ali estava sua oportunidade de defender seu caso.

"Não há lei que determine que um duque deva se casar", ele disse. "Eu não preciso me casar."

Se eu tivesse escolha, nunca mais seria esposa de novo.

Essas foram as palavras dela.

Ela não precisava se casar novamente.

Eles poderiam ficar juntos da maneira que ela quisesse — contanto que estivessem juntos.

Com o coração à frente pela primeira vez na vida, ele disse: "Você não precisa se casar, Celia. Você não precisa se casar comigo, e certamente não precisa se casar com Wrexford. Você não precisa dele. Você e eu temos nossa parceria." *E muito mais,* ele não disse.

Mas estava lá, no silêncio tácito que se prolongou.

"Por três anos", ela disse finalmente.

"Para sempre, se você quiser."

Ela balançou a cabeça. "Nenhuma esposa vai tolerar que eu esteja na sua vida."

Esposa? "Você não ouviu uma palavra do que eu disse?"

"Você é jovem."

Mais uma vez, ela tentava dispensá-lo.

"Não diga isso."

"Mas você é", ela insistiu. "Você vai se casar."

Embora separados por apenas alguns metros, era como se um abismo se abrisse entre eles.

Mesmo com a raiva queimando dentro dele e exigindo que ele lutasse contra isso, a razão o impelia a ir embora — *por enquanto.*

Às vezes, era preciso se afastar de uma batalha perdida para vencer a guerra.

Ele saiu da cama e colocou a calça, optando por carregar o resto das roupas.

Enquanto isso, ela o observava.

Ele considerou ir embora em silêncio, mas tinha mais uma coisa a dizer. Algo que ela precisava entender. "Celia, essa conversa não acabou."

Agora, ele podia ir embora.

Enquanto voltava para a biblioteca, a determinação se solidificou dentro dele. Ele não havia terminado de defender seu caso. Celia não sabia nada sobre ele se achava que ele era do tipo que desiste facilmente.

Ele nunca recuava de lutar pelo que queria — e sempre conseguia vencer.

Ele a queria.

E ele a teria.

CAPÍTULO VINTE E QUATRO

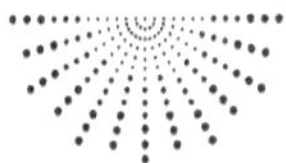

UMA SEMANA DEPOIS

Com o relógio a apenas dois minutos da meia-noite, o baile do Duque de Acaster foi um sucesso absoluto.

Era o que a conversa que circulava pelo salão dizia.

Celia pôde, finalmente, expirar o ar que prendera a noite toda.

O fluxo de convidados, vestidos com suas sedas mais finas e joias mais cintilantes, não mostrava sinais de diminuir, enquanto o salão se enchia com inúmeros casais dançando, rindo e girando ao ritmo *um-dois-três* da animada valsa de Weber [1]. Aqueles que não dançavam, como Celia, conversavam, bebiam champanhe e se abanavam discretamente. A atmosfera havia se tornado abafada e um pouco pegajosa, um fato quase imperceptível. A diversão estava boa demais.

O baile duraria até o amanhecer ou até o champanhe acabar — o que acontecesse primeiro.

Nenhuma despesa fora poupada — e isso era evidente. O champanhe parecia que não ia acabar tão cedo. A profusão de rosas. Até a mansão em si passara por uma reforma, com especia-

---

1. Carl Maria Friedrich Ernst von Weber (Eutin, 18 de novembro de 1786-Londres, 5 de junho de 1826) foi um compositor romântico alemão.

listas em tecidos, estofados e carpintaria assumindo o comando na última semana e removendo carpetes puídos, sofás encaroçados e cortinas mofadas, substituindo-os por tapetes Aubusson felpudos, sofás de seda almofadados e cortinas que não levantavam poeira toda vez que eram abertas e fechadas.

Esta era a mansão de um duque — e toda a *alta sociedade* saberia disso.

Enquanto Celia supervisionava as reformas durante o dia, ela manteve sua promessa de não se mudar para o Mivart's Hotel — pois seus instintos estavam corretos.

Ela não podia ficar sob o mesmo teto que Gabriel.

Ela acabaria esbarrando nele...

E o seduzindo a cada vez que se encontrassem.

Sua partida funcionara. Ela não o via desde, bem, a última vez que o seduzira — ou que ele a seduzira.

Era sempre uma sedução mútua entre eles.

Com um sorriso distante no rosto, ela acenou para um casal que passava. Em todos os seus anos como duquesa, ela nunca havia dado um baile. Seu marido, um perdulário e lascivo, não tinha o interesse ou, mais pertinente, a coragem para tal empreitada.

Uma sorridente Lady Saskia, depois uma risonha Lady Viveca, deslizavam no salão em sinuosos giros com seus parceiros de dança. Desde o momento em que foram apresentadas, juntamente com Gabriel e sua irmã mais velha, Lady Tessa, os jovens praticamente formaram uma fila para serem apresentados por Eloise. Seus cartões de dança estavam preenchidos em menos de quinze minutos. No dia seguinte as irmãs passariam o dia colocando gelo em seus pés, mas essa noite — foi feita para dançar.

Agora, era Eloise dançando com seu Sr. Lancaster. O homem estava obviamente apaixonado por Eloise. Celia não conseguia deixar de se perguntar se haveria proclamas de casamento em breve no futuro de sua prima.

Outro casal chamou a atenção de Celia — um que ela não esperava, embora talvez devesse ter esperado.

Lady Tessa e o Marquês de Ormonde.

Que par impressionante eles formavam — ambos altos e atraentes. Lady Tessa usava até um vestido de baile de seda azul-claro que revelava sua figura bastante feminina e voluptuosa de uma forma que seu traje habitual de gravata e colete não revelava.

Além da beleza impressionante de Ormonde e Lady Tessa, no entanto, eram seus olhos que não se podia deixar de notar — como eles eram apenas um para o outro. O marquês e Lady Tessa não dançavam como estranhos, mas sim como homem e mulher que se conheciam... *bem.*

Talvez... *intimamente.*

Ultimamente, era fácil para Celia reconhecer trivialidades como um profundo desejo entre duas pessoas.

Agora que ela estivera com Gabriel.

Gabriel.

Ela não conseguia pensar nele sem uma dor no centro do peito.

Só depois de alguns minutos é que percebeu o que estava fazendo. Procurava-o pela sala. Não conseguia se conter. Ele sumira imediatamente após apresentar as irmãs, e Celia não o vira desde então.

Afinal, ela tinha um bom motivo para falar com ele naquela noite.

Para agradecê-lo.

Com reverência, sua mão alisou a saia de seu vestido de baile de seda fúcsia, da cor vibrante de uma orquídea de estufa.

Ela simplesmente não conseguia parar de tocar naquele vestido.

Esta manhã, ela acordara com um leve toque na porta do seu quarto no hotel. Um minuto depois, uma fila de criadas entrava no quarto, entregando caixa após caixa com o carimbo de Madame Dubois estampado no topo. A curiosidade a despertou e Celia começou a abrir as caixas. Essa caixa quadrada contendo sapatos de cetim. Aquela caixa retangular e fina contendo luvas de seda branca. Mais uma caixa cheia de chemises de seda, espartilhos e meias. Nenhuma despesa foi poupada.

Mas foi a última caixa que a deixou sem fôlego.

Um vestido de baile.

E não era qualquer vestido de baile, mas uma peça requintada, na última moda, de um rosa vibrante que fazia seu coração dançar no peito.

Nenhum bilhete acompanhava as caixas, mas ela sabia.

Este presente só poderia ter vindo de Gabriel.

Na verdade, ela nunca usara um vestido mais bonito, nem mesmo no dia do seu casamento.

Sem ser convidada, uma lembrança surgiu — do idílio de cinco dias em Ashcote... de Gabriel servindo-lhe chá na cama.

Embora esse vestido fosse um gesto mais grandioso do que chá na cama, não era menos pessoal.

Ela não comprava um vestido novo havia uma década.

Ele se lembrara.

Oh, como a lembrança da última noite deles continuava a assombrá-la.

Eu sou viúva e você era... virgem.

A inexperiência dele tinha sido a justificativa dela para terminar um relacionamento entre eles antes que ele pudesse se firmar e realmente começar.

Mas a razão mais verdadeira residia no que ela não dissera.

Sou viúva e você...

Merece algo melhor do que eu.

Essas foram as palavras que ela não conseguira pronunciar — embora sentisse a verdade delas no âmago do seu ser.

Gabriel merecia algo melhor do que ela.

Ela era uma bela superfície, e isso era tudo. Ela não valia nada. Seu pai e seu falecido marido haviam incutido nela essa lição.

A degradação que ela suportara nas mãos de ambos os homens jamais chegaria a atingir Gabriel.

Mas o olhar dele naquela noite...

Era bem possível que ele estivesse apaixonado por ela — ou achasse que estava apaixonado.

Também era bem possível que ela estivesse apaixonada por ele.

E que soubesse disso.

Com o canto do olho, Celia observou uma dama se aproximar à sua direita. *Lady Beatrix St. Vincent.* Embora Celia não se importasse muito com a aparência de outras mulheres — toda mulher tinha direito à privacidade — ela não pôde deixar de notar o quão magra Lady Beatrix era. Seu vestido estava longe de estar na moda — possivelmente da época em que ela havia sido apresentada a sociedade, há vários anos —, mas caía folgadamente, como se ela tivesse perdido vários quilos ao longo dos anos.

Embora isso não fosse da conta de Celia, ela esperava que tudo estivesse bem com a dama que, com toda a probabilidade, não se casaria com Gabriel.

Lady Beatrix assentiu em cumprimento. "O que você sabe sobre *esse* homem?"

Chega de conversa fiada. Celia olhou ao redor da multidão, que parecia ter dobrado de densidade nos últimos cinco minutos. Eloise insistira em convidar toda a *alta sociedade* — e toda a *alta sociedade* havia aceitado, atendendo ao chamado para aproveitar uma noite de hospitalidade e dança, cortesia do novo Duque de Acaster.

"Qual homem?" Eram tantos.

Lady Beatrix empinou o queixo e Celia seguiu a direção.

Ah.

Sr. Blake Deverill.

Celia deu de ombros, indiferente. "Nada, na verdade."

Lady Beatrix assentiu, como se Celia tivesse confirmado algo para ela. "E ainda assim ele está aqui."

"Acredito que o duque tenha negócios com ele."

Lady Beatrix inclinou a cabeça. "Você não acha estranho que um homem que nenhum de nós sabia que existia há um ano esteja de repente em todo lugar?"

A cabeça de Celia se inclinou no mesmo ângulo que a de Lady Beatrix. Deverill não era baixo em estatura, mas também não era o homem mais alto da sala. Com seus ombros largos e músculos evidentes sob o paletó, ele era um homem de substância. E com seu cabelo preto e os olhos mais azuis que Celia já vira, ele era quase brutalmente bonito, exceto por uma característica marcante: sua boca. Com aqueles lábios cheios e carnudos, o homem tinha uma boca bonita.

Lorde Diabo.

Celia entendia por que ele era chamado assim. Deverill era uma presença marcante — e todos que entrassem em sua órbita teriam que lidar com ele.

"Ele não parece ser o tipo de homem a quem seria negada a entrada em qualquer lugar que quisesse."

"Mas isso só reforça a questão", insistiu Lady Beatrix. "Por que ele está tão determinado a estar em *todos* os lugares junto a *alta sociedade*?"

Lady Beatrix não entenderia facilmente a resposta, pois nascera para transitar por esses lugares. Mas Celia entendia. Ela fora vendida a um velho duque lascivo para que sua família pudesse ter um lugar junto a *alta sociedade*.

Ela quase riu da ironia. Seu pai não tolerava a companhia de aristocratas e não teria entrado naqueles salões, mesmo que Celia o tivesse convidado — o que ela não fez.

Mas ele *podia* — e esse era o ponto que ele queria provar.

Além disso, seus futuros netos teriam o direito de primogenitura.

O que, claro, não se concretizou.

Simplesmente, aqueles nascidos na *alta sociedade* não conseguiam compreender o desespero daqueles que não haviam nascido. Eles zombavam e torciam o nariz para as massas gananciosas que desafiavam o destino e se esforçavam para fazer parte da *alta sociedade*.

No entanto, Lady Beatrix não fazia nenhuma das duas coisas. Em vez disso, sua curiosidade estava aguçada.

Que o céu ajudasse Lorde Diabo se Lady Beatrix o tivesse em sua mira.

Logo acima da confusão da multidão, Celia vislumbrou cabelos com mechas douradas.

Gabriel.

Seus pés começaram a se mover por vontade própria. Ela ainda precisava agradecê-lo.

"Ah, finalmente te encontrei!"

Ao som daquela voz, os pés de Celia quiseram começar a correr. Em vez disso, ela os forçou a parar. Um sorriso brilhante se fixou em seu rosto e ela se virou. "Lorde Wrexford, está aproveitando as delícias do baile do duque?"

Era o tipo de pergunta que uma boa anfitriã faria.

Wrexford sorriu com pura alegria. "Meu deleite, querida duquesa, aumentou dez vezes... cem vezes mais!... agora que você me agraciou com seu sorriso."

De qualquer outra pessoa, Celia reconheceria aquelas palavras como bajulação barata, mas de Wrexford elas emergiram sinceras, seus olhos castanhos arregalados de sinceridade.

"Que noite perfeita... mágica!... você criou", ele exclamou. "Você aceitaria dançar comigo?"

O quarteto de cordas iniciou uma valsa animada naquele instante, e Celia viu que havia perdido a opção de recusar educadamente. Ela estendeu a mão enluvada de seda branca. "Claro."

Quando começaram a se mover no ritmo familiar da valsa — Wrexford era, *felizmente,* um parceiro de dança mais do que competente —, ele continuou comentando todos os atributos de Celia. "Que anfitriã brilhante você é", ele disse antes de darem a primeira volta na pista. "E que dançarina brilhante, também. É como se você estivesse andando nas nuvens."

Celia sentiu um sorriso sincero enquanto um pensamento vago lhe invadia a mente. Onde estaria Lorde Wrexford uma década atrás, com toda a sua adoração bajuladora? Seu pai certamente teria aceitado um conde e futuro marquês para seu marido.

É claro que, aos vinte e três anos de idade, Wrexford ainda era aluno do Eton College uma década atrás.

Certo.

E, no entanto, ele continuou. "Você certamente é um anjo que desceu à Terra", ele disse com entusiasmo. "Você é a perfeição. Não", interrompeu-se, "a própria perfeição a invejaria."

Celia quase se preocupou com ele por ter dito tais palavras.

"Ora..." Seus olhos estavam arregalados e maravilhados sobre ela. "Acho que estou completamente apaixonado por você."

Se tivesse prestado mais atenção, Celia poderia ter previsto a possibilidade de sua proclamação. Ela tentou rir e dar a ele a chance de rir também, mas ele ficou absolutamente sério.

"Acho que não consigo viver sem você."

O que estava acontecendo aqui?

"Acho que você vai descobrir que consegue", ela disse despreocupadamente. *Será que essa valsa nunca acabaria?* "Você simplesmente inala uma respiração, depois outra."

Uma risada alta demais escapou dele. "E como você é inteligente!"

Um vago desconforto se transformou em alarme genuíno. "Está tudo bem com você, Lorde Wrexford? Será que você está com febre?"

Sua sinceridade não diminuiu nem um pouco. "Se eu tiver febre, querida Celia, tenho permissão para chamá-la pelo seu nome de batismo?"

"Se você precisar."

"E que senso de decoro você possui." Mais duas voltas de dança. "Você é minha febre, Celia."

Oh, céus.

De alguma forma, ela havia deixado as coisas saírem do controle. Mas antes que ela pudesse formular um plano para se livrar daquela situação que rapidamente se tornava totalmente insustentável, ele os fez parar...

No meio da pista de dança.

Enquanto vários casais desviavam para não colidir com eles, Wrexford se ajoelhou.

Inevitavelmente, os presentes perceberam, sussurros ecoando pela sala, transformando-se em um turbilhão de zumbidos.

Ah, haveria fofoca... *muita* fofoca.

Violinos diminuíram e pararam lentamente, e um raio de três metros se abriu ao redor da Duquesa Viúva de Acaster, de pé acima de um Conde de Wrexford ajoelhado.

Todos os olhos estavam voltados para eles, mas era um par que importava.

Gabriel.

Ele estava vendo isso?

"Brilhante... linda... espirituosa... adequada..." começou Wrexford, recitando todos os adjetivos que já usara para descrevê-la naquela noite. O rosto em forma de lua do homem estava positivamente radiante. "*Anjo* que desceu à terra."

As pontas das orelhas de Celia ficaram muito quentes.

"Não posso viver mais um dia sem você", ele exclamou de seu lugar aos pés dela. "Você..." Ele engoliu em seco. "Você consentiria em ser minha noiva?"

Embora Celia entendesse que Wrexford se ajoelhara com a única intenção de pedi-la em casamento, a realidade da proposta a pegou completamente de surpresa.

A chocou profundamente, na verdade.

No entanto, através da névoa de espanto, uma ideia brotou dentro dela...

Aqui, na forma de um conde apaixonado, estava a resposta às suas preces. O cálculo mental foi realizado em uma fração de segundo.

Se ela aceitasse o pedido de casamento, estaria segura.

Seus cavalos estariam seguros.

E Gabriel estaria livre para esquecê-la.

Além disso, não era como se Wrexford estivesse em desvantagem. Ela era exatamente o tipo de esposa que ele queria — uma que aumentaria seu status na sociedade. Ela havia sido treinada a vida toda para ser exatamente o tipo de esposa que Wrexford queria.

"Sim", ela disse.

Um suspiro coletivo soou pelo salão de baile. Wrexford talvez também estivesse ofegante. Ninguém esperava que ela pronunciasse aquela palavra — nem mesmo o próprio Wrexford.

Então, uma salva de palmas ecoou pelo salão. Celia começou a se mover como se estivesse em uma nuvem enquanto Wrexford beijava sua mão e eles dançavam outra valsa, dessa vez sozinhos. Então a dança terminou, e eles estavam parados perto das portas duplas abertas que davam para o terraço, uma fila formada para lhes oferecer toda a felicidade e todos os outros clichês que se diz a um casal recém-noivo.

Seria possível?

Ela estava realmente noiva daquele homem que mal conhecia?

De alguma forma, através da névoa, ela sentiu um leve roçar nas costas da mão. Provavelmente uma brisa soprando na cortina de gaze.

Então, ela sentiu de novo.

Ela olhou para baixo e viu que não era a cortina.

Dedos se estendendo do lado da cortina que dava para o terraço, os nós dos dedos roçando discretamente os dela. Uma sensação percorreu seu corpo enquanto dedos longos e masculinos tentavam se entrelaçar. Ela conhecia aqueles dedos... *intimamente.*

Gabriel.

Ela deveria resistir.

Ela deveria ficar bem aqui, como uma boa anfitriã e futura condessa, e desempenhar o papel que ela — *incrivelmente* — aceitara.

No entanto...

Eram os dedos de Gabriel entrelaçando-se aos dela, segurando-os firmemente do outro lado da cortina.

E quando ele puxou, toda a resistência desapareceu e, claro, ela estava inventando desculpas precipitadas sobre cuidar do champanhe — a única desculpa que lhe ocorreria que lhe garantiria alívio imediato — antes de deslizar para trás da cortina e para o terraço iluminado pela lua, sua mão — *erroneamente* — segura na *dele.*

CAPÍTULO VINTE E CINCO

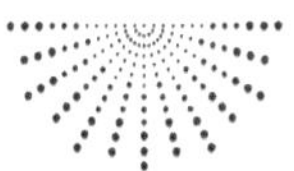

O que Gabriel estava fazendo... Ele deveria saber que estava fazendo algo errado.

Mas não achou que estava.

Celia havia tomado uma decisão errada baseada em uma lógica falha, e alguém precisava apontar isso para ela.

Ele era esse alguém.

Depois daquele maldito pedido de casamento — e do seu incrível *sim* — ele teve que ir imediatamente para o terraço para esfriar a cabeça antes de causar uma cena. Em que tipo de homem ela o havia transformado, afinal?

Ele era um homem que cuidava de seus negócios nos bastidores; ele não os causava.

Então, ele andou de um lado para o outro no terraço por uns bons quinze minutos antes de notá-la... parada ao lado das portas abertas do terraço... sua mão enluvada de seda, elegante e vazia ao seu lado.

Vazia da mão dele.

Num impulso, ele se aproximou, estendeu a mão e a tocou.

E agora, ainda era o impulso que o guiava enquanto segurava a mão dela firmemente na sua, conduzindo-a escada abaixo até o jardim, com acordes abafados de violino e violoncelo os seguindo enquanto entravam no labirinto de sebes que ele não conhecia até aquela noite.

Chegaram à primeira curva. Ele foi para a esquerda e encontrou resistência. Olhou por cima do ombro.

"Siga-me", ela sussurrou. Ela saberia o caminho, é claro.

Enquanto ela o guiava, ele a observou. Cabelos negros, meio presos e meio soltos pelas costas em ondas, acentuando a cintura fina e o contorno dos quadris exuberantes.

Quanto ao vestido... Um rosa vibrante realçando o marfim de sua pele e o âmbar mel de seus olhos, ela era uma deusa. Não era de se admirar que Wrexford tivesse sido conquistado.

Mas isso não era desculpa para Celia.

Uma última curva e eles entraram no centro do labirinto. Bancos curvos de pedra formavam um círculo ao redor de uma fonte de cinco níveis. Em qualquer outra noite, o tilintar do fluxo de água poderia ter sido reconfortante.

Não nessa noite.

Gabriel forçou seus dedos a soltarem os de Celia. Um pensamento vago o fez questionar se ele a tocaria novamente, e a raiva reacendeu dentro dele.

Ela continuou andando, afastando-se dele, para o outro lado da fonte, e ele permitiu que ela se distanciasse dele. Ele também precisava.

Ele foi direto ao ponto. "Ocorre-me que alguns erros de lógica em relação ao seu recente noivado precisam ser apontados para você."

Sua sobrancelha se ergueu. "É mesmo?" ela disse, como uma duquesa arrogante. "Então vá em frente."

E Gabriel entendeu. Ele não chegaria a lugar nenhum abordando isso como um sermão. *O homem que sabe tudo, não sabe nada*. Um ditado favorito de seu pai.

Ele precisava fazer perguntas.

A primeira foi fácil... "Por que, Celia?"

O momento se suavizou, e ela respirou fundo. "Wrexford tem um temperamento tranquilo e agradável."

Gabriel permitiria isso. Todos sabiam disso sobre o homem. "Continue."

"E olhos gentis."

Ele podia ver como essa lógica fazia todo o sentido na mente dela — o que só o exasperava. "Quantas vezes preciso dizer isso, Celia? O homem não é um cachorrinho."

"Meus estábulos estarão seguros", ela afirmou impassível.

"Seus estábulos já estão seguros", ele falou. "Comigo."

O momento se prolongou, e Gabriel se preparou. Ainda havia outra coisa que ela ia dizer.

"*Eu* estarei segura."

As palavras pairaram no ar da noite, e antes que Gabriel pudesse dizer o que cada célula de seu corpo exigia, ela continuou. "Não estarei mais sempre à beira do desastre. Ninguém mais está exatamente clamando para pedir a minha mão em casamento."

A respiração de Gabriel ficou presa nos pulmões. O sangue talvez tivesse parado em suas veias. Ele não a ouvira direito. "Pardon?"

"Você me ouviu."

"Você disse que não queria se casar de novo", ele afirmou pronunciando cada palavra com clareza.

"Eu disse que não me casaria de novo se tivesse escolha. Mas nunca tive escolha. É assim que o mundo é."

O eixo do universo de Gabriel mudou de repente. Ele tivera tempo, não é? Tempo... para quê?

Ele nunca havia qualificado isso em sua mente.

Hora de viver fora dos limites da realidade com Celia.

Mas isso nunca daria certo, daria?

Não para Celia.

Não para uma mulher que vivera uma realidade ruim e simplesmente queria uma realidade pacífica, estável e boa como base de sua vida.

Uma mulher que merecia isso.

Uma mulher que merecia mais do que a incerteza sobre seu futuro.

Ele precisava corrigir aquela situação antes que ela saísse irremediavelmente do controle — pois agora percebia que tinha feito tudo errado.

Ele começou a caminhar — em direção a ela. Uma distância instintiva se fechando entre eles. Ela permaneceu onde estava imóvel e vigilante.

Os acordes animados de uma valsa flutuavam no ar da meianoite.

"Dance comigo", ele disse impulsivamente.

Qualquer desculpa para tocá-la, ele suspeitava.

Ele não estava acima disso, ele sabia.

Uma guerra brilhou em seus olhos. Ela não deveria dançar com ele, mas também não deveria ficar sozinha no centro de um labirinto com ele. Era isso que ele via naquelas profundezas âmbar-mel.

Então ele viu uma mudança.

Rendição.

Ela também precisava disso.

Fosse o *que* fosse.

Ele suspeitava que ela pensasse que era um adeus.

Não era.

Eles ainda estavam no começo.

Ele estava determinado a fazer ser um começo.

Ele estendeu a mão para ela, mas em vez de segurá-la na sua, puxou as pontas da luva de seda branca, dedo por dedo, afrouxando-a. Então, sua mão percorreu a curva elegante do braço dela e começou a enrolar a seda, expondo a carne cor de marfim centímetro por centímetro, a cabeça dela inclinada para que seu olhar permanecesse fixo nele, a respiração presa.

"Wrexford faz você ficar sem fôlego?"

Mesmo quando a pergunta surgiu, ele entendeu que não tinha o direito de fazê-la — mas o desespero que o impulsionava não levava em conta o certo ou o errado, nem os meios para atingir o fim.

Só se importava com o fim — fazer de Celia sua.

Palavras não eram necessárias, de qualquer forma, pois ambos sabiam a resposta.

Não.

Descartando a primeira luva, ele começou a pegar a outra. Quando as pontas dos dedos dele tocaram a pele nua do braço dela, ele teve que se conter para não se inclinar para frente e pressionar a boca naquela área exposta da pele. Em vez disso, começou a rolar, uma onda de arrepios percorrendo os pelos finos do braço dela.

"E Wrexford causa arrepios na sua pele?" A centelha de desejo dentro de Gabriel exigia que ele a empurrasse.

Outra pergunta para a qual ambos sabiam a resposta. Mas ele perguntaria...

E continuaria perguntando...

Até que ela encontrasse coragem para se fazer essas perguntas.

Descartando a segunda luva, ele pegou a mão nua dela, as palmas quentes e tão vivas uma contra a outra. Os dedos finos dela se ergueram para pousar levemente em seu ombro, tão perto que tudo o que ele precisava fazer era virar a cabeça para pressionar a boca contra as costas da mão dela.

Então, ele fez... inalando o cheiro dela na pressão íntima dos lábios contra a pele dela.

Ela exalou um suspiro leve que seus ouvidos mal captaram.

"Wrexford inspira suspiros de desejo e saudade?" ele perguntou.

Mais uma vez, ela não respondeu.

A mão dele percorreu a coluna dela, uma vértebra de cada vez, até pousar na parte inferior das costas, puxando-a para o seu abraço. Enquanto seus pés se moviam lentamente, *um-dois-três*, seus corpos pressionados um contra o outro, eles não dançavam ao ritmo estabelecido por instrumentos de corda, mas a um ritmo próprio. Ela também devia sentir a perfeição deles juntos.

Saber disso.

Até as próprias células que compunham seu ser.

"Quando você está nos braços de Wrexford", ele murmurou em seu ouvido, "você sente *isso*, Celia?"

* * *

Mais uma das perguntas de Gabriel que não exigiam resposta.

Era simples.

Não.

Uma palavra interessante: *sentir*. Uma que ela evitara por anos. Era melhor não sentir.

Então Gabriel entrara em sua vida e, agora, *sentir* era tudo o que ela podia fazer.

Ela deveria resistir.

Mas o fato era que ela não queria resistir.

A cabeça dele se inclinou, e ela sentiu o delicioso roçar da barba por fazer antes que a língua dele deslizasse por seu pescoço. "Eu estava querendo fazer isso à noite toda", ele sussurrou em seu ouvido.

Ela se aconchegou nele. *Mais*, seu corpo exigia, sem se importar com as consequências.

As consequências poderiam ser resolvidas amanhã.

Por enquanto, havia apenas desespero, necessidade e *Gabriel*.

Um gemido escapou de sua boca entreaberta.

"Wrexford será capaz de fazer você gemer assim?" Mãos fortes e masculinas envolveram seus seios enquanto ele inclinava a cabeça e testava os mamilos através da seda com os dentes, tomando cuidado para não deixar uma mancha úmida. "Wrexford consegue deixar seus mamilos duros como caroços de cereja?"

Celia sentiu a parte de trás dos joelhos bater em algo — um banco, ela calculou — e então se abaixou sobre uma pedra fria, empoleirando-se na beirada, com as pernas abertas e Gabriel de joelhos, no meio. O olhar dele a prendeu, enquanto ele enfiava a mão por baixo do vestido de baile, os dedos subindo por suas coxas. Um arrepio de desejo a percorreu, concentrado em seu sexo, que latejava... doía... A expectativa do toque dele — *ah* — era demais.

A ponta de um dedo leve e masculino deslizou por sua fenda, roçando a carne inchada de desejo e necessidade. Um gemido de frustração escapou dela. Não era o suficiente.

De forma alguma.

Intenso e sério, Gabriel a observou se contorcer sob seu toque. "Wrexford pode te deixar molhada e pronta?"

Um sorriso que Celia ainda não vira naquele homem curvou os cantos de sua boca, acendendo-se em seus olhos — um sorriso *malicioso*.

Que um pouco de maldade dentro dela não respondeu.

"Chega de Wrexford", ela disse. "Isso é sobre você e eu."

Absolutamente desesperada, ela fechou a distância entre suas bocas e o beijou, as línguas se entrelaçando enquanto o desejo feroz se libertava. Dedos trêmulos se estenderam e começaram a trabalhar os botões de sua calça.

E, no entanto, apesar de toda a ferocidade do momento, a ponta do dedo dele apenas a tocou levemente ao longo de sua fenda...

Não dando a ela o que ela queria.

Ainda.

Ela envolveu os braços em volta do pescoço dele e deslizou para frente, de modo que suas pernas estivessem em volta de sua cintura. A coroa do pênis dele posicionou-se em seu sexo, o momento suspenso por um instante.

"Celia."

O nome dela na boca dele era um apelo e uma promessa.

Se ela permitisse, ele se entregaria por inteiro.

Foi isso que ela ouviu — o que ela queria mais do que qualquer outra coisa que o mundo pudesse oferecer.

Gabriel... dela.

Por essa noite.

Uma contração de braços e pernas... um movimento dos quadris... e ela deslizou sobre seu membro grosso e pesado, a respiração presa em seus pulmões enquanto ele entrava nela. Compelida por forças conflitantes de frustração, desespero e luxúria, seu sexo o levou, a essa união sobre pura necessidade.

Oh, como ele era bom e certo dentro dela. Como se seu corpo fosse um vazio dolorido sem ele dentro dela.

Não era apenas Wrexford quem não conseguia fazê-la se sentir assim — mas nenhum outro homem conseguiria.

Só Gabriel.

Habilidoso e seguro, ele aprendia rápido quando se tratava de amar. Facilmente, ele poderia se tornar o libertino mais desejado de Londres, se a notícia *disso* se espalhasse.

Como ele podia — *oh* — foder.

Pois—*ah*— aquilo era uma foda.

E—*ah*— como ela queria.

Tudo aquilo.

Eles eram indivíduos, mas... eram um, mesmo que se reduzissem a elementos singulares. Elementos colidindo, mas também... unindo-se.

Em todos os lugares que o tocava, ela o memorizava — a sensação sedosa de seu cabelo... o toque de sua barba... a largura de seus ombros... os músculos densos de sua bunda... a dureza aveludada de sua masculinidade.

Assim como outros toques. O cheiro dele, como se um pouco dele tivesse evaporado dentro dela... inundando seus pulmões a cada respiração... através de artérias e veias... e em um lugar íntimo.

O coração dela.

Muito tempo depois que o cheiro dele se dissipasse na brisa e eles não estivessem mais unidos, ali, naquele espaço secreto e íntimo, ele permaneceria um com ela.

Só ela saberia.

Os braços dela apertaram o pescoço dele, puxando-o para o mais perto possível do outro, o desespero a levando, corpo e alma, em direção à conclusão enquanto ele a penetrava — punindo-a... dando-lhe prazer.

"Gabriel", ela choramingou.

Choramingou.

Ela choramingou.

E faria de novo.

Ele inclinou a cabeça para trás, deixando uma camada úmida de sua boca em seu pescoço, e encontrou seu olhar. "Não desvie o olhar, Celia."

Dentro do comando, ela detectou um apelo.

Ele também sentia *isso* — essa conexão... essa intimidade...

Com intenção controlada, suas mãos apertaram seus quadris e ele deu um impulso forte e profundo, depois outro, e todo o seu ser se sentiu transportado para outro reino, a força do olhar dele, seu único elo com a terra.

Pensamentos lhe vieram — pensamentos que se recusavam a ser contidos — pensamentos que continham uma ponta de selvageria.

Como ela poderia viver *sem isso* — sem esse homem?

Enquanto ele a penetrava, repetidamente, sua masculinidade firme e dura, sua vulva começou a se contorcer internamente e seu corpo se tornou diferente. Ela pertencia a esse homem — ao que ele podia fazer com ela... como só ele podia fazê-la sentir... o prazer que só ele podia proporcionar. Ela estava escravizada a isso, completamente à sua mercê.

Então, ela não desviou o olhar dos olhos dele.

Embora quisesse.

Embora *precisasse.*

Pois ele estava exigindo uma intimidade da qual ela precisava se proteger...

Se ela quisesse se afastar dele.

Então seu corpo estava à beira do abismo, em libertação, ela gritava, sua voz se misturando aos acordes de violino e violoncelo na brisa. Alguns segundos depois, o grito de libertação dele se juntou ao dela, mesmo quando ele se afastou dela e caiu na grama. Ela entendia a necessidade disso, mas sentia a perda, mesmo assim.

Incapazes de se mover, eles ofegaram nos pescoços um do outro, seus corações disparados como um só, a camada quente de suor cobrindo a pele exposta esfriando com o ar da meia-noite.

Foi Celia quem recuou primeiro.

Ela não queria encará-lo — não podia —, mas sentia a exigência em suas pálpebras baixas e não tinha escolha. Não havia como se esconder de Gabriel quando seus olhos azuis estavam fixos e determinados.

A complexa sequência de emoções que encontrou ali não a surpreendeu.

"Eu acho...", ela começou e engoliu em seco. "Acho que deveríamos, *hã...*"

Ah, ela não conseguia completar uma frase.

"Deveríamos o quê, Celia?" O olhar dele buscou o dela, a pergunta um desafio, com uma nota de raiva embutida.

"Deveríamos", ela começou com um pouco mais de determinação, de alguma forma se afastando dele, juntando as pernas, permitindo que a gravidade levasse seu vestido ao chão enquanto se levantava e se movia para o outro lado do banco. "Deveríamos voltar ao baile."

Ele abotoou a calça e ergueu o olhar. "É isso que deveríamos fazer? Você é tão habilidosa em dizer o que devemos fazer. Diga-me, Celia, deveríamos ter feito isso agora?"

"*Erm*, não, mas..."

"*Mas?*"

"Mas agora podemos nos afastar um do outro."

"Podemos?" Ele não fez nenhuma tentativa de disfarçar sua descrença.

De alguma forma, ela assentiu, seu olhar desejando apenas se desviar da acusação que encontrou no dele.

"Ah", ele disse. "Entendo."

"Entende?"

"Então você pode se casar com Wrexford, e eu posso me casar com Lady Beatrix, correto?"

"Na verdade", ela começou. "Eu repensei minha posição."

"*Ah?*" ele perguntou, a pergunta em tom de escárnio.

"Acho que você ainda não deve se casar."

"Você acha que não?"

"Você é muito jovem."

Passou um momento em que ele pareceu absolutamente perplexo. Então, soltou uma risada igualmente atordoada. "Wrexford é um ano mais novo que eu!"

Celia percebeu que ele tinha razão.

No instante seguinte, todos os sinais de leviandade desapareceram. "Você deve recusar a proposta de Wrexford."

"Eu já aceitei."

"E agora você deve dizer a ele que se deixou levar pelo momento e voltar atrás." A intensidade nos olhos dele lhe dizia que ele não cederia tão facilmente.

De alguma forma, ela encontrou forças para dizer: "Eu me casarei com Wrexford."

Ela até disse isso sem hesitar.

"Por uma questão de segurança?"

Ela assentiu com firmeza e determinação.

"Celia", ele começou, com um tom paciente na voz, "você não

precisa de um homem nem de casamento para isso. Você consegue fazer tudo sozinha. Você está fazendo tudo sozinha. Seu haras será um sucesso."

Um sorriso de escárnio escapou dela. "Eu nunca tive sucesso em nada na minha vida..."

"Isso é porque você nunca teve a oportunidade." Ele abriu bem os braços. "Eu acredito em você."

Oh, como aquelas palavras queriam penetrar em sua pele e em seus ossos e afundar em sua alma.

Mas ela não podia deixar.

Gabriel podia acreditar que as palavras eram verdade, mas ela sabia que eram mentiras.

"Estou liberando você do nosso acordo."

Ela simplesmente não podia fazer negócios com ele.

O que ela e Gabriel tinham juntos era muito tentador e volátil. Francamente, a assustava. Como ela facilmente abriria mão de tudo — sua segurança, sua reputação, seus cavalos, sua vida — e se envolveria com ele de qualquer maneira que ele pedisse.

"Tem havido muita conversa sobre segurança, mas algo mais não foi mencionado."

"O que?" Sem esconder a suspeita em sua voz.

"E o seu coração?"

"Meu *coração*?" ela zombou. "O que um coração tem a ver com casamento? Você que é tão preso à lógica, certamente entende isso."

"Estou percebendo que concessões podem ser feitas."

"Que concessões?"

"Amor", ele disse. "Eu te amo, Celia, e a lógica não tem nada a ver com isso."

Mesmo com o coração querendo se expandir no peito e se aquecer no calor daquela palavra — *amor* — ela reuniu forças e disse: "Fui insultada?"

Ele balançou a cabeça. "Não faça isso, Celia. Escute-me."

Ela o ouviu, mas isso não mudou nada. A hora da verdade

havia chegado. Ela tentara evitar dizê-la, mas Gabriel não era o tipo de homem que se pudesse evitar.

"Você merece algo melhor do que eu. Sou pouco mais do que uma bela superfície escondendo coisas danificadas."

Pronto.

A verdade.

Um sulco profundo se abriu em sua testa. *"Mercadoria danificada? Melhor do que você?* Eu não quero algo melhor. Eu quero você."

"Não é assim que funciona."

"Wrexford não pode te fazer feliz, Celia."

"Feliz?" Ela se esforçou para conter uma onda repentina de lágrimas. "Eu já tive um casamento infeliz, Gabriel, mas ele me ensinou uma coisa. Como encontrar pequenos momentos de felicidade. Um passeio matinal. Um dia no Derby. Wrexford tem olhos gentis."

O maxilar de Gabriel se contraiu e relaxou, mas ele não disse nada.

"Bondade pode ser suficiente."

"Você escolheria uma vida sem graça e morna em vez do calor e da paixão entre nós?"

Para o próprio bem de Gabriel... "Sim."

Sua cabeça se inclinou, como se estivesse olhando para uma nova espécie de criatura. "Sabe de uma coisa? Eu acredito em você. Desejo a você toda a alegria do seu futuro sem graça e morno."

Antes que Celia pudesse formular uma resposta, ele se foi.

E ela ficou sozinha — com seu futuro sem graça e morno.

CAPÍTULO VINTE E SEIS

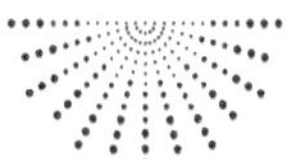

DUAS SEMANAS DEPOIS

Com as mãos no colo e o corpo balançando sutilmente com o movimento da carruagem, Celia observava os últimos vestígios de Londres passando e desaparecendo à medida que entravam no campo.

Ela não teve coragem de olhar diretamente para o homem sentado com toda a propriedade no banco à sua frente.

O sorriso afável do noivo era o suficiente, visto de longe.

Seu... *noivo*.

Inacreditavelmente.

No entanto, Wrexford era.

O homem com quem ela passaria o resto da vida.

E ela não sentia uma única emoção em relação a isso.

Ele, por outro lado, parecia feliz como uma cotovia.

Na verdade, ele tinha felicidade suficiente dentro de si para os dois.

Ela dirigiu um sorriso ao futuro marido. "Você vai me dizer para onde nosso passeio nos levará hoje?"

Ele balançou um dedo brincalhão e repreendeu. "Você sabe que é uma surpresa, meu bibelô."

Meu bibelô.

O novo apelido carinhoso que ele lhe dera.

Ela tentava não ranger os dentes de trás cada vez que ele a chamava assim.

De qualquer maneira, se essa fosse a pior parte de ser casada com aquele homem, ela conseguiria suportar.

Já havia suportado coisas piores.

"Vamos ver", ela disse tentando parecer coquete — e quase conseguindo. "Estamos agora ao sul de Londres..."

O caminho verdejante, com as colinas de calcário onduladas e pastagens férteis, a região era linda enquanto se dirigiam para Surrey, o ar fresco e ensolarado, depois de semanas passadas na névoa de Londres.

Ela nutria uma suspeita sobre aquele passeio... "Por acaso estamos visitando sua propriedade?"

Impossivelmente, o sorriso de Wrexford se iluminou. Ela imaginava muitos sorrisos no futuro.

Ela suportaria.

"Que inteligência você possui, meu bibelô", ele disse, balançando a cabeça como se estivesse maravilhado. "Imagine as crianças inteligentes que traremos ao mundo."

O sorriso de Celia não se alterou. *Filhos.* Claro, ela queria filhos. Era simplesmente difícil imaginar o ato físico de tentar ter filhos com aquele homem. Era um homem diferente que lhe vinha à mente quando ela considerava o ato.

Um homem muito diferente.

E ela não precisava usar a imaginação.

Ela sabia.

Ela se sacudiu mentalmente. Sua mente não estava ajudando.

"Mas, primeiro", disse Wrexford, "precisamos fazer uma parada."

"Ah?"

Wrexford parecia prestes a explodir de tanto guardar aquela informação. Ela olhou pela janela e contemplou o ambiente familiar. "Epsom Downs é nosso primeiro destino?"

Ela esperava que sim. Fazia muitas semanas desde que ela vira um hipódromo.

Wrexford juntou as mãos, encantado. "É impossível para você se decepcionar, não é?"

Embora Celia não se importasse em ser admirada, o padrão estabelecido por seu futuro marido era notavelmente baixo. Ela deveria ser grata.

Deveria.

"Não há corridas hoje, há?" ela perguntou.

"Estamos apenas parando para avaliar o andamento de um investimento para o papai."

Um tom de mau pressentimento percorreu Celia. "Um investimento em um cavalo de corrida?"

"Acontece que o Duque de Richmond veio até o papai com uma oportunidade, e o papai decidiu que eu poderia dar uma olhada de vez em quando."

"Que tipo de oportunidade?" O mau pressentimento se transformou em medo em seu estômago. Ela sabia de uma oportunidade de investimento envolvendo Epsom Downs...

"Ah, para investir alguns dinheiro naquele empreendimento da Corrida do Século com ele e —"

"Gabriel", ela completou para Wrexford e imediatamente percebeu seu erro. Ela não podia sair por aí chamando Gabriel de *Gabriel*. "*Erm*, Siren."

"O Duque de Acaster, meu bibelô", corrigiu Wrexford gentilmente. "Mas vejo que você é da família —"

"O duque não é da minha família", ela interrompeu rápida e decisivamente.

"Por assim dizer."

Celia se conteve. *De maneira nenhuma*, ela diria.

"De qualquer forma", continuou Wrexford, "como Epsom não tem arquibancada permanente, papai quer que eu passe por lá para ver como estão as arquibancadas temporárias. Papai sempre diz que um homem deve saber para onde seu dinheiro está indo."

Tais declarações apenas reforçaram a decisão de Celia de se casar com o conde. Ela queria um homem que pensasse em dinheiro dessa maneira. É claro que Wrexford não era o único homem a pensar em dinheiro dessa maneira...

Wrexford não tinha terminado. "Cinco minutos devem bastar. Depois, seguiremos nosso caminho." Ele assentiu generosamente. "*Depois*, visitaremos mamãe e papai."

A notícia do noivado de seu único filho com a Duquesa de Acaster deve ter chegado à propriedade da família em Surrey com a velocidade da luz, pois o marquês e a marquesa chegaram a Londres na tarde seguinte ao baile. O marquês olhou Celia como se fosse uma novilha premiada, grunhiu em aprovação e foi para o escritório. A marquesa era uma mulher muito simpática, aprovando suavemente qualquer pessoa amada pelo filho, e insistia que Celia a chamasse de mamãe.

No geral, eram parentes por afinidade que Celia podia facilmente tolerar.

Do outro lado da carruagem os olhos de Wrexford brilhavam. *Brilhavam.* "Mamãe gostaria de discutir melhor nossas núpcias. Falta só uma semana."

Celia não precisava ser lembrada.

Falta só uma semana.

"E voltaremos para Londres ao anoitecer?" ela perguntou.

Duvidoso. O sol do meio-dia já estava a pino.

Wrexford deu de ombros, indiferente. "Achei que seria ótimo se passássemos a noite."

Passar a noite? "Mas eu não trouxe uma mala de viagem comigo."

Um sorriso incontido se espalhou pelo rosto de Wrexford. "Ou assim você pensa."

"Ah, é?"

Celia instintivamente sabia que não gostaria do que ele estava prestes a dizer em seguida.

"Sua prima me deu o nome de sua modista, *Madame Dubois*."

Ele disse isso com um sotaque francês exagerado, com a intenção de ser divertido. Celia esboçou um sorriso.

"De qualquer forma", ele continuou, "eu a mandei fazer algumas peças de roupa para você."

Celia sentiu a boca se abrir.

Wrexford, no entanto, parecia imune à angústia que seria evidente para qualquer outra pessoa. "Você terá tudo o que precisa. Você não pode se encontrar com a mamãe com as roupas velhas que você usa por aí."

Um rubor repentino e intenso de vergonha percorreu Celia. Ela pensara que havia enganado a *alta sociedade* todos esses anos ao mandar reformar suas roupas? Ela deveria ter pensado melhor. O olhar crítico da sociedade não deixava nada passar.

E ainda assim...

Quando ela recebeu um vestido de baile de Gabriel, foi mágico.

Um guarda-roupa totalmente novo de Wrexford parecia exatamente o oposto.

Um sentimento de rebelião a invadiu. "Mas fiz planos para voltar a Ashcote amanhã. O Sr. Haig está me esperando."

Wrexford dispensou seu protesto com um gesto de pulso. "Tais planos podem ser adiados."

"Preciso cuidar dos meus cavalos", insistiu ela. "Preciso saber se o treinamento deles está ocorrendo conforme o planejado. E também tem o haras. Sou necessária", ela concluiu com firmeza.

O conde inclinou a cabeça. "Mas você é, de fato quem dirige tudo?"

"O que quer dizer?"

"O Sr. Haig não comanda as operações de Ashcote?"

"O haras foi ideia minha."

Seu sorriso se alargou. "Claro que foi. Como eu sempre digo, você é uma mulher inteligente."

Algo no jeito como ele disse *mulher*...

Parecia suspeitosamente inteligente *para uma mulher.*

O que não era a mesma coisa que ser uma mulher inteligente — *de jeito nenhum.*

Seu futuro marido precisava entender uma coisa. Ela o olhou diretamente nos olhos. "Estou envolvida em todas as decisões sobre as corridas e a criação de Ashcote."

Isso deveria resolver a questão.

Wrexford estendeu a mão e deu um tapinha em seu joelho. "Claro que está."

Até aquele momento, Celia só vira Wrexford como alguém amável e inofensivo. Mas agora detectava algo mais em seu sorriso: *condescendência.*

Ele estava sendo *condescendente* com ela. Além disso...

Talvez ele tivesse sido todo esse tempo.

Ele é um homem, Celia. Um homem que quer de você o que todo homem que a conhece quer de você.

E Celia viu.

Era verdade.

Cada palavra que Gabriel dissera. Afinal, ninguém conhecia os homens como os outros homens.

E ela via algo mais: seu futuro.

Meu bibelô.

Wrexford era jovem. Ela sempre o vira assim. Mas esse jovem seria seu marido. Ele estaria acima dela — e se veria assim.

Aquilo era casamento.

Como ela pôde ter esquecido?

"Ah, aqui estamos", exclamou seu futuro marido, alheio à direção dos pensamentos de sua futura esposa.

Epsom Downs, de fato, surgira à vista. Situado como uma joia na zona rural de Surrey, o campo era uma beleza. Celia o preferia muito mais que Newmarket, que se tornara cada vez mais centrado no comércio brutal das corridas de cavalos. Epsom, no entanto, mantinha sua elegância.

A carruagem com quatro cavalos parou e, como um cortesão digno da corte real, Wrexford desceu apressadamente da carruagem e, extravagantemente — essa era a única palavra para o seu estilo — conduziu Celia até a entrada de cascalho.

"Wrexford", ouviu-se um grito de saudação.

O Duque de Richmond se aproximou, e Celia sentiu um alívio considerável por não ser mais o objeto — *o bibelô* — da atenção do noivo por um tempo. À medida que os cumprimentos eram trocados e os homens começavam a discutir seus negócios e a fornecer atualizações sobre o andamento das arquibancadas temporárias, uma sensação estranha tomou conta de Celia.

Seria esse o seu futuro?

Simplesmente ser a mulher?

Durante o último ano — para o bem e para o mal — ela fora a dona de sua vida. Agora, cederia toda essa responsabilidade a Wrexford.

E assim, também, cederia toda a sua liberdade... sua liberdade.

Um futuro insosso e morno.

Mas não era isso que ela queria? Não era esse o preço pela segurança que tanto almejava?

Foi só quando o olhar de Richmond começou a se mover em todas as direções que ela percebeu que ele estava procurando por alguém.

Um sentimento a invadiu — um sentimento que ela conhecia bem. Expectativa. Pois Richmond só podia estar procurando um homem.

O que significava...

Ele estava ali.

O olhar de Richmond pousou em um grupo de duas figuras conversando à distância — um homem e uma mulher.

O estômago de Celia caiu aos seus pés e seu coração acelerou.

Gabriel.

"Devemos ir", ela disse. "Não queremos deixar sua mãe esperando."

Mas suas palavras caíram em ouvidos moucos.

"Acaster", gritou Richmond.

A cabeça de Gabriel se virou bruscamente, e Celia sentiu quando o olhar dele pousou nela — embora não houvesse como ter certeza disso àquela distância.

Ainda assim, ela se sentia como uma terminação nervosa exposta aos elementos.

"Você tem um minuto?" gritou Richmond.

Será que ela detectou hesitação? Ou isso também era fruto da sua imaginação?

Então Gabriel caminhou em direção a eles, e todo o ser de Celia se concentrou nele, as vozes de Richmond e de seu futuro marido soando em seus ouvidos como se através de uma densa camada de algodão.

Gabriel.

Aqui, na verdejante Surrey, em um dia ensolarado de verão, ele era lindo.

Ela não o via desde a noite do baile.

E se ele ia andar por aí parecendo impossivelmente lindo e bronzeado, ele estava ainda melhor.

Eu te amo, Celia.

Essas foram algumas das últimas palavras que ele disse a ela.

As que a perseguiam durante o dia e assombravam seus sonhos à noite.

Ao se aproximarem do grupo, Celia notou Lady Tessa ao seu lado, usando seu traje incomum de costume: gravata, colete e saias. Toda a seriedade era Lady Tessa.

Uma pontada de inveja percorreu Celia. Lady Tessa seguiu seu próprio caminho e determinou o curso de sua vida. Ser uma mulher assim nunca esteve ao alcance de Celia. E, no entanto...

Você não precisa de um homem ou casamento... Você pode fazer tudo sozinha.

Mais palavras de Gabriel.

E ele acreditou nelas.

Mas ela...

Não conseguia.

A vida lhe ensinara o contrário.

E a vida com Wrexford seria um sacrifício tão grande?

Sob os cílios semicerrados, ela arriscou um olhar para Gabriel enquanto ele conversava com os outros homens. Com os pés bem abertos e os braços cruzados sobre o peito, ele parecia combativo e implacável.

Além disso, à medida que a conversa avançava, seu olhar intenso se fixava nela — como se estivesse direcionando diretamente para sua alma.

"Por que não perguntamos à duquesa?" ele disse como se estivesse arrancando a pergunta do céu azul claro, quando na verdade devia ser em resposta a algo que Richmond ou Wrexford dissera.

Como seu futuro marido a havia considerado desnecessária para a conversa, ela parou de prestar atenção. Caso contrário, poderia ter opiniões — e sentir a necessidade de expressá-las.

Sentir a necessidade de ser mais do que um bibelô.

"Afinal", continuou Gabriel. Combativa era definitivamente uma descrição precisa dela. "Ela é a maior especialista em todos os assuntos de corridas de cavalos."

Todos os olhares se voltaram para ela e, estupidamente, ela sentiu um rubor subir. "Certamente, o senhor me bajula, Vossa Graça", ela conseguiu dizer sem encontrar o olhar de Gabriel.

"Eu não bajulo", ele respondeu atraentemente sério.

Ela poderia suspirar.

"Receio que minha mente começou a divagar", ela confessou. "Sobre o que vocês estão falando?"

"O cronograma das arquibancadas temporárias."

"Parecem estar quase prontas." Seu olhar se fixou na própria grama. "O que é ótimo, mas se me permite perguntar..."

Mesmo com o jeito desafiador e encorajador de Gabriel, Wrexford observou como se ela fosse uma criança mimada que tivesse recebido um lugar à mesa dos adultos para o jantar.

"Por favor", disse Richmond, como um duque magnânimo. Alguns homens nasceram para essa função.

"E a grama?" perguntou Celia.

"Estamos tomando o máximo cuidado", respondeu Richmond.

"Seus trabalhadores provavelmente estão destruindo raízes e criando buracos", ela alertou. "Se você continuar permitindo que eles usem a grama de corrida como passarela, estarão colocando em risco a vida dos cavalos."

Richmond franziu a testa em concentração repentina. "*Maldição*", ele murmurou baixinho.

Gabriel observou uma conversa, impossível de decifrar, enquanto sua irmã observava com a sombra de um sorriso irônico nos lábios.

Quanto a Wrexford... "Agora, meu bibelô, é melhor deixar isso com os homens. Richmond tem tudo sob controle."

Uma faísca brilhou nos olhos azuis-marinhos de Gabriel. Sua cabeça inclinada. *"Bibelô?"*

"É..." Oh, se ela teve força para dizer o que primeiro seria dito com verdade... "É o carinho do meu noivo por mim." Seu sorriso se abriu por toda parte, até o sol. "Encantador, não é?"

Gabriel bufou. "Essa é uma palavra para descrever como ele te chama."

Ele estava claramente pensando em outras palavras.

Palavras que Celia não se permitiria pensar...

Não se permitiria pensar.

Pois se pensasse, poderia ver que tudo aquilo era um grande erro.

E então onde ela estaria?

Exatamente onde ela havia começado...

Lugar nenhum.

Ficaria sem nada.

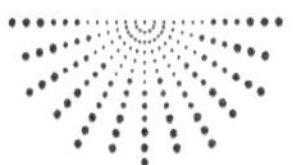

CAPÍTULO VINTE E SETE

Bibelô.

Wrexford chamava Celia de seu bibelô, e lá estava ela — aquela mulher talentosa, inteligente e gloriosa — contente em ser o bibelô de um marido.

Exatamente como fora treinada para ser.

Gabriel achava impossível conciliar o conceito com a mulher que conhecia.

Ele mal conseguia olhar para ela.

Ele não conseguia *não* olhar para ela.

Ele ainda a desejava.

E ela também não conseguia deixar de *olhar* para ele. Não de maneira óbvia, é claro. Mas ele captou os olhares furtivos por baixo dos cílios.

Richmond e Wrexford fizeram menção de prosseguir a conversa, mas Gabriel não conseguiu abandoná-la. "Wrexford."

O conde dirigiu seu sorriso afável para Gabriel. "Sim, Vossa Graça?"

Desde a elevação de Gabriel ao status de duque, havia aqueles que abertamente se ressentiam dele, mesmo enquanto falavam as gentilezas. Wrexford não era um deles. Quando ele disse essas palavras — *Vossa Graça* — não havia a menor ironia.

"Como o senhor definiria a palavra *bibelô?*"

O olhar de Celia se assustou. Gabriel sabia, pois o calor estava queimando um buraco na lateral do seu rosto. Ele não se importava. Precisava da resposta de Wrexford.

E ela também.

O conde deu uma risada trêmula de incerteza. "Todo mundo não sabe o que é um bibelô?"

Gabriel assentiu. O homem tornou a tarefa quase fácil demais... "Um objeto brilhante, reluzente."

Wrexford exalou um suspiro nada sutil de alívio. "E poucos brilham tanto quanto Celia." Ele parecia bastante satisfeito consigo mesmo.

O sorriso de Celia havia diminuído gradualmente e agora se transformava em uma pequena carranca nos cantos da boca. Ela sabia o que Gabriel estava fazendo — e não estava nada satisfeita.

Que pena.

Ele não tinha terminado.

"Um bibelô."

Ele possivelmente estava indo *longe demais,* mas se longe demais era onde ele precisava se aventurar, que assim fosse. Celia saberia que esses não eram os pensamentos dele sobre ela. Mas precisava saber que eram os do seu futuro marido.

"Um brinquedo atraente."

Wrexford parecia como se o chão sob seus pés tivesse tremido. "Ninguém poderia duvidar da atratividade de Celia."

Gabriel cruzou o olhar com ela e o sustentou. Seus olhos brilhavam com fúria reprimida, desejando que ele parasse.

Bem, ele também estava bastante furioso com ela.

Ele detestava ver potencial desperdiçado, e era isso que ela estava fazendo — desperdiçando-se com um homem que jamais poderia vê-la ou valorizá-la. O homem a considerava um bibelô quando, na verdade, ela era um diamante.

Mercadoria danificada... Você merece algo melhor do que eu.

Essas foram as palavras dela.

Palavras erradas em sua essência.

Palavras que a fizeram se desvalorizar e se vender barato.

"Às vezes", ele começou, "a gente pensa que está segurando um mero bibelô, quando na verdade é um diamante."

O olhar de Celia preso ao dele, o mundo desapareceu. Havia apenas os dois — e as palavras de verdade que ele estava lhe dizendo.

"Um diamante deve saber que é um diamante, e não uma imitação barata. Um diamante deve saber o seu valor."

"Isso é bem verdade", concordou Wrexford — sempre disposto a intervir. "Aconteceu com Lorde Billingsley em Bond Street. Seu olhar captou um brilho nas pedras do calçamento e ele o pegou. Uma pulseira de vidro imitando diamante. Acontece que não era de vidro, mas de diamantes pertencentes a uma princesa russa visitante. Ela lhe deu um beijo na bochecha por isso, e acho que Billingsley nunca mais lavou aquela bochecha desde então."

Gabriel ergueu uma sobrancelha para Celia, como se dissesse: *"O homem não só te chama de bibelô, como esse é o tipo de história que você pode esperar pelo resto dos seus dias".*

Seu maxilar se apertou e relaxou.

Ela ouviu as palavras como se ele as tivesse dito em voz alta.

Ela levantou a mão e a pressionou contra a testa. "Wrexford, sinto que minha cabeça está doendo. Seria melhor guardar o resto do nosso passeio para outro dia, quando eu puder aproveitá-lo."

A testa de Wrexford se franziu de preocupação. Gabriel também, mas ele sabia que as palavras de Celia eram uma completa invenção.

"Tem certeza, meu bibelô? Mamãe vai ficar muito decepcionada."

"Com certeza."

E com isso, Wrexford conduziu Celia em direção à sua carruagem com quatro cavalos, adornada com o brasão. Uma vez lá dentro, ela apresentou seu perfil a Gabriel e não virou a cabeça uma única vez antes que a carruagem se pusesse em movimento.

Ele quase se arrependeu de tê-la chateado.

Quase.

Ela precisava ouvir suas palavras. Afinal, seu casamento seria em uma semana.

A carruagem fez uma curva na estrada e desapareceu de vista. Foi só então que Gabriel percebeu que estivera observando o tempo todo. Ele se virou e encontrou Richmond conversando com um jardineiro sobre o gramado. Celia tinha razão em estar preocupada, ao que parecia.

Então ele sentiu olhares sobre ele.

Tessa.

Sua irmã captou cada palavra e nuance entre ele e Celia — e entendeu.

Richmond lançou-lhe um olhar rápido. "Estou indo para a cidade. Mais alguma coisa hoje, Acaster?"

Gabriel quase respondeu que *não*, mas, na verdade, tinha uma pergunta para o duque. "Como Wrexford se envolveu em nossa empreitada?"

Richmond deu de ombros, desdenhoso. "O pai dele queria encontrar algo para o garoto fazer, então eu lhe dei algumas tarefas."

Assim minimizando seu próprio risco, Gabriel deixou de falar. Ele tinha outra coisa a dizer. "*Garoto?* Wrexford tem apenas um ano a menos que eu."

"Bem, alguns homens são garotos por mais tempo do que outros."

Essa certamente era uma maneira de dizer.

E o assunto se resolveu também, quando Richmond assentiu brevemente e seguiu seu caminho.

Deixando Gabriel sozinho com Tessa — e aquele olhar de quem sabia.

Ele não tentou negar o que ela sabia... "Eu possivelmente só fiz papel de bobo."

Ela assentiu lentamente, pensativa. "Muito possivelmente."

Irmãs... Elas já disseram a alguém o que não queriam ouvir.

"Você já pensou em cortejar a duquesa?"

Gabriel exalou o suspiro que vinha segurando desde o baile, duas semanas atrás. "Eu estraguei tudo."

Na verdade, ele ainda não tinha muita clareza sobre como. Não seguia a lógica.

Claro, nada com Celia seguia.

Tessa deixou o assunto de lado. Ela tinha outras preocupações em mente. "Você não precisa me vender sua participação no The Archangel."

Gabriel balançou a cabeça. Nisso, pelo menos, ele estava claro. "Eu nunca poderia estar pela metade em nada." Como apaixonado por Celia, por exemplo. "É melhor eu sair completamente. O ducado de Acaster está em ruínas. Sua reabilitação levará uma vida inteira."

"Você poderia ser um investidor silencioso."

"Eu não poderia."

"Não, acho que não." Ela olhou ao redor dos jardins de Epsom. "A Corrida do Século realmente vai ser o espetáculo prometido, não é?"

"Vai."

"Você vai sair vitoriosa no jogo, com certeza." Mas, mesmo enquanto dizia isso, uma preocupação brilhava em seus olhos.

"O que foi, Tessa?"

"Eu ouvi uns cochichos."

"Sobre a corrida?"

Ela assentiu. "O Ring e os blacklegs não estão gostando que você os retire do posto de apostas no dia da corrida."

"O que me importa?"

Tessa estava tão séria quanto ele jamais a vira. "Acho que eles não podem ser ignorados."

"Observe-me."

"Blaze Jagger não deve ser subestimado. Alguém precisa lidar com ele."

Tessa não fazia tais declarações de ânimo leve. Não com aquele olhar particular.

"E *você* é esse alguém, irmã?"

"As rodas estão em movimento."

O alarme ecoou por Gabriel. "Não gosto do som disso, Tessa."

Ela bufou. "Com todo o respeito, Gabriel, você é meu irmão mais novo — mesmo sendo um duque agora — e não precisa gostar disso. Não preciso da sua permissão para viver minha vida como eu bem entender." Um sorriso de escárnio escapou dela. "Não preciso da permissão de ninguém. Além disso, você já me viu assumir algo com o qual não consigo lidar?"

Havia uma primeira vez para tudo, mas ele se absteve de comentar. Então, mudou de assunto, pois o assunto estava claramente encerrado. "E suas férias?"

As sobrancelhas retas dela se franziram. "Que *férias*?"

"Essas foram as suas palavras."

Uma mancha vermelha subiu pela garganta dela. Em toda a sua vida, ele nunca tinha visto a irmã corar.

"Era, *hã*, menos férias do que uma dívida que eu tinha que pagar."

A testa de Gabriel se franziu. "Por que esta é a primeira vez que ouço falar de uma dívida?"

"Não era uma dívida que você pudesse ter pagado por mim."

"A quem você deve, irmã?"

Tessa balançou a cabeça levemente, como se quisesse ignorar a pergunta.

"E a dívida está paga?", ele insistiu.

"Sim."

Aquela nota de incerteza... Não era típico dela. Tessa navegava pelo mundo com uma clareza de propósito que até Gabriel invejava.

Seu olhar se aguçou. "E o casamento?"

Isso fez Gabriel voltar à realidade. *"Casamento?"*

"O casamento da Celia."

Ele resmungou. Não se permitira pensar no casamento.

"Você vai comparecer?"

"Por que eu iria?"

Tessa o olhava como se ele fosse o maior idiota da Inglaterra. Ele não gostava de receber aquele olhar da irmã mais velha.

E menos ainda que ela geralmente tivesse justificativa para isso.

"Você é o duque", ela disse pronunciando cada palavra com clareza. "Ela é a viúva do duque anterior. O casamento será realizado sob o seu teto e..."

"E?"

"E você não notou o jeito que ela estava olhando para você?"

"Como se ela quisesse me esfaquear na barriga com uma faca enferrujada?"

Tessa bufou. "Bem, teve isso, e eu não a culparia."

Gabriel estava pronto para encerrar aquela conversa. "Há mais alguma coisa?"

A cabeça de Tessa inclinou-se sutilmente para o lado, considerando. "Desde que você conheceu a duquesa... *hmm.*"

"Hmm, o quê?" Sua irmã estava começando a irritá-lo.

"Você mudou um pouco, só isso." Com essas palavras enigmáticas ditas, ela começou a andar. "Encontre-me na carruagem quando estiver pronto para voltar para Londres."

Gabriel queria resistir à observação, mas ela continha um fundo de verdade, e para o bem e às vezes para o mal, ele nunca negou a verdade. Desde que conhecera Celia, ele havia mudado de inúmeras maneiras, mas uma delas era a mais importante.

Estava ligada à ideia de necessidade.

Durante a maior parte da vida, ele fugiu da necessidade. Se houvesse uma necessidade, ele a supriria e a eliminaria.

Necessidade era fraqueza.

Então, chegou Celia.

Ela lhe ensinou a necessidade de todos os ângulos — necessidade do corpo... necessidade da alma...

E outro tipo de necessidade — mais profunda.

Necessidade do coração.

Celia não era uma necessidade a ser satisfeita e resolvida, pois ela estava em seu coração.

Uma verdade chegou tarde demais.

Ela havia se decidido.

E todos teriam que conviver com isso, não é mesmo?

CAPÍTULO VINTE E OITO

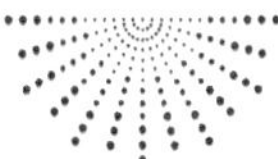

UMA SEMANA DEPOIS

"Você certamente parece... modesta."

Celia percebeu que Eloise tinha mais a dizer sobre o vestido de noiva, mas estava determinada a guardar segredo.

"Sim, bem, mamãe" — Wrexford insistira veementemente que ela chamasse sua mãe de mamãe — "não tem uma filha e estava muito interessada em se envolver nos preparativos do casamento." Ela puxou a saia de renda branca. "Eu não tive coragem de negar."

Celia gostava de renda tanto quanto qualquer outra mulher, mas os metros de renda que a envolviam da cabeça aos pés — seu rosto era a única parte de seu corpo sem renda — eram um pouco... demais.

Eloise assentiu em concordância. "Melhor ter um vestido feio... incomum no dia do seu casamento e uma mamãe feliz na sua vida de casada."

Exatamente os pensamentos de Celia.

Mas, diante do espelho, ela se perguntou se seu vestido de noiva precisava ser tão agressivamente modesto.

Será que modéstia também seria esperada em sua vida de casada?

Bem, ela viveria um dia de cada vez, e hoje era o dia do seu casamento.

Ela tentou não olhar para o outro lado do quarto — para a pilha de baús empilhados perto da porta. Aqueles baús continham tudo o que lhe pertencia nesse mundo, além dos seus cavalos. Depois daquele dia, ela nunca mais veria o interior daquele quarto.

Uma dor familiar a percorreu. Nenhuma dor vinda do sentimento durante todos os anos em que chamara aquele quarto de seu.

Mas pelo homem que ela chamara de seu dentro dele.

Ela se sentou à penteadeira, com Eloise ocupada e desnecessariamente afofando travesseiros atrás dela.

Na verdade, Eloise estava estranhamente quieta.

Celia não sabia o que fazer com uma Eloise quieta.

Ela suspeitava que uma Eloise quieta fosse uma Eloise desaprovadora.

"Qual você dos dois você prefere?" Celia segurava um colar triplo de pérolas com fecho de ametista em uma das mãos e um colar de diamantes com um delicado motivo floral na outra.

Eloise teria uma opinião, e teria que expressá-la. Era a sua natureza.

"As pérolas." Ela não conseguiu deixar de acrescentar: "Diamantes são demais para serem usados durante o dia."

Celia agarrou as pérolas e se olhou no espelho da penteadeira. Ali estava ela prestes a se casar com Wrexford, vestida da cabeça aos pés com roupas e joias dele. Ela parecia uma confecção requintada em pérolas dos Mares do Sul e renda de Bruxelas. Parecia um...

Bibelô.

Ela havia feito as pazes com essa palavra.

Afinal, seu primeiro casamento fora uma gaiola de ferro inflexível: a única saída fora a morte.

Uma gaiola composta de rendas, pérolas e diamantes não era muito melhor?

Mas, sugeriu uma vozinha, *talvez o casamento não precise ser uma gaiola.*

Aquela vozinha foi abafada.

Vozes baixas podem ter memória curta.

Ela estava fazendo o que era melhor para todos.

Eloise se juntou a ela na penteadeira, seu rosto espiando por cima do ombro de Celia e encontrando seus olhos no espelho. "Você é uma noiva linda, prima, e eu lhe desejo toda a felicidade."

Celia tentou engolir o nó repentino na garganta.

Felicidade.

Que conceito.

Eloise envolveu Celia em seus braços e apertou. "Você sabe que é possível, não sabe?"

Eloise havia decidido que agora era a hora de falar.

Celia se preparou e perguntou: "O que é possível?"

"Ser feliz no casamento."

Um sentimento de queimação percorreu Celia. *Raiva.* O tipo que queria cortar e fazer outra pessoa sentir a dor. Mas, ao abrir a boca, um não agudo a percorreu. Eloise não merecia tal tratamento.

Então, ela se contentou em recitar em voz alta os motivos que vinha repetindo para si mesma, sem parar, na última semana. "Estarei segura. Serei cuidada. Meu estábulo estará seguro. Serei tratada com gentileza e consideração, o que é muito mais do que jamais recebi no meu primeiro casamento."

Pronto.

Seus motivos eram indiscutíveis.

Celia detectou compreensão e empatia nos olhos de Eloise. Mas sua prima não havia terminado. "Verdade. O casamento com

Wrexford vai lhe oferecer tudo isso", ela disse gentilmente. "Mas oferecerá o *suficiente?*"

E lá estava.

A pergunta dita em voz alta que até a vozinha de Celia teve medo de fazer.

Oferecerá o suficiente?

"Você foi machucada, Celia, eu sei disso", continuou Eloise. "Mas a vida pode ser mais do que sobrevivência. Você pode ter mais do que consegue segurar com as duas mãos."

Celia ficou imóvel.

"Você pode ter a vida que quiser."

"Estou conquistando essa vida", Celia disse com um nó na garganta. "Meus cavalos—"

Eloise balançou a cabeça, interrompendo Celia. "Você está mentindo para mim e para todos, e nem sabe por que está mentindo para si mesma. O que você quer?"

E assim, o desejo de Celia não seria mais reprimido. Ele cresceu e se expandiu em seu peito, dificultando a respiração.

Seu desejo não era um *"o quê"*, mas um *"quem"*.

Gabriel.

Um desejo impossível.

"Eloise", ela começou, com a irritação competindo com o desejo, "por que você está tentando arruinar a minha vida?"

Uma risada atordoada escapou de sua prima. "Como?"

"Estou prestes a ter tudo o que preciso para me garantir um futuro seguro, e você está tentando semear a discórdia nele. Posso ter uma vida muito agradável com Wrexford."

A testa de Eloise franziu e a irritação brilhou em seus olhos. "Qual é o nome de batismo de Wrexford?"

"Pardon?" Do que sua prima estava falando?

"Qual é o nome de batismo do seu futuro marido?" perguntou Eloise, mais devagar dessa vez.

"Eu, *hã...*" A mente de Celia disparou. Ele já havia mencionado isso uma vez. *Gerald? Gerard? James? Jasper?*

A testa de Eloise relaxou. "Exatamente como eu pensava. Você não sabe."

"Mal consigo entender a importância disso." O que há em um nome, afinal?

"Você vai se casar com o homem em dez minutos", exclamou Eloise. "E você não sabe o nome de batismo do seu futuro marido."

"Cada relacionamento é diferente, prima."

Eloise bufou e estreitou os olhos. "Preciso que você me esclareça uma coisa."

"O que é?"

"Por que você não pode se casar com o duque?"

Celia nunca havia levado um soco no estômago, mas suspeitava que fosse essa a sensação. "É simples", conseguiu dizer.

"Simples?"

"Ele é jovem."

A velha desculpa: um lugar seguro para se esconder.

"Pelo que eu sei", disse Eloise. O olhar em seus olhos dizia a Celia que não haveria como se esconder hoje. "O duque é um homem de verdade, e acho que você sabe disso melhor do que a maioria."

Celia não se deu ao trabalho de negar. "Além disso, tenho certeza de que você sabe que ele merece muito mais do que alguém como eu."

Ela disse as palavras de forma displicente, como se pudessem voar pelo ar e sair pela janela. Em vez disso, caíram com um baque pesado.

Uma mudança ocorreu nos olhos de Eloise, que pareciam suspeitosamente próximos da presunção, como se essas fossem as palavras que sua prima vinha procurando o tempo todo — palavras que haviam sido habilmente colocadas à mostra e encurraladas.

Agora elas teriam que ser resolvidas.

"Você se acha indigna dele."

Celia não pensava assim.

Ela sabia.

"Gabriel tem pureza dentro dele."

O sorriso presunçoso de Eloise sumiu, e sua testa se franziu de angústia. "Você se acha impura, Celia?"

Ela tentou ignorar a pergunta, mas o olhar firme de Eloise não a deixou. "Eu *sou* impura."

"Porque você foi uma filha obediente que fez o que o seu pai mandou? Porque você foi uma esposa obediente que sofreu as atenções de um marido lascivo e criminoso? Aqueles homens lhe impingiram sua impureza."

"Isso não vem ao caso." Celia tinha certeza sobre esse assunto. "O fato é que sou uma mercadoria danificada, e Gabriel merece algo melhor."

"Ele te vê assim?"

Não.

Celia sabia instintivamente.

Mesmo assim... "Isso não muda a realidade. Eu não sou digna dele."

"*Você não é digna dele?*" Eloise exalou uma onda de frustração. "Você não é digna de ter felicidade? Você não a conquistou? E quanto ao que você merece Celia?"

Essa perspectiva dura e implacável pela qual ela se via...

Gabriel não a via dessa perspectiva.

O tempo todo, ele vira uma Celia diferente daquela que ela via. Ele via uma mulher capaz de cuidar de si mesma e de seu estábulo — de ter sucesso.

Você consegue fazer tudo sozinha... Você está fazendo tudo sozinha.

E ele a via como a mulher para ele.

A hora havia chegado.

Não para ela se perdoar por transgressões passadas. Eloise estava certa. Ela não tinha feito nada de errado.

Chegara a hora de sentir compaixão por seu eu passado, que havia sido maltratado e injustiçado... que não tivera escolha.

O que a deixava com seu eu presente — que tinha escolha.

Que podia escolher a felicidade.

Que podia escolher Gabriel.

Não era suficiente ter mais.

Não quando Gabriel lhe oferecia tudo.

Ela podia ter gentileza e consideração, e Gabriel...

"Eu não posso me casar com Wrexford", saiu de sua boca.

Eloise exalou outro suspiro — este de alívio. "Já era hora de você cair em si."

Celia se levantou de um salto. "Preciso contar a ele."

"Acredito que ele já esteja na capela."

Celia quase gemeu. Abandonar um homem era uma coisa... Mas abandoná-lo no altar era outra completamente diferente.

Mas sua única chance de ser feliz estava em jogo.

Ela precisava dessa chance.

Então, ela abraçou Eloise, que tinha os olhos marejados — e lutou contra o próprio ataque de lágrimas — antes de levantar a saia e sair correndo. Por um corredor, depois outro. Desceu uma escada, depois outra.

Em um minuto, ela chegou à entrada da capela, uma pequena sala com arcos neogóticos imponentes e uma rosácea iluminada acima do altar. Os bancos permaneciam praticamente vazios, exceto pelos poucos convidados. Os pais de Wrexford, com olhares solenes, sentaram-se de um lado, e as Ladies Saskia e Viveca, do outro. Essa última lançou um olhar risonho por cima do ombro e cutucou a irmã. No final do corredor estavam o bispo e...

Wrexford.

Celia quase sentiu que teria que ir em frente com aquele casamento, afinal.

Quase.

Ainda segurando a saia, ela caminhou pelo curto corredor — não como uma noiva ansiosa, mas sim como uma mulher em uma missão. As sobrancelhas de Mamãe quase se ergueram da testa, e uma risada contida escapou de Lady Viveca.

Celia chegou ao final do corredor e, assim que se virou em direção a Wrexford, uma figura passando pela porta aberta captou seu olhar. Na fração de segundo antes de olhar, ela soube — *Gabriel.*

Como um ímã atraído por uma magnetita, seu olhar encontrou o dele. Uma batida lenta do coração passou lentamente, o tempo se tornando imaterial. Então, voltou a si repentinamente quando ele não diminuiu o passo e desapareceu de vista.

Um questionador "Celia?" soou ao seu lado.

Ela se virou e encontrou Wrexford observando-a, com uma expressão intrigada no rosto.

Certo.

Ela não podia simplesmente levantar a saia e correr atrás de Gabriel.

Ainda não, pelo menos.

Ela tinha um assunto para terminar primeiro.

"Wrexford, preciso lhe dizer uma coisa." Ela respirou fundo, o mais fundo que sua respiração permitiu. "Eu não posso me casar com —"

Ele estendeu a mão e pegou a dela, interrompendo-a com alguns tapinhas firmes. "Podemos ter uma conversa em particular?"

Uma conversa em particular?

Claro, uma conversa em particular era muito melhor do que abandoná-lo na frente de todos.

Ela se deixou levar para uma sala vazia ao lado da capela. Quando abriu a boca para terminar de abandoná-lo, Wrexford ergueu a mão, novamente contendo as palavras. "Vossa Graça, sabe em que alta estima a tenho."

Vossa Graça... Ele não a estava mais chamando de *bibelô.*

Ela recuperou a mão e deu um passo para trás, assentindo com a cabeça em resposta.

Ele pigarreou ruidosamente, como se estivesse prestes a encenar um monólogo de Shakespeare para uma plateia de quinhentas pessoas. "Nós achamos e—"

"*Nós?*" Celia interrompeu.

"Mamãe e eu", ele esclareceu. "Achamos que seria melhor se esse casamento não acontecesse."

Celia prendeu a respiração. "Ah, é?"

"Pode ser que meu pedido tenha sido feito no calor de um momento precipitado. Mamãe acha que você é o tipo de mulher que, *hum*, provoca os homens a fazerem tais declarações."

Embora as palavras de Wrexford fossem a resposta às suas preces, Celia não pôde deixar de se sentir um pouco magoada. Mesmo assim... "Para deixar claro, você está cancelando o casamento."

Isso precisava ficar claro.

"Estou."

"Você está *me* abandonando?"

Um rubor tímido tomou conta das bochechas de Wrexford. "Eu preferiria que não usássemos essa palavra."

Uma gargalhada irrompeu, que ela tentou reprimir, de verdade. Só que não seria contida e transbordaria até que ela estivesse quase soluçando de tanto rir, que parecia menos inspirado pela hilaridade do que por um alívio genuíno e profundo. "Você", disse ela entre suspiros, "está... *me*... abandonando."

A testa de Wrexford se franziu de angústia. "Está tudo bem, Vossa Graça?"

Ela dispensou a pergunta com um gesto e tentou se recompor, mas não antes de outra risada escapar. Uma sombra de leve ofensa nublou o rosto dele. "Talvez eu deva chamar a mamãe e você se sentar —"

"Não precisa, estou bem firme em meus pés." Na verdade, ela precisaria deles *tout suite* [1]. "Oh, obrigada, Wrexford. Muito obri-

---

1. Tout suite tradução = imediatamente.

gada. Desejo-lhe tudo de bom na vida. Tenho certeza de que você e sua mãe encontrarão a noiva perfeita para vocês."

"Na verdade", começou ele, seu rubor se intensificando em seu característico vermelho-rabanete, "mamãe já..."

"Claro que sim", interrompeu Celia, segurando a saia nas mãos e os pés já em movimento. Ela não tinha o dia todo. "Preciso ir."

"Mas... para onde?" ele perguntou.

"Para agarrar a minha felicidade", ela disse por cima do ombro.

A última coisa que Celia ouviu ao sair correndo da sala, entrar na capela e atravessar o corredor foi: "Devemos chamar um médico, Vossa Graça?"

Mas Celia não diminuiu o passo ao correr pelo corredor e enfiar a cabeça na primeira sala que encontrou.

Nada de Gabriel.

Ele também não estava na sala ao lado... ou na sala seguinte.

O homem não estava em lugar nenhum.

O pânico queria tomar conta dela. Então, ela fez o que sempre fazia quando a ansiedade a ameaçava. Ela ficou imóvel — e deixou sua mente se acalmar.

E a lembrança veio.

Ela sabia onde ele estava.

Deu dois passos instintivos naquela direção e parou de repente.

Ela não podia ir até Gabriel *daquele jeito*.

Não vestida da cabeça aos pés com as roupas elegantes de Wrexford.

Mas ela sabia exatamente o vestido que usaria quando pedisse a Gabriel que a tornasse a mulher mais feliz do mundo.

Se ele a rejeitasse, como tinha todo o direito de fazer, ela entenderia algo que nunca soubera antes — algo que Gabriel lhe mostrara.

Ela poderia construir uma vida sozinha.

Ela não precisava de Gabriel pelo dinheiro e pela segurança que ele lhe proporcionaria.

Ela precisava dele porque o amava e ansiava por seu amor em sua vida.

Para completar sua vida.

Para isso, ela se tornaria totalmente vulnerável a ele — e o deixaria decidir o futuro deles.

Se houvesse um.

CAPÍTULO VINTE E NOVE

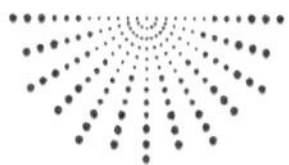

Gabriel andara de um lado para o outro na mansão desde o amanhecer.

Agora, ele estava no centro do labirinto de sebes, abrindo um caminho na grama.

Era o único lugar em Londres em que confiava estar.

Ele tentara se confinar ao quarto... ao escritório... à cozinha... ao banheiro. Mas todos aqueles cômodos lhe permitiam sair facilmente quando quisesse e seguir seu caminho inevitável até a capela.

Onde Celia estava naquele momento.

Onde ele a vira parada no final do corredor, vestida com uma montanha de renda branca, preparando-se para dizer *"sim"* a Wrexford e se tornar o bibelô daquele homem pelo resto de seus dias.

Como sempre, o pensamento fez o sangue ferver em suas veias e suas mãos se fecharem em punhos.

Apesar da montanha de renda, ela era uma noiva linda. Fora tudo o que ele conseguira fazer para não marchar até o corredor, jogá-la por cima do ombro e reivindicá-la como *sua*.

Ela sempre inspirou o senhor da guerra medieval nele.

Mas ela havia feito sua escolha.

E ele havia determinado que viveria com isso.

Então, era ele vivendo com isso da única maneira sensata que conhecia. Sério, ele deveria estar se parabenizando por seu autocontrole.

Ele bufou. Fora reduzido ao tipo de homem que andava de um lado para o outro no centro de um labirinto para se impedir de sequestrar uma mulher.

Mas ele estava ali.

Esse era o ponto principal.

Mesmo que ele encontrasse a saída agora, Celia e Wrexford já estariam verdadeiramente casados.

Ele poderia ter que ficar ali para sempre.

Ou pelo menos durante o café da manhã do casamento.

E durante a tarde, quando o casamento provavelmente seria consumado.

Um grunhido baixo de frustração escapou dele.

Para o bem de sua sanidade, talvez fosse melhor se ele permanecesse ali até de manhã.

Ela realmente is se casar.

Ele não conseguia acreditar no que seus olhos tinham visto claramente. *Celia*... parada no final do corredor... casando-se com um homem que não era ele.

Um lampejo de movimento chamou sua atenção.

Ou seria a cor que ele notou primeiro?

Fúcsia.

Ele girou um pouco, e a respiração congelou em seu peito.

Lá, parada na entrada do labirinto, estava...

Ele piscou. Não podia ser...

Ele piscou novamente.

Era.

Celia — vestida com o vestido de baile fúcsia, seus olhos âmbar brilhantes, suas bochechas com duas manchas escarlates e seu peito arfando como se ela tivesse corrido dezenas de quilômetros.

Seu coração batia forte e rápido. Celia... aqui...

Tinha que significar alguma coisa.

Mas sua mente ainda não conseguia acreditar no que seu coração esperava.

"Você não é uma mulher casada?" ele perguntou no ar incerto entre eles.

"Na verdade—"

Ela deu um passo, e ele instintivamente fez o mesmo.

"Acho que fui abandonada."

Uma risada incrédula escapou de Gabriel, mesmo com a testa franzida. "Pardon?"

Ele não podia ter ouvido direito.

Um sorriso tímido se formou em sua boca. "Para ser justa, eu estava prestes a abandoná-lo, mas ele se antecipou." Ela deu de ombros. "Parecia justo deixá-lo vencer."

Embora o sangue pulsasse em suas veias e o suor escorresse por suas palmas, Gabriel sorriu, apesar de tudo. "Sempre uma esportista honrada."

Eles se aproximaram da fonte, absorvendo um ao outro como se estivessem ressecados, o ar úmido e dourado. A luz da manhã refletia nos cabelos de Celia, que caíam sobre os ombros e deixavam as pontas cor de mel. Sua beleza era indiscutível, mas era o nervosismo que a cercava que lhe dava esperança.

Ali estava uma Celia sem sorriso ou artifício.

Uma Celia vulnerável.

A dor pulsava dentro dele enquanto dava mais um passo. Não podia deixar de estar perto dela. Precisava tanto dela — não a dor física, mas a mais profunda... a que vinha da alma.

A que vinha do coração.

Necessidade.

Ele precisava daquela mulher.

Ele amava aquela mulher.

Com a distância entre eles desaparecida, ela teve que inclinar a cabeça ligeiramente para trás para poder sustentar o olhar dele. "Celia, por que você está aqui?"

Ela passou a língua nervosamente pelo lábio inferior. Ele seguiu o movimento e imediatamente reprimiu a onda de desejo que a respondia.

Primeiro veio a necessidade do coração — depois viria a do corpo.

"Eu sabia que era aqui que você estaria", ela disse com uma hesitação emocional na voz. "E eu só quero estar onde você está."

A esperança tomou conta do peito de Gabriel. "Celia —"

"E", ela continuou, interrompendo-o, "eu tenho algo para lhe dizer." Ela exalou um suspiro áspero. "Você estava certo."

"Sobre?"

Os homens não estão acostumados a ouvir palavras vindas de uma mulher — e ele era apenas um homem.

"Eu não preciso de você."

Ele piscou. "Pardon?"

Inesperado.

"Não preciso que você me dê um teto, comida na minha mesa ou segurança para mim e meu estábulo. Não preciso que me dê diamantes, pérolas ou vestidos de seda, embora eu ame muito esse vestido", ela disse com sinceridade.

Gabriel nunca tinha visto Celia tão descontrolada — e isso o fez amá-la ainda mais.

"O que você precisa, Celia?" ele se obrigou a perguntar, enfrentando a questão — porque precisava fazê-lo.

Pois ela devia enfrentar a resposta.

Ela pegou a mão dele, levou-a à boca e deu um beijo em sua palma, sua respiração um sussurro contra sua pele. Seu olhar se ergueu. "Eu preciso de você, Gabriel. Preciso do seu amor em minha vida. Posso construir uma existência bem-sucedida sem você, ou qualquer outro homem, aliás. Você me fez ver isso. Mas não posso viver uma vida que valha a pena ser vivida sem você."

A esperança que havia criado asas em seu peito... Suas palavras foram toda a permissão necessária para que ela voasse. Mas, dentro dos olhos dela, ele viu que ela ainda não havia se entregado à alegria que agora o percorria.

"O que foi, Celia?"

"Você pode me perdoar?"

"Por?"

"Por ser uma idiota e me recusar a ver o que você vinha me mostrando o tempo todo?"

"Você estava escolhendo o único caminho que a vida lhe mostrou. Era tudo o que você conhecia."

Por mais frustrante que tivesse sido para ele aceitar isso.

Agora, era hora de falar com o coração. "O caminho que eu conheci também nasceu da necessidade. Desde a época em que aprendi a prover, passei a ser necessário. Era uma fonte de orgulho para mim que eu pudesse apoiar minhas irmãs."

"Há tanta coisa admirável nisso."

"E eu fiz questão de que, embora outros pudessem precisar e sucumbir aos sentimentos, eu nunca precisaria. Nunca a carne ou o coração ditariam minha vida. Era além do orgulho. Era vaidade. Então me tornei um duque — e conheci você."

Com olhos sinceros e compreensivos, ela o observou em silêncio.

"Eu te queria de uma forma que não tinha lógica. Mas não era mero desejo, mas sim necessidade em sua forma mais pura, um sentimento para o qual eu não estava preparado. Eu pensava que necessidade era fraqueza, mas, na verdade, é o oposto. A necessidade é um ingrediente vital para a felicidade. Se alguém nunca se abre para a necessidade, nunca poderá se abrir para o amor." Ele estendeu a mão e acariciou seu rosto. Os olhos dela se fecharam por uma fração de segundo, e ela se balançou sutilmente em sua mão. "Você, Celia, você é minha necessidade. Você é minha fraqueza. Você é minha força. Você é meu amor, para sempre." Com o nó na garganta, ele disse: "Eu te amo."

Sua declaração produziu três efeitos imediatos em Celia.

Ela engasgou, lágrimas brotaram em seus olhos e ela caiu de joelhos diante dele, a saia de seda esvoaçando em uma nuvem fúcsia ao seu redor.

"Celia..."

"Eu te amo, Gabriel", ela proclamou erguendo os braços e segurando as mãos dele. "Não preciso escolher dinheiro ou segurança. Posso escolher meu coração. Posso escolher você. Você me daria a grande honra de me escolher como sua esposa para o resto de nossas vidas?"

"Com uma única condição."

"Qualquer coisa."

Ele se abaixou e sentou-se sobre os calcanhares para que seus olhares ficassem no mesmo nível. "Que você só se case comigo se quiser."

Ela piscou e então o abraçou pelo pescoço num impulso de alegria. "Sim", murmurou contra o pescoço dele enquanto o beijava. "Meu amor."

Ele virou a cabeça e encontrou a boca dela, aprofundando o beijo. "Vamos começar o nosso para sempre agora?" ele murmurou, suas mãos já respondendo enquanto puxava o corpete dela. Seus mamilos enrugados quase exigiam ser liberados, e quem era ele para negá-los?

"Eu acredito em — *ah* — prosseguir como pretendemos continuar", foi sua resposta enquanto dedos ágeis e talentosos começaram a trabalhar na calça dele.

Isso não levaria muito tempo.

Mas eles tinham o tempo que precisassem.

Eles tinham a eternidade.

EPÍLOGO

UM MÊS DEPOIS

Eles se casaram naquela mesma tarde.

A licença especial levou algumas horas para ser obtida, e o casamento, apenas dez minutos. Celia nem precisou trocar de vestido.

E assim Gabriel e Celia se casaram.

A sociedade ficou chocada até a ponta dos pés. A Sexta Duquesa de Acaster começou o dia destinada a se tornar a Condessa de Wrexford e terminou como a Sétima Duquesa de Acaster. Era simplesmente um pedaço de escândalo delicioso demais para não ser saboreado em longas sessões de fofocas regadas a chá por toda a cidade.

De sua parte, Gabriel e Celia cuidaram de seus assuntos em Londres antes de irem para Ashcote Hall — bem, para o chalé — onde permaneceram durante as últimas quatro semanas abençoadas e felizes.

Com os primeiros raios de sol espreitando pelas janelas da cozinha, Celia ficou em pé diante do fogão, tentando se lembrar de cada passo das instruções da Sra. Davies para o chá. Celia havia dado a manhã de folga aos criados. Hoje, no último dia de seu idílio em Ashcote, ela estaria preparando e servindo o café da manhã do marido na cama.

Ela sabia exatamente como ele tomava seu café da manhã. Como gostava da torrada. A consistência ideal para o ovo cozido. A densidade correta do mingau.

Mas como fazê-los perfeitos, admitidamente, lhe escapara.

Então, na última semana, depois de passar as manhãs na companhia de seus cavalos e enquanto Gabriel passava as tardes cuidando dos vários ramos de seus negócios no ducado, ela pediu à Sra. Davies que a guiasse por cada etapa do processo da refeição matinal — desde como atiçar o fogo do fogão até o ponto de aquecimento adequado... às panelas e louças corretas a serem usadas... aos tempos de infusão do chá e cozimento dos ovos.

Celia estava pronta.

Agora, sendo a mulher capaz que era, ela se pôs a trabalhar e, meia hora depois, havia feito o que se propôs a fazer: preparar o café da manhã para o marido.

Um café da manhã nada excepcional, ela admitia.

Na verdade, ela estava tentada a jogá-lo no lixo e começar de novo.

Na verdade, era exatamente isso que ela faria —

Um pigarro atrás dela, e ela se virou, ainda segurando a bandeja. A visão diante dela quase fez a bandeja e o conteúdo caírem no chão. Seu marido... sentado à mesa da cozinha... acomodado em uma cadeira de encosto reto como se estivesse ali há muito tempo... um sorriso no rosto.

"Gabriel", ela exclamou. "Há quanto tempo você está sentado aí?"

"Tempo suficiente", ele disse calmamente.

"Você deveria estar na cama."

Ele abriu bem os braços. "Mas aqui estou eu."

Oh, como era atraente seu marido com o cabelo despenteado do sono, a camisa de musselina desfeita e os pés descalços.

Ele empinou o queixo. "O que você tem aí?"

Ela seguiu o olhar dele até a bandeja que ainda segurava. Quase a havia esquecido. "É, seu chá da manhã." Sua sensação de pavor dobrou. "Na verdade, eu estava pensando em recomeçar."

"Tenho certeza de que o chá que você preparou está delicioso."

Ah, seu adorável marido diria isso.

Mas ele tinha um olhar determinado que ela conhecia bem.

Ele tomaria aquele café da manhã.

Ela exalou um suspiro resignado e começou a arrumar o conteúdo da bandeja à sua frente. De alguma forma, a comida parecia ainda menos apetitosa na mesa.

Gabriel não pareceu notar enquanto sorria para a mesa à sua frente. "Agora, esposa, sente-se."

Com as mãos agarradas à sua frente, ela só agora percebeu que estava pairando sobre a mesa. Ela se sentou na cadeira mais próxima e o observou servir o chá. Ele olhou para cima. "Precisaremos de outra xícara."

"Essa está lascada?"

"Para você."

Claro. Ele não gostaria que ela o observasse como se ele fosse um urso em exposição na Torre de Londres.

Com a xícara recuperada, ele serviu chá para ela. Ela tomou um gole e fez uma careta. "É possível que eu tenha deixado em infusão por muito tempo."

Possível?

Uma certeza absoluta.

Gabriel tomou outro gole. "Uma bebida forte que prepara um homem para o dia."

Essa era uma maneira de dizer.

Ele começou a bater no ovo cozido com as costas da colher. Em vez de cair, como deveria, o ovo se manteve firme. Não era um ovo cozido, mas sim um ovo firme. Poderia até quicar, se testado contra o assoalho de pinho.

"Aqui", ela disse estendendo a mão para o ovo. "Vou descascá-lo para você enquanto você, *hã*, aproveita seu mingau."

"Obrigado, meu amor."

Meu amor.

Seu coração palpitava cada vez que ele dizia essas duas palavras.

Enquanto descascava, ela observava o marido enquanto ele enfiava a colher no mingau. Ela suspeitava que, se ele a soltasse, a colher permaneceria em pé. Mesmo assim, ele conseguiu soltar um pedaço e dar uma mordida.

Depois de mastigar por mais tempo do que se esperaria de uma mordida de mingau, ela se aventurou a perguntar: "Talvez esteja um pouco duro?"

Ele balançou a cabeça e disse um "está perfeito", e ela ficou pensando no mingau que devia estar grudando em todas as superfícies de sua boca.

Ela terminou de descascar o ovo e o devolveu ao seu copinho. Gabriel pegou uma fatia de torrada. Quando ela se aproximou da boca, o estômago de Celia se contraiu, e ela teve que se esforçar para não arrancá-la da mão dele. Ela estava se enganando, achando que era apenas um tom escuro de marrom. Com manchas pretas em ambos os lados, estava obviamente queimado.

Ele deu uma mordida, depois outra, e mais outra, até consumir a fatia inteira. Então, comeu o ovo e terminou o mingau com o chá. Não sobrou nem uma gota ou pedaço da refeição enquanto ele se recostava na cadeira e batia na barriga como se estivesse satisfeito.

Celia só percebeu que o observava com a boca ligeiramente aberta. "Gabriel", disse ela, "deve ter sido horrível."

Ele passou o guardanapo na boca, estendeu a mão e pegou a dela, puxando-a para o seu colo, o braço dela instintivamente envolvendo seu pescoço. "Foi a melhor refeição da minha vida."

"Isso não pode ser verdade."

Só que ela viu algo em seus olhos azuis diretos.

Crença.

Ele acreditou nessas palavras.

"Dentro dessa refeição havia um ingrediente que eu nunca tinha provado em um café da manhã antes."

"Carvão?"

Ele riu, mas ela estava falando sério.

"O amor da minha esposa."

Amor... o ingrediente que faltava na vida de ambos.

Até que se encontraram.

Como o amor verdadeiro era diferente dos contos de fadas — o amor *de verdade*.

E como era melhor

Fim

A SEGUIR

A APOSTA COM UMA SIREN

Era para ser uma noite com o marquês...

Todos amam Lorde Julian Batchelor, Marquês de Ormonde. O menino de ouro da *alta sociedade*, ele conhece a todos, e todos acham que o conhecem também. Mas Julian guarda segredos obscuros e está determinado a não deixar ninguém descobri-los — até conhecer a única mulher imune a ele...

Mas quando ele conhece uma dama que é seu par perfeito...

Lady Tessa Calthorp é tudo o que se espera de uma mulher aristocrática. Coproprietária de uma casa de jogos, ela vê Julian como simplesmente mais um lorde rico a quem tudo foi entregue — mas Julian surpreende Tessa. Primeiro com uma aposta ousada, depois como homem — um homem muito sensual com um hobby escandaloso que choca... e encanta.

Uma noite pode levar a um final felizes para sempre...

A aposta deles se torna mais do que amigável, à medida que o desejo queima todos os seus escrúpulos. Quando a realidade penetra em sua paixão, tudo muda para Tessa — mas Julian sabe que não pode se libertar de seu passado. Até que Tessa revelar seu próprio segredo...

Leia A Aposta Com Uma Siren

SOBRE A AUTORA

A paixão da premiada autora de best-sellers Sofie Darling por romance histórico começou no ensino médio, no momento em que ela abriu *O Morro Dos Ventos Uivantes* (Wuthering Heights) de Emily Bronte. Um caso de amor instantâneo e duradouro nasceu.

Sofie passou grande parte dos seus vinte anos criando dois meninos e lendo todos os romances que conseguia colocar as mãos. Quando percebeu que simplesmente precisava escrever os livros que amava, terminou seu curso de inglês e começou a escrever. (Ticonderoga #2 é seu lápis preferido).

Quando não está escrevendo heróis que a fazem desmaiar, Sofie gosta de fazer uma boa caminhada no fim de semana, visitar um castelo medieval em ruínas sempre que tem oportunidade e ter um relacionamento ligeiramente codependente com seu beagle, Bosco. Visite seu site